OSCAR BENJAMÍN ROBLES ARMENTA

El portador de la luz

OSCAR BENJAMÍN ROBLES ARMENTA

EL PORTADOR DE LA LUZ

El portador de la luz, de Oscar Benjamín Robles Armenta.
Prólogo de Octavio Urbina.

2021 - Edición del autor, con el acompañamiento del grupo de escritores del Círculo del Viento.
Diseño de cubierta: Omar Arce Resendiz.

El cuidado de la edición estuvo a cargo de José Octavio Urbina Durán y Jesús Alfredo Carrillo Carrillo.

Formato impreso.

ISBN: 978-607-29-3114-5.

A mis pequeños Oscar Gabriel y Diego Rubén, quienes el 28 de noviembre de 2009 me hicieron conocer la mayor dicha a la que un hombre puede aspirar, cuando tuve el privilegio de sostener en mis manos dos ángeles de carne y hueso que llenaron mi existencia de amor y felicidad. Ustedes me recordaron que lo más hermoso de la vida es, precisamente, estar vivo.

PRÓLOGO

La eterna lucha entre el bien y el mal es un tema que no deja de trascender en las culturas y la humanidad, más allá de la historia, porque es un problema universal. A veces desde una perspectiva filosófica y con rigor analítico, en ocasiones mediante las disciplinas de las ciencias sociales y, en el caso de Oscar Benjamín Robles Armenta —con un esfuerzo novelado—, se nos coloca frente a nuestra interioridad, la cual es, a final de cuentas, el escenario donde se desarrollan las causas y efectos de la moral. *El portador de la luz* es, al respecto, la reanimación del mito judeocristiano, o más bien el contra-mito donde el ángel caído se reivindica frente a la postura sumisa del arcángel Miguel, fiel seguidor y ejecutor de los designios de Yahvé.

Siguiendo una tradición literaria como la de John Milton, cuando en el *Paraíso perdido* relata la batalla cósmica más sublime de la historia de las letras, el autor que escribió el libro que usted tiene en sus manos hace lo propio. Solo que el espacio terrenal preponderante no es el Vaticano o Jerusalem, es la zona cero del nacimiento de Quetzalcóatl, donde un anciano que, mediante un juego invertido y transgresor perspicaz, desarrolla actos *bondadosos*, al fungir como maestro de vida o sensei de Sebastian Cobretti.

Sebastian, inquisidor implacable de los dogmas que se resiste a creer porque su juicio es agudo, representa la duda humana frente a la verdad creada por instituciones religiosas, ahora desgastadas y en desuso porque promueven valores caducos y el vacío existencial. Él es el centro del universo literario, por lo que se puede afirmar que representa, también, una ampliación del humanismo que caracterizara al periodo de la Modernidad, cuyo *axis mundi* es el hombre.

Al leer la historia por primera vez, me hizo pensar en el loco de la Gaya ciencia, cuando Friedrich Nietzsche nos condujo frente al abismo de la nada, al pronunciar la máxima de la decadencia que hoy, como nunca antes, causa estragos en la civilización occidental: «Dios ha muerto». Así se expresó el personaje post-romántico, ante dicha catástrofe: «¡Nosotros lo hemos matado, ustedes y yo! ¡Todos nosotros somos sus asesinos! Pero, ¿cómo pudimos hacerlo? ¿Cómo pudimos bebernos el mar de un solo trago? ¿Quién nos dio la esponja para borrar el horizonte? ¿Qué hacíamos al desprender la tierra de su sol? ¿Hacia dónde se mueve ahora? ¿Lejos de todos los soles? ¿Caemos sin cesar? ¿Hacia adelante, hacia atrás, de lado, erramos en todas direcciones? ¿Hay todavía un arriba y un abajo? ¿Flotamos en una nada infinita? ¿Nos persigue el vacío con su aliento? ¿Hace frío? ¿No ven de continuo acercarse la noche, siempre la noche? ¿No hay que encender las linternas en pleno día? ¿No oyen el rumor de los sepultureros que entierran a Dios? ¿No percibimos aún nada de la descomposición divina? ¡Porque los dioses también se descomponen! ¡Dios ha muerto! ¡Dios permanece muerto! ¡Y nosotros lo hemos asesinado!»

El portador de la luz se integra por varios núcleos narrativos que confluyen en un par de correlatos, estructuralmente hablando. Por un lado, es una epopeya que se desarrolla en algún lugar del espacio sideral, donde Luzbel intenta a toda costa salvaguardar la integridad de un proyecto divino que

Dios le encargó con especial cuidado, y que es, ni más ni menos, el diseño de una nueva especie, la humanidad. Por otro, es la historia filial y amorosa de un joven que busca incansablemente darle sentido a su existencia, toda vez que, a pesar de pertenecer a una familia acomodada y estudiar filosofía, entraña la necesidad maternal y el reconocimiento de la figura femenina que en un momento se presenta como envidiosa e irresponsable, pero alcanza a armonizar gracias a un matrimonio que se consolida y engendra la progresión de la vida, con una pequeña de nombre María.

Mediante el empleo de seres fantásticos alados y humanos inquietos, Luzbel reaparece nuevamente en la literatura gracias a que Robles Armenta logró integrar una obra simbólica que, además de la historia superficial mencionada, resguarda una historia profunda que el lector podrá descifrar cuando llegue hasta el final. El portador de la luz representa también, como en Willian Blake, las bodas entre el infierno y el paraíso. Y el gran salón del banquete es la abstracción del pensamiento puro; es decir, la quinta esencia que resulta de la unidad de los opuestos —Miguel y Luzbel— que dinamizan la triada —la humanidad— en la cuadratura perfecta —la obra en sí—. Este libro es, no sobra mencionarlo, fundamentalmente místico, pero además inspirador para encontrar sentido en nuestras vidas, en tiempos tan confusos como lo es el inicio del siglo XXI.

Octavio Urbina

AGRADECIMIENTOS

En las líneas que integran esta obra coinciden varios personajes terrenales hechos de carne y hueso, lo mismo que seres de luz cuya esencia no se puede tocar, pesar o medir —excepto cuando ajustan su vibración—. En ambos casos todos son ficticios. Los primeros emergen de la imaginación de quien esto escribe y, en relación con los segundos, no se cuenta con medios suficientes para comprobar su existencia o inexistencia.

Antes de ingresar en la historia, quiero reconocer la invaluable colaboración de Adrián Raymundo Juárez Domínguez, Aristeo González Aguilar, Arturo Durán Estrada, León Basurto Linares, Maribel Rodríguez González y Rodolfo Uscanga Cruz, a quienes agradezco infinitamente las aportaciones y tiempo consagrado para el desarrollo de temas muy específicos que abordo en la narrativa.

PREÁMBULO

A lo largo de la historia podemos encontrar que, con el transcurrir del tiempo, los acontecimientos se tergiversan e incluso modifican totalmente, a fin de obedecer los intereses mezquinos de quienes buscan beneficiarse de la mentira y la calumnia.

Lo que es bueno, cierto y justo para una persona tendría que serlo necesariamente para los demás; sin embargo, ¿bajo qué criterio se define lo bueno y lo malo?, ¿quién tiene la calidad moral para establecer lo correcto y lo incorrecto? ¿Dios? Por desfortuna, no existe manera de establecer un contacto fidedigno con el Padre, para saber si, efectivamente, las cosas que suceden tienen su aprobación o simplemente son consecuencia de nuestros actos. Él se limita solo a observar cómo ejercemos el «libre albedrío» que nos otorgó.

George Orwell, en su obra de ciencia ficción *1984*, mencionó que «la historia la escriben los vencedores». Desconozco si fue el primero en expresar esta idea, pero es innegable que sus palabras están cubiertas de verdad.

Es importante aclarar que, con esta novela, no se pretende atentar contra la sensibilidad de millones de personas religiosas en todo el planeta o hacerlos cambiar de opinión. Únicamente se pone en tela de juicio el dogma, al cuestionar qué pasaría si nos hubieran mentido y el concepto del mal no es como nos fue enseñado; lo cual significaría que el bien tampoco es lo que conocemos. ¿Qué pasaría si Luzbel hubiese tenido motivos legítimos para rebelarse contra Dios? Si fuera el caso, entonces ¿quién representaría el bien y quién el mal? Ya Nietzsche nos mencionó en *La genealogía de la moral* que de hecho, en algún momento del medioevo los valores se invirtieron.

Las preguntas planteadas sentaron las bases para muchas ideas que, con el paso de los años, fueron sumando el contenido de las líneas que aquí se presentan y que espero sean del agrado de personas que, como yo, no están conformes con el orden bajo el cual fuimos educados, ya que éste se funda en «verdades ancestrales», transmitidas de generación en generación e impuestas con base en el miedo, adoctrinando a las masas hasta el punto de decretar la abolición de la duda y prohibir preguntar si los hechos dados como realidad son ciertos o no; limitando, con ello, la libertad de pensamiento.

Debemos tomar en cuenta que la verdad no siempre es lo más conveniente o lo que muchos quisieran escuchar. Pero si tú, estimado lector, estás dispuesto a abrir tu pensamiento a nuevas posibilidades sin que éstas ofendan tu criterio, y eres capaz de asimilar propuestas completamente diferentes a las que te fueron inculcadas, entonces te invito a que continúes leyendo; estoy seguro que esta obra será de tu interés. Te aseguro que no te arrepentirás.

LOS HECHOS

La Biblia, en el capítulo uno, entre los versículos uno y veintisiete, del libro del *Génesis* del Antiguo Testamento, respecto a la creación del mundo, menciona: «En el principio Dios creó el cielo y la tierra… Dios dijo: ‹Sea hecha la luz› y la luz quedó hecha… Y por fin dijo: ‹Hagamos al hombre a imagen y semejanza nuestra›… Creó pues, Dios, al hombre a imagen suya, a imagen de Dios le creó; varón y hembra los creó». Bajo esta lógica discursiva, Dios creó a la humanidad; sin embargo, nunca se nos dijo el verdadero propósito de ello.

Esta es mi historia, si la inicias
espero puedas llegar a terminarla.

CAPÍTULO I

EL COMIENZO

Antes de la creación de la humanidad

«Todo lo que se hace por amor,
se hace más allá del bien y del mal».
Friedrich Nietzsche.

En la capital del universo llamada Cielo, el sol, siempre generoso compartía su energía sobre el opulento Palacio del Infinito, en cuyo interior se celebró una reunión que comprometió el destino de la especie más joven del cosmos a la que Él daría la vida. Una vez concluida, dos hermanos de apariencia indescriptiblemente fantástica protagonizaron una conversación nada agradable, pues ninguno quería sostenerla. Sin embargo, era necesario intercambiar opiniones.

—¡Esto no puede estar pasando!

—Puede, y está pasando.

—¡Pero la nueva especie tenía un propósito superior! ¡Él ordenó que así fuera!

—¡Él cambió de parecer!

—Pero...

—Nada, ya no hay más qué decir... Escuchaste, tomó una decisión, los humanos, aun cuando al principio fueron creados a imagen y semejanza nuestra, no podrán desarrollar su potencial divino.

—Pero se suponía que iban a ser una especie privilegiada. A diferencia de nosotros, tendrían un cuerpo material, que combinado con nuestra pureza espiritual los convertiría en seres inmensamente diferentes. ¿Qué pasó?, ¿por qué cambió de parecer?

Miguel caminó cinco pasos con la mirada hacia abajo; sus pensamientos se acumulaban a la velocidad del rayo. Fue que se detuvo para sentarse en la hierba y suspirar profundamente. Así permaneció por algunos instantes. Lo único que pudo sacarlo de sus cavilaciones fue la fragancia que Luzbel desprendía de forma natural, como si se tratara de una transpiración física; era un aroma que además de deleitar el olfato de quienes se encontraban cerca, transmitía tranquilidad y serenidad; un vaho que lo distinguía y constituía una virtud singular entre todos sus hermanos. Sin embargo, en ese momento Miguel fue incapaz de percibirlo a plenitud; la pesadumbre, producto de la contradicción, embargaba aquel hermoso rostro coronado con ojos verdes y cabellos negros. Muy dentro de sí, no ignoraba que las palabras que escuchó de su hermano eran ciertas; pero, de igual forma, estaba seguro que no podía hacer nada para cambiar lo que ya estaba decidido. Con un ademán lo invitó a sentarse y él aceptó.

—Lo siento, Luzbel, no tengo respuestas para tus preguntas. Pero te aseguro que la humanidad no alcanzará el desarrollo planeado desde un principio.

Miguel pudo notar que la expresión en la cara de su hermano cambiaba; nunca lo había visto así. Para Luzbel, el golpe de honestidad fue devastador; la tristeza que sintió en aquel momento inundó su magnífico rostro apacible, de frente amplia, que reflejaba una inteligencia superior a los demás, y que Él le había otorgado al momento de crearlo. La felicidad que siempre denotaban sus profundos ojos azules huyó cuando éstos se humedecieron, pero logró contenerse; fue necesario que empleara gran parte de su fuerza para evitar el llanto. Finalmente pudo hacerlo y ocultó el semblante hermoso detrás de los cabellos dorados, los cuales relucían con el destello del sol.[1]

El uno y el otro parecían esculpidos por el mismo artista, aunque Luzbel disponía de un porte más noble y majestuoso, lo que aumentaba la belleza exterior de la que gozaba. A este atributo se añadían su fuerza y estatura, rubros en que ambos estaban en igualdad de condiciones; eran los más altos entre todos los seres de luz.

Otra similitud de ambos, la que más destacaba, era que les fue otorgado el don del liderazgo, aunque únicamente Luzbel lo ejercía de manera oficial; Él así lo definió. Al mismo tiempo eran muy semejantes y diferentes entre sí, pero hermanos al fin.

Después de meditar un poco, Luzbel respondió:

—Se supone que Él es sabio y justo con todas las criaturas.

—Como te dije antes, no sé qué responder. Lo cierto es que la especie humana jamás podrá acceder al conocimiento supremo que le permita acercarse a su creador o a nosotros.

Luzbel no daba crédito a cuanto escuchaba. Por todos los medios trataba de obtener respuesta a las interrogantes que planteaba, pero no podía encontrarlas por ningún lado. Miguel, en tanto, permanecía firme y no parecía que hubiera poder alguno para hacerlo cambiar de opinión. Para él, la voluntad del Padre era absolutamente todo; cumplirla, su razón de existir. Y no lo hacía porque fuera obligación; amaba obedecerlo.

Luzbel se animó a levantar su voz.

---

1   «Perfecto eras en todos tus caminos desde el día que fuiste creado». (Ezequiel 28, 15). *Sagrada Biblia. Versión directa de los textos primitivos.* Don Félix Torres Amat (trad.) México, IM, 1986. Todas las referencias bíblicas en esta obra son tomadas directamente de esta versión. (Nota del autor).

—¡Pero esto no es justo! ¡La especie humana, si bien es la más joven, también tiene un potencial incomparable, por ser la primera que podrá ejercer su propia voluntad! ¡Además, se le dotaría de un alma, razón por la cual...!

Miguel interrumpió:

—La orden que se te dio fue diseñar un ser perfectible, lo cual ya hiciste, y debo reconocer que cumpliste ampliamente con las expectativas que Él tenía depositadas en ti. La especie humana es una obra impresionantemente magnífica, no tiene comparación alguna; conjugaste lo mejor de las anteriores y omitiste los defectos. Pero te recuerdo que tienes la obligación de obedecerlo, sin cuestionar sus designios. Ten la seguridad que será creada y verá la luz muy pronto.

—Si me dejaras explicarte...

Miguel volvió a interrumpir:

—Además, no eres el único a quien le encargó una labor así. De hecho, eras quien faltaba; ya todos diseñamos especies para nutrir el universo, desde las más pequeñas hasta la más compleja, que es la tuya. Ignoro por qué no te lo ordenó antes. Supongo que dejó lo mejor para el final. Pero recuerda que es únicamente eso, diseñar. Solo Él puede otorgar el aliento de vida.

Luzbel permaneció en hermético silencio; era más que obvio que su hermano no escucharía los argumentos que quería expresarle. Finalmente, Miguel puntualizó:

—Eres el más hermoso entre nosotros y tu inteligencia la más desarrollada, pero Él piensa que te estás volviendo arrogante al cuestionar sus decisiones. Ten en cuenta que precisamente, por manifestar tus opiniones, te está alejando poco a poco de su presencia. ¿Acaso no lo notas?, ¿es que no te percatas que pasaste de ser su favorito a convertirte en alguien que prefiere no escuchar? ¡Por favor, hermano, entra en razón!, ¡ya no pongas más en tela de juicio sus dictámenes ni sentencias!

El desconcierto en el que estaba Luzbel no parecía tener fin. Aunque le resultaba muy claro que las palabras de su hermano eran ciertas, también podía entender que sus pensamientos ya no congeniaban tanto. Esto devino en ciertas diferencias entre ellos, aunque ninguna le había provocado tanto malestar como el asunto del que hablaban.

Le pareció muy desagradable la sorpresiva decisión de limitar los alcances que la nueva especie podía tener, lo cual le generaba un serio conflicto; no entendía el razonamiento que derivó en tal postura. El amor infinito que Él le profesaba no estaba en duda, ciertamente, era solo que no compartía ni aceptaba sus criterios.

—Lo sé, Miguel, sé perfectamente que ni tú, ni yo, ni ninguno de nuestros hermanos celestiales tenemos el derecho de cuestionarlo. No somos libres de pensamiento; fuimos creados sin libre albedrío y solo debemos cumplir órdenes. Creo que…

—¡Exacto!

Miguel interrumpió a su hermano; deseaba con todas sus energías terminar la discusión que a cada instante se tornaba más estéril. No quería seguir escuchándolo; sabía que, de ninguna forma, Luzbel podría convencerlo de que se cometía un grave error, aun y cuando lo asistiera la razón. Pero continuar con el tema le empezaba a producir incomodidad, por lo que inesperadamente se puso de pie y tendió la mano a su hermano para que hiciera lo mismo. Éste dudó en tomarla, pero al final la aceptó y se incorporó. Los primeros dos seres de la creación se encontraron de pie, mirándose fijamente, uno en el otro, uno a pesar del otro y no imaginaron el catastrófico futuro que les esperaba. Miguel no pudo evitar un gesto de condescendencia; buscaba a toda costa aliviar la impotencia que su hermano mayor sentía, pero no encontró la palabra, el signo mínimo de consuelo que pudiese mitigar tal dolor.

—Ahora que lo entiendes estaré más tranquilo. Después de todo, eres mi hermano mayor y no me gustaría que tuvieras otra diferencia con Él. En verdad, espero que dejes este asunto de la nueva especie en paz; las discrepancias no son necesarias cuando todo se puede arreglar. Es cierto que tú la diseñaste, pero recuerda que Él será el creador, Él es quien otorga la vida en todo el universo.

Miguel viró media vuelta, dio la espalda a Luzbel, desplegó sus alas y se alejó de manera tan rápida que rebasaba la velocidad de la luz. No tenía ánimo de seguir discutiendo con su hermano mayor, a quien amaba y respetaba. Confiaba en que paulatinamente entendería que el Padre había cambiado su idea respecto a la especie humana y que, a pesar de no externar motivos, nada podían hacer. Su deber era acatar órdenes y el único que podía dictarlas era el Padre, el único gran arquitecto del universo y creador de todo.[2]

Por su parte, Luzbel se quedó contemplando el horizonte. Varias palabras pendientes por pronunciar se hicieron cautivas y ya nunca saldrían de su boca. Con decepción, asumió que la especie que diseñó con tanto esmero jamás alcanzaría el esplendor que en sus pensamientos más íntimos y profundos había imaginado. Esto le producía una sensación de vacío; era como si todo su enorme esfuerzo y dedicación no importaran en lo absoluto.

En su mente aún causaba eco la expresión de Miguel: «Él cambió de parecer, no puedo hacer nada al respecto», repetía y continuaba reflexionando preocupadamente, cuando de súbito escuchó un aleteo a sus espaldas. Al volverse, vio que Samael, otro de sus hermanos, había llegado. Éste se aproximó y lo saludó con un júbilo que se interrumpió cuando, después de abrazarlo, notó la tristeza que lo embargaba. Fue

---

2   «Aun desde la eternidad, yo soy, y no hay quien esté libre de mi mano; yo actúo, ¿y quién lo revocará?». (Isaías, 43, 13).

que Luzbel lo puso al corriente sobre los recientes acontecimientos en el Palacio del Infinito y la charla con Miguel. Pacientemente, Samael escuchó; compartía el mismo sentir, sabía que la especie humana tenía todo para florecer y no pudo evitar sorprenderse por la decisión que Él tomó.

—Lo que me has dicho me deja sin habla. ¿Estás seguro que esa fue su decisión?

—Así es, Él me lo dijo directamente. Traté de hacerlo cambiar de opinión, pero fue en vano. Miguel me lo acaba de confirmar. Me gustaría conocer los motivos que lo llevaron a tal resolución.

Samael guardó silencio, sosteniendo su siniestra mano sobre su boca, extendiendo el pulgar y el índice a lo ancho de su no menos agraciado rostro. Después de unos momentos de cavilación, dijo:

—Sabes mejor que yo que no debemos cuestionarlo. Si esa es su voluntad, tenemos que obedecerla.

Luzbel sabía que su hermano tenía razón, pero pudo notar un dejo de duda e inconformidad en su rostro, muy dentro de sí. Entrevió que Samael compartía su punto de vista; sentía empatía por la nueva especie y, de igual forma, consideraba que disponía de todo lo necesario para prosperar y desarrollarse.

Era cierto que, en la amplitud del universo, Él había otorgado vida a infinidad de especies y que éstas no tenían las cualidades de la humanidad; sin embargo, también era verdad que todas habían caído en un estado de letargo espiritual, por lo cual, probablemente, la que Luzbel defendía podría convertirse en un ejemplo para las otras que fueron concebidas con anticipación.

—Fui su primer ángel. Desde siempre, lo he apoyado en sus proyectos y decisiones. Estuve presente en el momento que dio origen al universo. Presencié la creación y posterior evolución de millones de seres de toda clase, animales o vegetales, animados e inanimados, materiales e inmateriales como nosotros mismos; la cual ha sido lenta, llena de tropiezos, ¡y ninguna de ellas ha podido completar el proceso para el cual fue concebida!

—Tal vez ninguna fue dotada con los medios suficientes para lograrlo.

Un relámpago de claridad mental golpeó la esencia de Luzbel. Fue como si aquellas palabras que acababa de escuchar de la boca su hermano menor le hubieran dado la respuesta que tanto buscaba. Aquel impacto le permitió ver las cosas de una manera distinta. Entonces se sumergió en una profunda meditación por un largo rato, mientras Samael, prudentemente se limitaba a observarlo en silencio y aunque no tenía el don, parecía como si leyera sus pensamientos; de haberlo tenido, se habría percatado que la mente de Luzbel asimilaba a gran velocidad la información de las desavenencias que había tenido con él, y que posteriormente éstas serían de vital importancia no solo para la nueva especie, sino también para los seres de luz, la primera que Él concibió, incluso antes de la creación del universo.

—Quizá fuiste demasiado generoso en el diseño, ¿no crees?

Luzbel se limitó a responder:

—Probablemente, hermano, pero únicamente seguí sus indicaciones.

—Y, entonces, ¿por qué el repentino cambio?

—Lo ignoro, sigo sin entender por qué me pidió una especie con tantas cualidades, si al final no estaría de acuerdo con el potencial que podría alcanzar.

Samael no daba crédito a lo que presenciaba. Alcanzó a ver cómo los ojos de su hermano empezaban a humedecerse. Vio una pequeña esfera de luz rodar por su rostro, como si fuera un copo de nieve. Su hermano mayor lloraba, hecho que es sumamente difícil que ocurra en los ángeles, puesto que sucede una sola vez, o tal vez dos, durante toda la eternidad.

—¿Por qué te interesa tanto la especie humana? —preguntó Samael.

—Porque la humanidad dispone de todo para crecer de una manera inimaginable, incluso podría llegar al nivel de nosotros, los seres de luz, o quizá superarnos. Esa fue la encomienda que Él me dio inicialmente, para ello la diseñé. Los humanos tienen ese potencial y merecen la oportunidad de intentar ejercerlo. Yo quiero hacer todo lo que esté a mi alcance porque así sea.

Fue entonces que Samael conoció el origen de la tristeza tan profunda que inundaba a su hermano, y que ésta se fundaba en una sencilla palabra: *amor*. El amor que Luzbel profesaba hacia la nueva especie era inconmensurable, puro y sincero, equiparable al que experimenta un padre hacia sus hijos. Ese amor tan real no estuvo forzado jamás; nació espontáneamente y Luzbel lo entregó, en su actividad como diseñador, de manera voluntaria. El Primer Ángel, desde una pequeña partícula de polvo estelar, destacó y reunió lo mejor de todas las especies para formar un ser nuevo y diferente. E incluso, a través de la esfera en la que se contenía toda esta información, pudo conocer cada uno de los seres humanos que vivirían y respirarían. Todos eran bellos e irrepetibles. Así fue como, durante el proceso cosmogónico artesanal en que se vio involucrado, Luzbel desarrolló un verdadero sentimiento de filiación paternal hacia la humanidad.

Después de unos instantes, el ángel primigenio levantó la mirada y suspiró. Entonces cuestionó a su interlocutor y a sí mismo:

—¿Por qué ya no me escucha?, ¿por qué?

Su dolor era genuino. Samael percibió la determinación que imprimía en sus palabras y concordaba con éstas; sabía, sin duda alguna, que la razón estaba de su parte. Sin embargo también era consciente que no podían oponerse a los designios que Él había decretado. Prudente en aquel momento, dejó transcurrir unos instantes y después dijo:

—No te escucha más, por una razón.

Se hizo un silencio entre ambos. Luzbel clavó sus pupilas fijamente en las de su hermano e hizo un gesto que lo incitó a continuar.

—Eres el único que le ha hecho notar una legítima inconformidad frente a sus decisiones, aun y cuando somos muchos los que compartimos tu opinión y sentimientos. Es por ello que no estás ya tanto en su gracia, que ya no mucho le agradas.

—Pero soy su hijo, jamás haría algo en contra de Él o mis hermanos.

—Lo sé, Luzbel, pero Él ya no es quien solía ser. Hay ocasiones en que ni siquiera lo reconozco. También sé que tu pensamiento es correcto; la lógica está de tu lado. Soy testigo del empeño que aportaste para diseñar la nueva especie.

El silencio volvió a reinar entre los dos, hasta que Samael lo rompió:

—¿Qué tienes en mente?

—Aún no lo sé.

Luzbel era muy conocido en el universo entero. Todas las especies, en su pobre y primitivo entender, tenían claro que su mayor benefactor era un ente con seis extremidades, y que las más visibles de éstas le brotaban de la espalda; había «alguien» que se encargaba de proveer lo necesario para su existencia, y era Luzbel. Sin embargo, en aquel instante, en sus ojos, en su mirada, se manifestó algo que Samael nunca había visto y que pudo notar por primera vez: la bondad ligada a la misericordia, la compasión y la generosidad, pero sobre todo el amor.

—¿Tratarás de hablar nuevamente con Él? —preguntó Samael.

—Si.

—Muy bien, estoy seguro que podrás convencerlo de que cambie su idea.

Luzbel hizo una pausa, para después objetar:

—Francamente, dudo que suceda.

—Entonces, ¿para qué dialogar con Él si ya conoces la repuesta que te dará?

—Él es mi Padre, mi creador; no quiero desobedecerlo.

—Limítate a cumplir, y ya.

—No puedo, lo que está sucediendo no es correcto.

—Mide tus palabras, Luzbel, de sobra sabes que no es lícito contradecirlo.

—Lo sé, y me duele.

—¿Acaso amas a la nueva especie más que a Él?

—No, no digas eso. Esto no es una cuestión de elección, se trata de hacer lo correcto; la humanidad debe tener la posibilidad de alcanzar el nivel supremo. Si no es de esa manera, entonces no entiendo por qué me ordenó diseñar un ser con tantas cualidades, para después privarlo de su uso.

—No lo cuestiones.

Luzbel hizo una pausa. Súbitamente se dio cuenta que había iniciado un camino inexorable, lleno de preguntas para las cuales no existían respuestas sensatas.

—Trato de no hacerlo, únicamente me gustaría conocer sus razones para entender la contradicción.

—¿Y, por qué no le preguntas?

—Porque Él... ya no me habla.

El viento comenzó a soplar y alborotó la cabellera larga, castaña clara, de Samael, quien de manera inconsciente bajó la mirada que enmarcaba sus ojos negros. Luego de unos segundos, miró nuevamente a su hermano y dijo:

—Te ayudaré en todo lo que pueda, en aras del bienestar de la especie humana; apoyaré tu causa, pero debes tener muy claro que tus acciones presentes y futuras pueden traerte consecuencias y probablemente resulten desastrosas.

Luzbel suspiró. Luego levantó mirada y la dirigió al Palacio del Infinito, donde Él se encontraba. Entonces dijo:

—Agradezco tu solidaridad, hermano, pero aún no sé qué hacer. Solo entiendo que la humanidad es una especie que merece la posibilidad de desarrollar sus dones. Sé perfectamente que mi pensamiento, en relación con la situación, no será aceptado por Él y por muchos de nuestros hermanos, pero haré todo lo que esté a mi alcance para que la especie más joven de este universo prospere. Tal vez me convierta en un proscrito, y será el precio que habré de pagar por no estar de acuerdo con la voluntad de Dios.

CAPÍTULO II
DESCUBRIENDO EL MUNDO

Cuernavaca, México. Año 1995

Nació Sebastian Cobretti Walker, de ascendencia italiana e irlandesa, en Cuernavaca, el mismo lugar donde sus padres contrajeran nupcias y también decidieran establecerse, debido al clima benévolo y su cercanía con la Ciudad de México, que visitaban con regularidad, pero que consideraron un sitio demasiado grande y agitado para vivir y criar al pequeño. Fue una excelente decisión que en su momento tomaron, en gran medida atendiendo el aspecto demográfico, pero que, sin saber, al paso de los años se convertiría en lo más adecuado para su hijo.

Elizabeth Walker provenía de Dublín. Tenía la piel blanca, los cabellos rojizos y ojos azules. Giacomo Cobretti vio la luz por primera vez en Nápoles. Era ligeramente moreno, de cabello negro y ojos café oscuro, con mirada expresiva en la que podía percibirse un corazón bondadoso. Él, ingeniero, y ella, arquitecta, se conocieron durante unas vacaciones de verano en que coincidieron en Cancún, hermoso paraíso del Caribe mexicano. Fruto de aquel amor vino al mundo un niño que con el paso del tiempo se convertiría en un ser muy diferente.

A simple vista, Sebastian era un niño como todos los demás, aunque llamaba la atención el tono de su piel morena clara que armonizaba con los cabellos negros y la mirada cautivadora que heredó del padre, mezclada con la intensidad de los profundos ojos azules que obtuvo de su madre. La combinación de sus culturas de origen propició que aprendiera a hablar inglés, italiano y gaélico antes que español, por lo que la ausencia temprana de esta lengua lo aisló paulatinamente del resto de los niños, volviéndolo solitario y reflexivo; hecho que no le molestaba en lo absoluto. En sus largas horas de soledad, experimentaba algo en su interior que su mente infantil no lograba describir ni era capaz de interpretar. La única seguridad que tenía era que le gustaba permanecer aislado; sus pensamientos lo transportaban a un lugar en el que se llenaba de tranquilidad, desprendiéndose del mundo material, como si buscara algo que le faltaba.

Era un niño muy especial, ciertamente. Desde su nacimiento evidenció su impulsividad e inquietud constantes; se movía todo el tiempo y le resultaba casi imposible esperar el turno que le correspondía. Disponía además de una memoria prodigiosa que le permitía recordar el mínimo de los detalles, cosa que a la gente le sorprendía, pues, gracias a ello, aprendió a leer a los tres años. Sebastian no lo entendía pero aquel don de la remembranza se convertiría en una maldición que reafirmó el dicho de la gente: «Para ser feliz, hay que tener mala memoria», cosa que más tarde comprendería y no de la mejor forma, aunque con el paso de los años alguien muy especial coincidiría con esta afirmación.

El pequeño Sebastian, desde siempre mostró un genuino interés por las culturas antiguas, el origen de la humanidad y su evolución y vínculo con el universo, hecho que sus padres aprovecharon para conseguirle una buena cantidad de libros que lo mantenían entretenido y le aportaban conocimiento. Fue criado, además, en el seno de una familia católica tradicional, por lo que vivió y creció rodeado de un ambiente religioso que aderezó su conducta inquieta, lo cual devino en un niño lleno de interrogantes que casi nunca obtuvieron respuestas.

Lo cautivaba el arte sacro, aunque no entendía la mórbida fascinación que producía en las personas cuando las obras expresaban dolor, sufrimiento o agonía, como el caso del Cristo en la Cruz, que probablemente sea la representación religiosa más conocida del mundo. No le gustaba asistir a misa; tenía que realizar un gran esfuerzo para permanecer casi inmóvil durante tanto tiempo. En Sebastian resultaba contradictorio el hecho de que podía pasar horas contemplando, en alguna enciclopedia, detalles de los trabajos de Miguel Ángel Buonarroti, como la Capilla Sixtina, y que hubiese otras cosas que no soportaba ver ni siquiera por un minuto.

Cierto día, cuando aún tenía tres años, sus padres recibieron una invitación para asistir en familia a una boda que se celebraría en la Parroquia del Señor de la Cañita, en la colonia 25 de Julio, de la Ciudad de México. Nada nuevo para el niño pues, desde que tenía memoria, practicaba el ritual católico. Esa vez, al trasponer las puertas de la iglesia no percibió nada particular; al igual que todas las que había visitado hasta ese momento, también era solemne, silenciosa y algo oscura. No obstante, existía en ella algo diferente que pronto descubriría.

A ocho metros de la entrada, justo en el costado derecho se ubicaba un altar de aproximadamente un metro y veinte de ancho, noventa centímetros de profundidad y unos tres metros de altura. Estaba hecho de madera, con acabados en barniz claro. Disponía de un fondo cuyo forro era de terciopelo rojo y bordados dorados con formas irregulares. Dentro se albergaba la imagen de un niño sentado, emulando a Jesús de Nazaret, recién nacido pero vestido con ropajes de color blanco; nada fuera de lo común en México, donde se venera a Jesucristo de miles de formas. Sin embargo esta imagen estaba fuera de lo común, puesto que no tenía ojos y derramaba lágrimas de sangre. Esto se notaba fácilmente, debido a que tenía los párpados abiertos y se apreciaban las cuencas huecas, como si las órbitas oculares hubieran sido recientemente vaciadas de manera tormentosa.

Al momento de contemplar tan tétrica imagen evocadora de la muerte, Sebastian cambió su semblante. La sonrisa infantil que lo caracterizaba desapareció y dejó en su lugar una mueca de asombro y desaprobación. Todas las fibras de su cuerpo comenzaron a vibrar de una forma indescriptiblemente negativa. No entendía los motivos por los cuales una efigie de esas características se encontraba en un templo sagrado. Es cierto que ya antes había visto figuras en las que se plasmaba el dolor, solo que ninguna era tan explícita, y menos en el cuerpo de un niño. Experimentó una emoción que hasta entonces le resultaba desconocida y tuvo miedo a la religión y a quien la representaba. Entonces supo lo que era no estar de acuerdo con Dios, o por lo menos así lo entendió.

Aquella experiencia provocó una cascada de cuestionamientos nada convencionales para un niño tan pequeño, aunque no sería la última. El más profundo impacto se generó tiempo después, cuando a los cinco años visitó por primera vez la Basílica de Guadalupe.

CAPÍTULO III

SIMPLE LÓGICA

Cuernavaca, México. Año 2000

«Un niño es la verdad con la cara sucia.
La sabiduría con el pelo desgreñado.
La esperanza del futuro».
Enrique Rambal.

ERA OCTUBRE CUANDO DOS PARIENTES VINIERON DE DUBLÍN, a visitar el país azteca. Los tíos de su madre, Edward y Charles Walker, se sorprendieron con la inmensidad de la capital, a la que no pudieron verle fin cuando descendía el avión en el que arribaron. Mayor sorpresa aun experimentaron cuando conocieron al pequeño irlandés, quien los cautivó con su gran simpatía e inteligencia, sobre todo porque hablaba la lengua de su madre, el gaélico. Aquel vínculo consanguíneo fue tan auténtico que parecía como si los tres se hubieran conocido desde el momento en que Sebastian nació.

—La sangre llama —mencionaba su padre al ver los continuos jugueteos de la terna, haciendo alusión a un popular dicho mexicano en el que se expresa la clara afinidad que puede existir entre familiares, aun y cuando estos no se hubieren conocido antes.

Una vez instalados, los tíos Walker, quienes habían traído una buena cantidad de discos compactos, aprovecharon la cu-

35

riosidad del niño para adentrarlo en el mundo de la música, que era muy diferente al que podría imaginar.

—Es cierto que, musicalmente hablando, los irlandeses somos los negros de Europa, pero no todo en la vida es U2 o The Cranberries —solían decirle mientras lo miraban y acariciaban su cabellera de negros rizos. Lo enseñaron a apreciar a Mozart, Beethoven, Bach, pero Sebastian sintió una especial atracción por Édith Piaf; le fascinaba el vibrato de su voz; podía escuchar *Non, je ne regrette rien* diez veces seguidas, sin aburrirse.

—Mi hijo es un alma vieja —pensaba su madre cuando lo miraba de lejos, con un dejo de incertidumbre, ya que nunca había tenido la experiencia de educar una personita y no estaba segura de poder con el paquete de criar un niño con tan generosas cualidades. Sentía que no estaba a la altura para afrontar con éxito un reto tan demandante como lo era la formación de su hijo. No sabía cómo inculcarle valores ni poner límites a sus incesantes dudas. Tampoco tenía idea de cómo comunicarse con él, pero, por encima de todo, no le tenía la mínima paciencia.

En ocasiones era rebasada por la actividad constante que el pequeño requería y se preguntaba de dónde sacaba tanta energía. Muy en el fondo era consciente de su limitación maternal y esto era demasiado doloroso para su ego, vanidad y soberbia. Sebastian, a tan corta edad, dejaba ver claramente sus virtudes, las cuales ella nunca podría alcanzar; en él se cristalizaba todo aquello en que le hubiera gustado convertirse en la edad adulta. Apenas era un infante y la llenaba de frustración; era muy claro que Elizabeth le tenía envidia a su propio hijo.

Sus tíos vieron con agrado cómo el pequeño irlandés, lleno de energía, asimiló la esencia de la música clásica. No pasaría mucho tiempo para que tuviera un violín, al que le sacaba sonidos sin armonía y que no dejaba de tocar por ningún motivo, ante las muecas de fastidio de su madre.

Los tíos Walker también eran amantes de las culturas prehispánicas, por lo que decidieron aprovechar su estancia de dos semanas en México y visitar todas las zonas arqueológicas que les fuera posible, comenzando por el estado de Morelos. La primera fue Teopanzolco, en el valle de Cuernavaca, que goza de un nutrido número de visitantes pese a disponer solo de una pirámide muy pequeña. Posteriormente conocieron Xochicalco, en el municipio de Temixco, a treinta y ocho kilómetros de la capital morelense.

Los parientes no podían partir sin acudir al centro ceremonial de Teotihuacán, enclavado en el norte de la Ciudad de México. Esta urbe fue de las más grandes del mundo precolombino y llegó a concentrar una población mayor a los cien mil habitantes, en su momento de máximo esplendor. Muy probablemente era la ciudad más grande de aquellos tiempos remotos, incluso más que Roma. La magnificencia de sus ruinas los impactó y no dejaban de asombrarse con los pasos que daban en la calzada de los muertos; parecía que cada piedra en el suelo les revelara una historia oculta.

Al terminar la visita, Giacomo, consciente de que los Walker provenientes del otro lado del Atlántico profesaban el catolicismo, propuso que de regreso visitaran la Basílica de Guadalupe, la cual quedaba de camino entre Teotihuacán y Cuernavaca; era un sitio que, desde un principio, tenían marcado en el itinerario, con la firme intención de saludar a la «Madre de Dios». Fue al transitar por la carretera ochenta y cinco que determinaron llevar a cabo la pequeña escala para visitar el templo del Tepeyac.

Al llegar a Lindavista, estacionaron la RAM Charger en la calle de Arequipa y, una vez que descendieron, caminaron hasta la avenida Montevideo, para cruzar Insurgentes, en su tramo norte. Los Walker, europeos al fin y católicos hasta la médula, no pudieron contener la emoción que les produjo ver a la distancia, y por primera vez, el templo del Tepeyac. Sebastian conocía muy bien la historia del milagro guadalupano y tampoco podía ocultar la ansiedad que le provocaba la idea de visitar el recinto sagrado.

Atravesaron la Calzada de los Misterios y entraron al atrio. Se dieron cuenta que estaba vacío; no se encontraba rebosante de feligreses, como era costumbre, quizá por la leve lluvia que caía sobre la gran ciudad y que impactaba en el número de visitantes. Aún no cruzaban el perímetro del templo cuando vieron que en línea recta a ellos estaba una de las siete puertas de acceso normales al interior, pero no se permitía el paso debido a labores de mantenimiento. Caminaron unos veinte metros y Sebastian vio que a su izquierda estaba una tienda donde se podía comprar todo tipo artículos alusivos a la Virgen y sus milagrosas apariciones. Justo enfrente se ubicaba el módulo de información, donde les indicaron que para ingresar en el santuario debían emplear la puerta monumental número uno, que quedaba algunos pasos más adelante.

Fue muy grata la impresión que produjo en Sebastian contemplar aquel enorme sitio; era el recinto religioso más importante de México y el más visitado del mundo, pues recibe veinte millones de peregrinos cada año, superando las dieciocho millaradas de la Basílica de San Pedro, en Roma. Tanta ha sido su popularidad, que el antiguo templo fue visitado en 1962 por el presidente de los Estados Unidos, John F. Kennedy, y su esposa Jacqueline. Ahí, precisamente, comenzaron a originarse innumerables contradicciones que desencadenarían un sinfín de acontecimientos, algunos muy afortunados y otros no tanto.

Ya en el interior del templo, de manera sincrónica y casi militar, los cinco turistas hicieron con la mano derecha la señal de la cruz y se persignaron. Enseguida dirigieron sus pasos a la banca más cercana y permanecieron en ella hasta que terminó la homilía sacerdotal. Posteriormente avanzaron lo más que pudieron, para observar de cerca la imagen de la Santísima Virgen de Guadalupe, pero el acceso se hallaba restringido por una vaya de madera que circundaba el altar mayor que databa del siglo XVIII, y que resguardaba el área sacramental. Este altar, recubierto de mármol, fue erigido a varios niveles sobre el de los fieles, con la intención de resaltar dicho segmento. Desde ahí avanzaron a la izquierda y Sebastian vio una gran cantidad de banderas que pertenecían a distintas naciones alrededor del mundo. Más adelante pudieron encontrar una de las rampas que existían en cada lado del altar, las cuales favorecían la cercanía de los visitantes. Descendieron por ellas y Sebastian chocó contra una enorme alcancía que se encontraba en mitad del camino y le provocó una ligera herida de donde brotó una pequeña gota de sangre, pero que de inmediato se limpió para no alarmar a nadie y evitar otro regaño de su madre.

Cuando llegaron a la parte más profunda pudieron notar cuatro pasarelas automáticas, cuya finalidad consistía en permitir que los visitantes apreciaran la imagen de la mejor forma posible. Antes de emplearlas, sus tíos se detuvieron para admirar dos imágenes del indio Juan Diego esculpidas en madera, que colgaban encontradas sobre ambos muros. Sebastian se quedó mirando un letrero metálico, cuya inscripción le costó un poco de trabajo descifrar, debido al estilo de la escritura, el cual decía: «FUI A CUMPLIR TU MANDADO... / PERO NO LO TUVO POR CIERTO... / HIJO MÍO EL MÁS PEQUEÑO... ES / DE TODO PUNTO PRECISO QUE TU MISMO SOLICITES Y AYUDES / Y QUE CON TU MEDIACIÓN SE CUMPLA MI VOLUNTAD / SEÑORA Y NIÑA MÍA... / DE MUY BUENA GANA IRÉ A CUMPLIR TU MANDADO».

Subieron a una de las pasarelas y en el lado izquierdo se encontraba un enorme cuadro suspendido en las alturas; ahí, frente a ellos, estaba la «Madre de Dios». La imagen, ligeramente cargada hacia el lado derecho del muro que la sostenía, disponía de acabados en madera de relieve. Sobre ella, a unos cincuenta centímetros, colgaba una corona. Y más arriba, en el centro, también se localizaba una cruz. En la parte más baja, una inscripción decía: «¿NO ESTOY YO AQUÍ QUE SOY TU MADRE...? / ¿NO ESTÁS POR VENTURA EN MI REGAZO? ¿QUE MAS HAS MENESTER...? / NO TE APENE NI TE INQUIETE COSA ALGUNA».

Había pocas personas, ciertamente, pero Sebastian alcanzó a notar un grupo de turistas y podía entender perfectamente lo que decían, aunque su pronunciación y modo de hablar le causaba cierto extrañamiento.

—Son españoles —le dijo su padre mientras lo tomaba de la mano, dándose cuenta del pequeño rasguño que momentos antes se había hecho. Tras verificar que no era nada grave, lo invitó a no mirarlos tan insistentemente, para no causarles incomodidad.

Los turistas eran encabezados por un guía local, quien les explicaba todo lo relacionado a las supuestas apariciones de la deidad, en diciembre de 1531. Con relación a este evento podemos destacar que el nueve de diciembre de aquel año, la Santísima Virgen de Guadalupe hizo su primera aparición en el cerro del Tepeyac, siendo el único testigo el indio Juan Diego. Le pidió que fuera en busca de fray Juan de Zumárraga, primer obispo de la Nueva España, para pedirle que construyera un templo en su honor, justo en ese lugar. Juan Diego cumplió con la petición, pero Juan de Zumárraga no creyó en sus palabras, por lo que le pidió pruebas de aquel divino acontecimiento. Ante el escepticismo, el indio volvió al Tepeyac para comunicar lo sucedido, por lo que la Virgen le pidió cortar algunas rosas de castilla, que las envolviera en su ayate y que se las llevara a Zumárraga. Cuando Juan Diego cumplió este encargo y mostró las flores al obispo, en ese momento se dieron cuenta que la imagen de la Virgen de Guadalupe estaba plasmada en el lienzo de aquel indio.

Las palabras del guía eran correctas, pero hubo un aspecto que llamó especialmente la atención de Sebastian al escuchar las dimensiones del manto.

—La imagen mide uno punto cero cinco metros de ancho, por uno punto setenta y cinco metros de altura —dijo el guía.

Inmediatamente el pequeño irlandés echó a andar su maquinaria cerebral; la lógica lo obligaba a pensar que quizá la información que estaba transmitiéndose era errónea, y no pudo evitar cambiar su rostro de ingenuidad infantil por uno de incredulidad. Fue que se acercó a su madre, la tomó y jaloneó su mano con impaciencia, para llamar su atención aun y cuando ella conversaba con el tío Edward.

—¡Mamá, mamá!

Su madre no le puso atención y, al no obtenerla, el pequeño continuó insistiendo, hasta el grado de volverse molesta la situación.

—¡Mamá, mamá!

—Sebastian, ¿qué quieres?, ¿no ves que estoy platicando?

—Pero... necesito preguntarte...

—Espera, por favor.

—Pero... es importante.

Elizabeth continuó hablando como si Sebastian no existiera, aunque él seguía tirando de su mano con gran desesperación.

—¡Pero, mamá!... ¡Necesito preguntarte algo!

—Te he dicho muchas veces que no es correcto interrumpir a los mayores cuando están hablando.

Al escuchar que las voces iban en aumento, Giacomo y su tío Charles se acercaron para averiguar por qué había tanto barullo en un lugar sagrado. Si sus padres no entendían el motivo de la exaltación del pequeño, sus tíos menos, puesto que ni siquiera hablaban español.

Después de algunos segundos, con un gesto de fastidio, finalmente Elizabeth se inclinó hacia el pequeño, diciéndole:

—¿Qué es tan importante?, ¿por qué haces tanto escándalo?

—Es que el señor que está allá dice que la imagen de la Virgen de Guadalupe mide uno punto setenta y cinco metros de alto… Mamá, ¿eso es cierto?

La madre respondió:

—Sí, Sebastian, es cierto. ¿Cuál es problema?

Sebastian no daba crédito a lo que su madre le decía y miró entonces fijamente a su padre, que a su vez también lo miraba, aunque tampoco entendía el motivo de tanta insistencia. Conocía a su hijo, sabía que la curiosidad ya lo dominaba; sin embargo, nunca imaginó lo que estaba a punto de suceder. Fue que el pequeño dijo:

—Juan Diego debió ser muy alto.

Todos los presentes se quedaron pensando, sin entender lo que Sebastian quiso expresar. La declaración había sido tan sorpresiva que nadie se atrevió a preguntar en razón de qué venía aquella conjetura, por lo que Giacomo preguntó:

—¿Por qué dices eso?

Después de unos segundos, Sebastian respondió:

—Tú mides uno punto setenta y cinco metros y los ayates, como los indígenas los usaban en aquel tiempo, solo cubrían el pecho, el estómago y la mitad de las piernas. Si tomas en cuenta que el cuello y la cabeza de una persona miden aproximadamente treinta centímetros y que la mitad de las piernas que el ayate no alcanza a cubrir miden cincuenta y cinco centímetros, significaría entonces que Juan Diego tenía una estatura de por lo menos dos metros con sesenta centímetros. Por lo tanto, Juan Diego no solo era el hombre más alto de la Nueva España; probablemente, también, en aquel momento era el hombre más alto del mundo.

La inferencia del pequeño causó gran sorpresa no solo entre sus familiares, sino también entre los turistas que se encontraban cercanos y que no daban crédito a lo que recién habían escuchado, puesto que no hallaban fallas en aquella lógica infantil.

No había pasado un segundo cuando Sebastian sintió un profundo ardor en la mejilla izquierda, y fue tan fuerte el impacto de la bofetada que acababa de recibir, que le había volteado el rostro hacia el lado derecho, al punto de casi derribarlo. Cuando se recuperó buscó el origen de aquella agresión y encontró la mano de su madre, quien lo miraba con ira inexplicable; era como si aquel pequeño hubiese cometido el peor de los pecados y ella asumiera el cruel rol de un verdugo.

Las lágrimas rodaron por el rostro del pequeño que no pudo entender la furia de su madre. Sebastian, instintivamente, con su mano izquierda empezó a consolar el dolor que le produjo la bofetada y miró a su mamá con tristeza y desconcierto; sentía como si desde los ojos de ella fluyera una energía equiparable a la de un volcán en erupción. Giacomo intervino:

—¿Por qué lo golpeaste?

No hubo respuesta, Elizabeth no pronunció palabra, ni siquiera pestañeaba; parecía una estatua, salvo por el movimiento de la respiración agitada que se le notaba en el pecho. La escena fue tan incómoda que las personas alrededor fingieron no haber presenciado nada y continuaron su recorrido turístico. La barrera del idioma impidió que los tíos se enteraran de lo que sucedió, pero tenían claro que su sobrina se había equivocado, pues consideraron que no debió maltratar a su hijo y se lo expresaron en su lengua madre, por lo que ella dio excusas que no le aceptaron. Lo único cierto es que fueron testigos de cómo la curiosidad de un niño era reprendida de una forma por demás inadecuada.

Dado el reciente infortunio, los visitantes comenzaron a andar y buscaron la salida. Sebastian caminaba con la vista hacia abajo, contemplando los Converse rojos que le habían comprado durante el último viaje a Orlando. Antes de alcanzar el exterior del templo, Elizabeth, sorpresivamente, tomó el brazo derecho del pequeño, a manera de que éste se detuviera. Él notó que aún permanecía la ira en sus ojos y la escuchó decir en un tono de voz muy bajo, pero amenazante:

—¡No vuelvas a blasfemar nunca!, ¡y menos frente a la Madre de Dios!

CAPÍTULO IV

ALGUIEN MUY ESPECIAL
Cuernavaca, México. Año 2020

«El delicado equilibrio de ser mentor de alguien no es crearlo a tu propia imagen, sino darles la oportunidad de crearse a sí mismos».
Steven Spielberg.

AL DÍA SIGUIENTE EL AMBIENTE FAMILIAR era una normalidad casi forzada. Sonaba en el reproductor *Devil In her Heart*, de The Beatles, chocando con el ruido que Elizabeth generaba al cocinar huevos fritos y preparar café. Todos parecían haber superado el incidente en la Basílica, excepto el pequeño irlandés, que recordaba el dolor y vergüenza que lo invadió al ser abofeteado injustamente delante de todos; por lo que permanecía en su cuarto, encerrado, fingiendo hacer tarea.

—No tengo ni ganas de hacerla —pensaba, mientras revisaba las hojas de un libro escolar al que realmente no le ponía atención.

Su padre entró al cuarto, se sentó junto a él y vio que apenas y quería moverse por la tristeza que lo embargaba.

—¿Que tienes, hijo?

Sebastian rodó sobre la cama ocultando el rostro. Giacomo lo tomó entre sus brazos para observarle la cara y el estado del rasguño, pero él se cubrió con sus manitas, para intentar disuadirlo. Entonces su padre se limitó a abrazarlo contra el pecho, de forma cariñosa. Cuando lo soltó, el niño preguntó:

—¿Por qué mi mamá se enojó conmigo?

Giacomo lo contempló con ternura, le acarició la cara y contestó:

—Hay personas a las que no les gusta aceptar la verdad, aun si ésta les cayera encima.

—Entonces, ¿debo mentir?

—No, hijo, no debes mentir; únicamente debes entender que...

—¿Qué, papá?, ¿que a mamá no le gusta escuchar la verdad?

Realmente Giacomo no tenía argumentos, pero hizo su mayor esfuerzo.

—Tu madre es muy religiosa y creyó que tus palabras no fueron correctas... Eso es todo... No pienses más en eso, por favor.

—Pero, ¿qué hice de malo?

—Nada, hijo.

—Entonces, ¿por qué me golpeó?

Nuevamente su padre enmudeció, por lo que se limitó a decir:

—Hay cosas que todavía no entiendes porque eres pequeño. Solo no hables de cuestiones religiosas frente a tu madre... Ahora quita esa cara de tristeza y vamos a desayunar.

Sebastian se limpió los ojos.

—Sí, papá, pero con una condición.

—¿Cuál?

—¿Me cargas?

Su padre sonrió y vio cómo Sebastian también sonreía. Mientras caminaba con él sobre sus hombros, dio por hecho que aquel incidente quedaría en el pasado, pero se equivocó, ya que se sumaría a muchos otros que con el paso del tiempo marcarían la destrucción del vínculo materno.

Para consumar su estancia en México, los Walker decidieron visitar Amatlán, a una hora de la Ciudad de México; sitio famoso por sus pinturas rupestres, amates negros y amarillos y árboles de ciruelos, pero sobre todo porque, cuenta la leyenda, ahí nació Quetzalcóatl. Este es un lugar lleno de historia, pues también alberga al cerro del Tepozteco, en cuya cima se erige un hermoso adoratorio consagrado a los guerreros mexicas, construido durante el reinado del tlatoani Ahuízotl.

Para conocer debidamente el lugar, se tiene que recorrer un largo y sinuoso camino. No es posible hacerlo por cuenta propia; es indispensable contratar los servicios de un guía, que por lo regular es algún lugareño. Así fue como conocieron a don Lucho, un anciano que apresuradamente movió su cuerpo esquelético cuando vio que la RAM Charger de los Cobretti disminuía su marcha, en busca de un espacio para estacionarse.

—¡Aquí, patroncito, aquí tengo lugar! —dijo Lucho, mientras agitaba su sombrero al mismo tiempo que sonreía, mostrándoles su precaria dentadura consumida por las caries.

Desde afuera, este personaje hizo las señas necesarias para indicar el lugar preciso en que podrían aparcarse. No acababan de descender cuando ya enunciaba las bellezas del lugar, ofreciéndose para mostrárselas personalmente, con mayor detalle. Era difícil calcular su edad, aunque resultaba obvio que ya había transitado muchas primaveras. Tenía el cabello completamente blanco. De piel tostada por el sol, bajo el cual había pasado toda la vida, poseía también un rostro repleto de arrugas. Sus manos estaban llenas de cicatrices, probablemente consecuencia del trabajo arduo en el campo.

La amplia sonrisa en sus labios secos denotaba amabilidad y gentileza, pero el rasgo más llamativo era el penetrante olor a sudor que le emanaba del cuerpo entero. El anciano vestía una camisa azul visiblemente gastada por los años, pantalón de mezclilla, sandalias y un morral que le colgaba del hombro derecho.

—¿Por qué no tienes dientes? —le preguntó Sebastian, mientras lo observaba.

—Porque ya estoy viejo —dijo sonriente y aún no terminaba de responder cuando Elizabeth terció de forma autoritaria.

—¡No es correcto hacer esas preguntas, Sebastian!

Don Lucho se limitó a defender al pequeño.

—No se apure, patroncita, así son los niños de curiosos y este es el más inquieto de todos los que he conocido, desde que llegué a esta tierra, hace ya varios años.

Después de una breve negociación, se acordó el precio por conducir a los turistas hasta la cascada de la Nahuala, y de regreso; iniciando la marcha tres horas antes del mediodía. La caminata fue en línea constante, llena de incesantes quejas por parte de Elizabeth, que a menudo reprendía a Sebastian por todo y nada a la vez; haciendo algunas pausas para beber agua y otras para recuperar energías. Don Lucho siempre iba al frente. Con paso firme, marcaba el ritmo a los cinco seguidores, ninguno de los cuales daba crédito a la gran fuerza física que el guía demostraba cada metro que avanzaban. Ya había transcurrido poco más de una hora cuando Charles dijo, desde el final de la fila:

—This old man is amazing, he can walk all day long![1]

Al terminar la oración, desde la punta de la fila se escuchó que alguien respondió:

---

1 Este viejo es sorprendente, puede caminar todo el día.

—Yes, sir. I can do it, and I can speak English too.[2]

Todos comenzaron a reír; la sorpresa no era para menos. Don Lucho, además de ser un hombre amable, dejaba claro que también era inteligente, pues entendía el inglés perfectamente. Seguramente lo había aprendido a través de los muchos años que trató con diversos extranjeros, aunque no podía evitar el acento característico de los pueblos originarios de México. Sebastian, harto de las quejas de su madre, soltó su mano y corrió al frente de la fila, hasta alcanzar la punta que encabezaba aquel anciano de piel morena. Ambos sonrieron. Don Lucho lo miró y le dijo en voz baja y comprensiva:

—Eres muy listo, muchacho. La mayoría de personas nunca podrá entenderte. Debes tenerles mucha paciencia, siempre, especialmente a tu mamá.

Fue la primera vez que Sebastian se dio cuenta que alguien notaba que su madre y él tenían una relación muy lejana de lo convencional. Era cierto que su padre lo entendía, pero nunca, nadie más, aparte de él, había percibido que a pesar del vínculo familiar Elizabeth y él no congeniaban. Incluso, por momentos eran como el agua y el aceite, imposible de combinar. Aquellas simples y cortas palabras generaron confianza y empatía momentánea en el pequeño irlandés, lo cual, con el paso del tiempo, se transformaría en amistad.

El hecho que Sebastian cambiara de sitio en la fila de excursión, no pudo ser más provechoso. El anciano hablaba incesantemente, dando explicaciones sobre los atributos de las plantas medicinales que a su paso encontraban; conocía el nombre de las especies de árboles, de las flores y sus fragancias. Era como si cada roca, rama u hoja del camino estuvieran ahí, justamente, por decisión suya. La escena realmente era asombrosa; Sebastian no paraba de preguntar

---

2 Sí, señor, puedo hacerlo y también puedo hablar inglés.

y el anciano no dejaba de responder, dejándolo maravillado ante su conocimiento, que había adquirido con los años de recorrer el sendero pero, sobre todo, por haberse vuelto uno con la naturaleza.

—A partir de este punto empieza la montaña sagrada. Pronto llegaremos a la Puerta de Quetzalcóatl y podrán ver un arco en medio de ella —dijo don Lucho, sin interrumpir su andar por el sendero.

Cuando por fin arribaron al sitio, la emoción fue visible en los cinco visitantes. Frente a ellos se encontraba el portal al infinito que don Lucho les había anticipado. El sitio resguarda diversas pinturas rupestres llenas de misticismo. La gente meditaba y llevaba a cabo rituales amontonando rocas de diferentes tamaños, una sobre la otra. Después de algunos minutos continuaron la marcha, subiendo el cerro, hasta llegar al Mirador de Tlamanco. También encontraron pequeñas ruinas arqueológicas donde personas ajenas a los nativos desarrollaban ceremonias.

Don Lucho se detuvo y exclamó:

—¡Hemos llegado!

Al mismo tiempo que observaba a su alrededor, los visitantes miraban cómo los siglos respetaban el basamento de lo que había sido una pirámide. Entonces, expuso:

—Aquí es Centeopan. Este era el templo del maíz. Aquí nació Quetzalcóatl, principal divinidad de los mexicas.

Los tíos europeos estaban muy cansados, aunque no tanto como para dejar de disfrutar lo que tenían a su alrededor. Conocían el sitio por fotografías, pero nunca sospecharon que estarían ahí, que lo tendrían bajo sus pies y al alcance de sus manos. Don Lucho, fiel a sus costumbres, en inglés y español comenzó a narrar el nacimiento de Quetzalcóatl y contó, además, que la zona fue descubierta por accidente cuando dos lugareños pretendieron construir su casa. Sucedió que al remover la tierra para extraer piedras, encontraron el basamento del templo, junto con muchos ídolos y vasijas de la época prehispánica.

Sebastian trataba de poner atención, pero le atraía más la idea de explorar el terreno sagrado donde un dios había nacido. Era como si algo lo impulsara a alejarse cada vez más del grupo con el que había llegado.

Después de caminar por un rato, se sentó sobre la hierba, cerró los ojos y suspiró. Sentía como si el viento lo levantara del suelo, casi al punto de hacerlo volar. Fueron los gritos de su madre los que lo devolvieron a la realidad. Cuando abrió los ojos, descubrió que múltiples flores de todos colores yacían a su alrededor, formando un círculo como si alguien deliberadamente las hubiera colocado de esa manera. Los gritos de Elizabeth continuaban impidiéndole su letargo contemplativo, sustrayéndolo de aquel suceso que nadie le creería que experimentó. Sin pensarlo, se alejó para salir al encuentro de su familia.

Don Lucho y los demás fueron testigos de una segunda reprimenda que consideraron por demás injusta.

—¿Dónde diablos estabas?, ¡sabes perfectamente que no puedes alejarte! —dijo Elizabeth, con aire autoritario, al tiempo que lo jaloneaba del brazo izquierdo. Parecía como si la ira del día anterior continuara y siguiera desquitando su furia contra el pequeño irlandés. Sus tíos se limitaron a pedirle calma y don Lucho intervino respetuosamente.

—No lo regañe, patroncita, el niño solo quería conocer este hermoso lugar.

Hasta él, en unas cuantas horas mostró más tolerancia que su madre en todos los años que llevaban conviviendo. Increíble, pero cierto. Solo que esta vez algo cambió: Sebastian no sintió miedo y la miró fijamente, con gran enojo; era la segunda ocasión, en dos días, que lo maltrataba sin ningún motivo o razón. En sus ojos se manifestó un resentimiento que su madre no quiso notar y que su padre nunca había percibido.

Giacomo, que había permanecido en silencio durante todo el percance, preguntó:

—¿Aún falta mucho para la cascada de la Nahuala?

—Un poco, patroncito, y hay que descender un buen tramo, para llegar allá, a lo hondo.

Giacomo pensó algunos segundos y respondió:

—Lo mejor es regresar, ya fue suficiente por este día.

El regreso no presentó ningún contratiempo. Durante el trayecto, Sebastian trató a toda costa de evitar el contacto con su madre; se limitó a caminar de la mano del guía, sin pronunciar palabra, al igual que los demás. Quizá era el cansancio que todos compartían, quizá la incomodidad de haber sufrido un nuevo incidente.

—No estés triste, muchacho, recuerda que debes ser muy paciente —le decía el anciano de regreso al pueblo; el pequeño irlandés caminaba automáticamente, en silencio, alejado del mundo, excepto por las miradas que de vez en cuando se encontraban entre él y don Lucho.

Después de un rato, por fin llegaron al sitio donde habían dejado la camioneta. Elizabeth se apresuró a abordar y fue la primera en acomodarse. Posteriormente lo hicieron Edward y Charles. Giacomo, generosamente pagó los servicios de don Lucho, despidiéndose de él. Sebastian se acercó tímidamente al viejo que logró comprenderlo en cuestión de minutos, le extendió la mano y le dijo:

—Adiós, don Lucho. Gracias por todo.

—De nada, muchacho. Recuerda que siempre debes ser paciente.

El pequeño bajó la mirada; se negaba a que el llanto le brotara, pues no quería que nadie lo viera llorar otra vez, hasta que simplemente no resistió y una lágrima alcanzó a rodar por su mejilla, como si fuera un destello de luz. El anciano la recogió con el dedo y, observándola detenidamente, escuchó al niño decir:

—¿Por qué mi mamá no me quiere?

—No digas eso, muchacho. Sí te quiere, no lo olvides. Es solo que, a veces, las gentes que amamos tienden a ser muy severas con nosotros, porque saben, efectivamente, que las queremos. Pero no dudes de su amor.

Sebastian guardó silencio, luego lo miró, sonrió y preguntó con timidez, como si buscara algún tipo de consuelo:

—¿Quieres ser mi amigo?

—Claro que sí, me dará gusto serlo. Hace mucho no tengo amigos, y menos uno tan listo como tú.

—¿Listo? Mamá dice que soy tonto porque me la paso preguntando cosas estúpidas.

El rostro de don Lucho se quebró. Corroboró que en el niño había una legítima ternura acompañada de inocencia que estaban a punto de morir, por causa de los desacuerdos con su madre. Inútilmente intentó esbozar una sonrisa, y respondió:

—Nunca debes creer eso. Si algún día te sientes triste, ven a buscarme, aquí estaré.

—¿Y cómo podré encontrarte?

—Igual que hoy, solo ven, te estaré esperando.

—Hoy no te buscaba.

—Tal vez yo te esperaba.

Desde la camioneta comenzaron a emerger las notas musicales de *Sympathy for the Devil*, de The Rolling Stones, pero fueron los gritos de su madre los que rugieron como un cañón.

—¡Sebastian, apúrate! ¡Se hace tarde!

No tuvo más remedio que apresurar la despedida. Luego corrió hacia la puerta abierta del vehículo, abordó y se acomodó en la parte trasera, mirando hacia atrás. El anciano vio al pequeño irlandés despedirse, diciéndole adiós con su mano derecha que abanicaba. Él le correspondió de la misma forma, al tiempo que murmuró:

—Nos volveremos ver, muchacho. Cuídate, por favor...
Ojalá también te cuide Dios.

CAPÍTULO V
DIVIDIENDO LA FE
Málaga, España. Año 1996

«Ninguna religión vale una gota de sangre».
Marqués de Sade.

JOAQUÍN ALCÁZAR, MIGRANTE MEXICANO de piel morena y ojos café oscuro, dedicado al cuidado de adultos mayores, corrió desesperadamente por los pasillos del Hospital Materno Infantil. Su mujer, María Bustamante, recién había ingresado porque se le rompió la fuente, adelantando el parto originalmente programado para el mes siguiente.

María nació en España. Conoció a Joaquín siendo estudiante de Derecho en el último año en la Universidad de Salamanca. Su piel blanca, tostada por el sol, contrastaba con el tono verde de sus ojos. Tuvieron su primer encuentro durante una visita que realizaron por separado a la Plaza Mayor Salamanquina, la cual, con el paso de los años, se convirtió en el centro de la vida social de aquella ciudad.

Ambos caminaban por el lugar admirando la obra arquitectónica de estilo barroco, diseñada por el arquitecto Churriguera. Ella iba en compañía de su abuelo, don Carlos Bustamante, cuyas limitaciones físicas le impedían caminar por sí mismo, obligándolo a valerse de una silla de ruedas para desplazarse sobre las baldosas de granito gris con marcas de granito rosado. Por su parte, Joaquín estaba con un grupo de amigos recorriendo el lugar.

Al caer la tarde, una extraña coincidencia los condujo a entrar al Novelty. Este café aún conserva el decorado de lujo palaciego de antaño, cuando sus primeros dueños, los hermanos García, lo abrieron; aunque el tamaño se redujo con el discurrir del tiempo.

El clima era especialmente cálido. Los comensales recién llegados y sentados en diferentes lugares, luego de acomodarse ordenaron helados de distintos sabores, siguiendo la tradición que derivó de costumbres añejas. Después de observar el menú, María y su abuelo se dieron cuenta que realmente no apetecían nada; solo entraron para refugiarse del sol y buscar algo refrescante. A unas mesas, ella notó la presencia de un grupo de muchachos más o menos de su misma edad, quienes reían con estruendosa alegría. Puso especial atención en un joven cuyo acento sobresalía de entre los demás, evidenciando que no era español. Por si fuera poco, los rasgos faciales del chico no concordaban con los del resto. Ella dedujo entonces que, en definitiva, era latino, específicamente mexicano.

De forma por demás repentina, don Carlos pidió al camarero que le sirviera una caña y una orden de tapas, platillo típico de la península ibérica, con un lugar especial dentro de la gastronomía lugareña para acompañar alguna bebida. María se abstuvo de ordenar algo extra.

El camarero rápidamente trajo lo que le solicitaron y lo colocó en la mesa de María y su abuelo. Don Carlos apresuró un trago generoso a la clara y refrescante caña servida en un cristalino vaso para, posteriormente, empezar a comer las tapas preparadas abundantemente por el chef, que las había confeccionado con cinco rebanadas de pan. Sobre éstas, de forma separada se apreciaba trozos de jamón, morcilla, chorizo, queso y boquerón que remataban el platillo en espera de ser devorado.

No pasó mucho tiempo antes de que se notara la disminución en el número de bocadillos. Don Carlos arremetió, pero en el último bocado sintió que la garganta se le contraía de tal forma que no avanzaba el alimento, provocándole dificultades para respirar. Automáticamente se llevó la mano izquierda a la parte más alta del cuello, lleno de pliegues propios de la edad, mientras que, con el puño cerrado de la derecha, se golpeaba el pecho de manera violenta; intentaba toser, pero no podía. María se puso de pie detrás de él, que permanecía sentado, y comenzó a palmearle la espalda. Estas acciones captaron la atención del personal de servicio y de los otros comensales; era evidente que don Carlos se ahogaba. María, en su desesperación, comenzó a gritar.

—¡Auxilio!, ¡necesito ayuda! ¡Un médico, por favor! ¡Mi abuelo se ahoga!

Los curiosos comenzaron a murmurar. Había gestos de preocupación, pero nadie acertaba a reaccionar de forma que pudieran auxiliar a don Carlos, que continuaba sentado mientras María prolongaba sus gritos desesperados.

—¡Una ambulancia, pronto!

—¡La estoy llamando, justo ahora! —dijo uno de los camareros.

Fue en ese momento de angustia cuando, a espaldas de María, se escuchó una voz que, con autoridad, solicitaba le permitieran llegar hasta su abuelo. Resultó sorpresivo que era uno de aquellos muchachos cuyas risas habían irrumpido en aquel punto de encuentro para escritores, artistas y políticos.

—¡Déjenme pasar! ¡Yo puedo ayudarlo!

Las personas próximas a María y el abuelo se apartaron apresuradamente para permitirle el paso al joven de piel morena. Cuando por fin alcanzó su objetivo, pudo percatarse de lo que ocurría: Carlos se asfixiaba a causa de un bloqueo en las vías respiratorias que le impedía hablar, toser y lo más grave, respirar. Los segundos eran valiosos, evidentemente; a veces la vida dura lo que tarda un parpadeo y María notaba en las pupilas de su abuelo la desesperación que lo invadía al sentir la muerte distante y próxima a la vez. Sin dilación, el benefactor intentó ayudar al doliente a ponerse de pie, lo cual era muy difícil porque la tan útil silla de ruedas en la que estaba de pronto se había convertido en un estorbo. Logró incorporarlo, gracias a que lo asistieron dos comensales. Se colocó detrás de él pero el tiempo continuaba su perdurable trayecto hacia la infinitud. Pasó el brazo derecho por la cintura del anciano. Luego, con el izquierdo también lo rodeo para sujetar con su palma empuñada la muñeca de su diestra, cerrando fuertemente ambas extremidades justo arriba del ombligo, por debajo de la caja torácica. Tiró con un movimiento seco y directo hacia él, haciendo presión en el abdomen del agonizante. Bastó con repetir la acción una vez más para que el alimento saliera expulsado velozmente por la boca del viejo que se ancló nuevamente al mundo; le había salvado la vida.

Con la ayuda de María, cuidadosamente colocó a Carlos en la silla de ruedas. Podía respirar, aunque de forma irregular. A lo lejos se escuchó el sonido de una sirena; la ambulancia anunciaba su arribo para completar la atención del anciano que se había atragantado por la ingesta de alimentos. Al llegar al Novelty, los paramédicos auscultaron al paciente y dieron por concluído el salvamento que realizó el mexicano. María, agradecida, dijo:

—Muchas gracias por salvar de mi abuelo.

—No tienes nada que agradecer, solo cumplí con mi deber.

—¿Cuál es tu nombre?

—Joaquín, Joaquín Alcázar.

—Pues muchas gracias, Joaquín.

En la cafetería continuaba el bullicio por el evento que recientemente había acontecido, pero ellos no lo percibían; se miraban mutuamente, hasta que ella se animó a decirle su nombre:

—Soy María Bustamante, por lo que acabas de hacer, viviré agradecida eternamente contigo.

Desconocían que había un plan maestro exclusivamente diseñado para ellos, mucho antes que nacieran, incluso previo a su concepción; su encuentro estaba decidido por Dios. A partir de un hecho en apariencia circunstancial, se dio entonces la pauta para una serie de encuentros cada vez más frecuentes, los cuales, con el tiempo, derivaron en un amor creciente y verdadero; aunque nunca tuvieron en mente la idea del matrimonio, porque no creían en el compromiso signado judicialmente en un pedazo de papel. Este hecho escandalizó a propios y extraños. «Ideas modernas, de fin de siglo», murmuraban cuando se enteraban las gentes conservadoras que los conocían, sin imaginar que Joaquín era católico y María testigo de Jehová, situación que nunca fue barrera para su amor, pues el compromiso entre ellos iba más allá de los convencionalismos sociales, las religiones y las «buenas costumbres». Saber que eran el uno para el otro les resultaba suficiente.

Por razones laborales decidieron establecer su residencia en Málaga. Joaquín recibió una importante oferta de empleo y María ya había terminado la escuela de leyes. Era el momento oportuno para comenzar una vida en el soleado mediterráneo español, ataviado por hoteles y playas de arena ámbar; en la ciudad portuaria donde nació María y Joaquín sabría que esperaban un bebé.

La noticia causó gran alegría en él, que de acuerdo con el registro de su memoria, siempre deseó ser padre, especialmente de una niña. El embarazo transcurría de forma tranquila, sin sobresaltos. Cuando María estaba por cumplir ocho meses de gestación, tuvo una incomodidad en el vientre a la que no dio importancia, pues la atribuyó a su avanzado estado de gravidez. Aquella tarde se encontraba en casa, sola, mientras Joaquín trabajaba para mister Rogers, un adulto mayor que huyó de su natal Liverpool en busca de clima amigable para sus ochenta y seis años de edad. María, como acostumbraba últimamente, intentaba mantenerse activa, leer o ver alguna película en el reproductor VHS, lo cual era en vano porque su condición le impedía moverse con libertad.

En la radio se escuchaba *Si tu no vuelves*, de Miguel Bosé, canción que por alguna razón le causaba tristeza, sin que entendiera el motivo de ello. Estaba sentada en el primer escalón de la entrada de su hogar, tomando el sol. Era una actividad que recientemente había mutado a un hábito, casi un ritual. Tras ponerse de pie y avanzar un paso, tratando de alcanzar el interior de la vivienda, repentinamente sintió una extraña humedad recorrer sus muslos y descenderle hasta las pantorrillas, logrando empapar los pies desnudos. Miró hacia abajo y observó cómo la bata de maternidad amarilla ya estaba completamente mojada. Un instinto veloz como el rayo hizo que tomara el teléfono y buscara el número del móvil de Joaquín. Marcó, pero solo escuchaba el timbrar del aparato al otro lado de la línea; no le respondió.

«Te adelantaste, pequeñita», pensó mientras comenzaba a prepararse para salir. El tiempo corría y necesitaba llegar al hospital tan rápido como le fuera posible, así que no tuvo más remedio que tomar el primer par de zapatos que tuvo a la mano, unas pantuflas rosas, ligeras y cómodas que desentonaban con su atuendo, pero que le servirían. Salió con el bolso de mano que contenía algunas pertenecías esenciales, llaves, teléfono y dinero suficiente. Una vez en la calle buscó un taxi que encontró de inmediato. Al abordarlo, se topó con

Ana, una vecina con quien había hecho amistad y quien al verla se atrevió a preguntar:

—María, ¿estás bien?

—Si, Ana… Voy a dar a luz, es todo.

La respuesta era tan serena que asombró a Ana por completo.

—¿Vas al hospital?

—¡Sí!

—Te acompaño.

—¡No, Ana, mejor hazme un favor!

—Claro.

—Localiza a mi esposo y avísale que me marché al hospital.

—¿Cómo le hago?

—Aquí está su número del móvil.

—Con mucho gusto, cuenta con ello.

—¡Pero hazlo ya, por favor!

—Claro. Anda, yo me encargo.

Se despidió desde el interior del taxi y dio instrucciones al chofer.

—Al Hospital Materno Infantil, por favor.

—Enseguida, señora.

—¡Dese prisa!

El chofer era un hombre cincuentenario de tez blanca y ojos cafés. Llevaba puesta una camisa de manga corta, con botones color azul. Había escuchado lo suficiente para saber que la situación era apremiante, así que puso todo su empeño en llegar lo antes posible al destino. Al arribar, se apresuró a descender para abrir la puerta y ayudar a María a bajar, dándole la mano. Amable, la acompañó a la recepción para que registraran su entrada. Tras pagarle María el servicio, el taxista se despidió, diciendo:

—¡Muchas felicidades!, ¡que todo le salga bien!

—Gracias —respondió la mujer.

Todavía no acababa de registrarse cuando una enfermera ya le había conseguido una silla de ruedas, con la intención de evitarle un percance. Luego de ocuparla fue conducida al área de preoperaciones. Antes de ingresar, alcanzó a decir:

—Por favor, llamen a mi esposo. Su nombre es Joaquín Alcázar, este es su número.

No era ya necesario que las enfermeras marcaran; Ana había cumplido la petición de su amiga.

La noticia conmocionó a Joaquín, que tras despedirse de mister Rogers abordó apresuradamente su viejo Seat y condujo con rumbo al hospital, donde su mujer estaba a punto de entrar a quirófano.

—¡No voy a entrar! ¡Necesito esperar a que llegue mi pareja! —dijo María, con autoridad, recostada sobre una camilla en la que luchaba ferozmente para evitar entrar al área de cirugías. Y aunque las seguidoras de Florence Nightingale trataban de convencerla, ella resistía.

—Por favor, señora, es importante que la ingresemos, por el bien de su bebé y el suyo también.

—¡Ya dije que no!

—Muy bien, señora, pero le hago saber que en caso de alguna complicación o situación desafortunada, usted será la única responsable —sentenció una matrona, quien por el tono en que hablaba parecía la titular en ese momento.

María estaba por ceder a las instrucciones que le daban cuando llegó Joaquín. Al verse, no pudieron contener las lágrimas. Él se inclinó ligeramente sobre la camilla, para abrazarla. Ella correspondió, extendiéndole los brazos. Se fusionaron en lo que parecía un solo ser o, mejor dicho, tres seres en uno.

—Pensé que no llegarías —dijo María a Joaquín, en tono de reclamo.

—¿Cómo puedes pensar eso? Jamás te dejaría sola en un momento como este.

Volvieron a abrazarse y permanecieron así por un par de segundos, susurrándose al oído palabras que nadie más pudo escuchar. El personal médico insistió:

—Por favor, señores, necesitamos proceder; la señora debe entrar a cirugía.

La pareja asintió en silencio. Luego de separarse, se despidieron con un beso, signando así el compromiso de celebrar cuando saliera María.

Durante los siguientes minutos la ansiedad de Joaquín explotó. Había pasado menos de una hora que a él le representó un siglo. Constantemente preguntaba por la salud de su mujer y su bebé, pero nadie le daba información. Joaquín, con el pulso acelerado, caminaba de un lado a otro y se mordía las uñas. Las manos le temblaban y comenzaba a sudar frío. Salió del hospital y deambuló en la acera. El viento fue el bálsamo que lo alivió un poco de la preocupación. A unos diez metros vislumbró un hombre encender su cigarrillo. Decidió aproximarse.

—¿Te sobra alguno? —preguntó.

Hacía meses que lo había dejado. Sin embargo tuvo el deseo de fumar, a causa de la ansiedad. El hombre no pudo evitar sorprenderse ante el súbito y rudo tono de las palabras con que fue abordado, pero la consternación que proyectaba el rostro del solicitante disminuyó su molestia.

—No me sobra, pero adelante, tómalo.

—Gracias —contestó.

El extraño le ofreció fuego también y, una vez que comenzó a humear, se alejó para no hacer más incómoda la escena.

El pequeño diálogo sirvió como leve distracción al expectante Joaquín, que se quedó observando el ir y venir de los autos sobre el Arroyo de los Ángeles, como si en cualquier momento alguno fuera a compartirle buenas nuevas. Desafortunadamente, no fue así.

Tras el letargo contemplativo de algunos minutos, un taxi se estacionó frente a él. Las puertas posteriores se abrieron con rapidez y descendieron un hombre y una mujer que le parecieron familiares; había en ella rasgos que reconocía, pero no identificaba. Los recién llegados pasaron de largo, sin notar su presencia. Entonces él los siguió con la mirada y observó cómo dirigían sus pasos hasta la entrada del hospital, mientras le daba una bocanada al cigarrillo. Repitió la misma acción varias veces mientras las brasas consumieron el tabaco. Cuando terminó, entró al hospital y, al pasar junto a la recepción, vio nuevamente a las personas del taxi. Continuó su andar hasta la sala de espera y alcanzó a escuchar:

—Mi hija está hospitalizada aquí, ¡somos los padres de María Bustamante!

Joaquín se detuvo y volteó a verlos. Había pasado mucho desde la última vez que se vieron y aquel encuentro no tuvo un final afortunado. Tímidamente se acercó a ellos, que aún no se percataban de su presencia. Continuó avanzando mientras la pareja recibía información, hasta que la distancia se redujo lo suficiente para que la recepcionista dijera:

—Señores, aquí está el esposo de su hija, su yerno.

Los padres de María giraron en la dirección que la recepcionista indicó y las miradas de los tres se encontraron. Joaquín no pudo ocultar la sorpresa que sintió por ver a sus suegros. Se acercó aún más, para intentar abrazarlos, pero ella interpuso la mano derecha entre ambos, indicándole con un ademán imperativo que se detuviera. Joaquín atendió y bajó los brazos que ya tenía abiertos para el encuentro. De forma por demás despectiva, la madre de María dijo:

—¡Sé quién es este hombre!, pero no es esposo de mi hija, y tampoco mi yerno —aquellas palabras retumbaron como un cañón dentro del cerebro de Joaquín, que permaneció en el más profundo de los silencios. En tono conciliador, el padre de María intercedió.

—Por favor, cálmate, mujer. Este no es el momento ni el lugar para…

—¡No me digas lo que tengo que hacer! —contestó su esposa, con aires de soberbia—. ¡Por causa de este sujeto perdí a mi hija, a nuestra hija!

Años antes, cuando se enamoraron, María se los había presentado, ciertamente. Claro que sus padres no aprobaron la relación por diversos prejuicios, apelando a la nacionalidad y el color de piel, aunque lo más relevante fue la religión que Joaquín profesaba y que no coincidía con el sistema de creencias de la familia de ella. No era la primera vez que María salía con alguien ajeno a su credo, por lo que sus padres no le dieron mayor importancia al entonces noviazgo; habían criado y educado muy bien a su hija. Estaban seguros que no cometería una «locura» y que tampoco los avergonzaría. Con el flujo de los meses notaron que el amor brotaba entre ellos como una fuente de aguas cristalinas sin fin, situación que obligó a la madre de María a manifestar su descontento.

—Hija, ese muchacho no te conviene, no está a tu altura y me opongo terminantemente a que continúes viéndolo.

María se quedó perpleja unos segundos y después refutó.

—Exactamente, ¿qué te molesta de él?

María siempre acataba la voluntad de sus padres sin cuestionar, especialmente la de su madre, que únicamente consiguió encender la mecha de una discusión que ya no pudo apagar. Esa fue la primera ocasión que la joven mujer retaba a quien la había parido.

—Contesta lo que te acabo de preguntar, mamá: ¿qué es lo que te molesta?

Su madre se negaba a creer que la niña que amamantó y tuvo en su regazo había crecido, se había convertido en una mujer que defendía al hombre que amaba y a todas luces no permitiría que alejaran de ella; notaba la inquisidora mirada de su hija sobre sí; sabía que tenía que responder, pero no encontraba palabras lo suficientemente adecuadas para ello. Esa ocasión, tratando de endulzar la voz, atinó a decir:

—¿Realmente quieres saberlo?

—¡Sí, quiero saberlo!

María estaba empeñada en averiguar los motivos de la aversión hacia Joaquín. Ya habían tenido conversaciones similares, pero nunca tan intensas. Se trataba de su felicidad y no estaba dispuesta a ceder un centímetro de terreno. Tenía plena conciencia de que, probablemente, aquella sería la última diferencia por motivo de una relación amorosa. Y como no hay verdad que logre someter la simulación bajo el disfraz de la tolerancia o comprensión, el silencio entre ellas se rompió cuando su madre se determinó a hablar:

—No me gusta que estés enamorada de alguien que no cree en nuestro Dios.

María sintió un gran vacío en el estómago y la mezcla de emociones llenó lentamente su ser. Su cuerpo entero se convirtió en una especie de olla de presión, cuyo vapor, éter o espíritu en cautiverio, buscaba desesperadamente la válvula de escape. De forma inconsciente, cerró los puños y la quijada se le contrajo a tal punto que los dientes le rechinaron mientras su pulso se aceleraba. Fue entonces cuando todo estalló.

—¡Es el siglo XX, mamá! ¡No me sorprende que aún existan personas con ideas tan estúpidas! ¡Lo que realmente me impresiona es que tú las tengas!

María respiraba con dificultad, pero continuó.

—¡Durante años he hecho todo por complacerte a ti y a papá, pero esta vez no te saldrás con la tuya! ¡Joaquín y yo nos amamos y no vas a conseguir separarnos! ¿Te queda claro?

Su madre jamás la había escuchado levantar a alguien la voz, y menos a ella. La sorpresa la orilló a dar un paso atrás, como si tratara de buscar refugio ante la sentencia de su hija. Sintió que el mundo entero le caía encima. Sabía que no ganaría la discusión y, lo más importante, que estaba perdiendo a su hija para siempre; por lo que en un arranque autoritario y de incomprensible soberbia, refutó:

—¡Soy tu madre, yo sé lo que te conviene! ¿Querías que te contestara? ¡Pues ya lo hice, es lo correcto, así lo quiere Dios!

—¡Lo amo, madre!

—¡Qué sabes tú del amor, si apenas eres una niña!

—¡No soy ninguna niña!, ¡soy una mujer!

—¡Siempre serás una niña para mí!

—¡No me salgas con eso, porque no tengo ánimos para escuchar más estupideces!

—¡No me hables así!

—¡Te hablo como lo que eres: el obstáculo de mi felicidad! ¡Y te juro que no conseguirás alejarme de Joaquín; lo amo!

María dio media vuelta y caminó unos pasos. «La prudencia siempre paga bien», dijo para sí, mientras buscaba la manera de alejarse de su madre y terminar la conversación. Entonces escuchó:

—¡Eso ya lo veremos!

Súbitamente sintió que la sangre que corría por sus venas comenzaba a hervir. Giró sobre sus talones y regresó al lugar donde había arrinconado a su madre, que pasó de la soberbia al miedo por la decisión con la que su hija acortaba la distancia entre ambas. María se detuvo cuando alcanzó a percibir el impacto del aliento de su madre en el rostro.

—Que te quede claro: sé que me diste la vida, y por eso te doy las gracias, pero no eres mi dueña. Amo a Joaquín y estaré con él hasta el día en que muera. Lamento que no seas capaz de entenderlo. Esta vez no voy a obedecerte y, como no estoy dispuesta a soportar que pretendas dirigir mi vida, en este momento recogeré mis cosas y me iré de tu casa.

Por segunda ocasión, aquella tarde María comenzó el irremediable alejamiento de su madre, para quien las sorpresas no acababan. Su hija le había hablado con firmeza, segura de una decisión que ella provocó. Se dio cuenta que efectivamente ya no era una niña; acababa de presenciar su transformación en una mujer dispuesta a todo para proteger al amor de su vida.

Parecía que su madre hizo todo lo que pudo por empeorar la situación, y lo consiguió. La consecuencia fue que su autoridad quedara pisoteada. Un ego mal entendido la consumía y la impotencia de saberse vencida provocó que expresara un comentario, por demás desafortunado, que terminó por destruir cualquier esperanza de conciliación.

—Si te quieres ir, vete, pero no te llevarás más de lo que traes puesto. Ni tu padre ni yo solaparemos tu desobediencia proporcionándote los medios para que vivas en pecado, con ese hombre, lejos de Dios.

María se petrificó al escuchar aquellas palabras, pero ya no se acercó a su madre. Se limitó a entrecerrar los ojos y suspirar profundamente, para después contestar:

—Quédate tranquila, no me llevaré nada, ni siquiera lo que yo he conseguido por mi propio esfuerzo. Pero, antes de irme, quiero pedirte un último favor.

—Dime.

—Despídeme de papá, sé que él tampoco aprueba mi relación con Joaquín, pero al menos la ha respetado.

Sin mirar a María, su madre asintió y escuchó.

—Antes de irme, debes saber que solo hay un Dios, y no puedes atribuirte su propiedad prejuzgando a los que no comparten tu fe. Personas fanáticas e ignorantes como tú fueron quienes inventaron las religiones, dividiendo naciones enteras y separando familias. Si quieres que me aleje de ustedes, lo haré, pero no pongas de pretexto que lo haces porque así lo quiere Dios.

Un tic comenzó a manifestarse en el ojo izquierdo de su madre, que alcanzó a preguntar:

—¿A dónde irás?

—No es algo que te incumba, pero te responderé. Me voy con quien me ama como soy de verdad, lejos de tus prejuicios.

—Por favor, no te vayas con Joaquín.

María sonrió con un dejo de melancolía. Viendo a su madre, buscó las llaves de la entrada del que había sido su hogar familiar, y se las entregó.

—Supiste enseguida quien me ama de verdad, ¿cierto? —dijo en tono de ironía y después continuó:

—Me da gusto que por lo menos estés consciente de ello. Esto no es algo que hubiese querido, pero me orillaste. Espero que no te arrepientas nunca de lo que acabas de hacer. Cuídate, cuida a mi padre y queda con Dios.

La puerta se cerró detrás de María y en el interior su madre corrió para detenerla, pero la soberbia le impidió girar la manija. Se limitó a recargar ambas manos en aquel pedazo de madera que se interponía entre las dos. Alcanzó a escuchar los pasos de su hija alejarse y lentamente sus rodillas se doblaron mientras sus manos resbalaban hacia abajo, hasta que todo su cuerpo quedó tendido en el gélido suelo. Así permaneció varios minutos.

«Hice lo correcto, es la voluntad de Dios», se repitió tantas veces como necesitó, hasta recuperar la fuerza mínima que le permitió ponerse de pie. Afuera, en la calle, María ya había desaparecido entre el bullicio de la gente.

Aquel lamentable episodio que su mujer le contara en algún momento, motivó a Joaquín a permanecer estoicamente de pie, sin pronunciar palabra. Consideró que el encuentro no dejaría nada bueno, por lo que se dirigió a la sala de espera, donde estaría a salvo de cualquier situación desagradable que pudiera acontecer. Ironía de la vida: a los pocos minutos, aquellas dos personas a las que evadía luego de despreciarle el saludo, llegaron justamente al lugar donde él aguardaba para recibir noticias de su mujer y su bebé. Aunque la distancia era considerable, la incomodidad era visible entre los tres, sobre todo en la madre de María, que padecía un calvario por tener cerca al hombre a quien responsabilizaba de su desdicha y de que su hija estuviera dando a luz a un ser concebido por el pecado.

Quince minutos después apareció el médico de María y se dirigió a Joaquín para darle el añorado informe de lo que pasaba en el quirófano. Estaba en compañía de una enfermera que llevaba una tabla en la mano, con un bolígrafo y lo que parecía un documento clínico. Joaquín se puso de pie y fue a su encuentro. Los padres de María, al presenciar todo también se acercaron.

—Señor Alcázar, tengo el gusto de informarle que es usted padre de una preciosa niña. Nació hace unos minutos, pesó 2.5 kilogramos y su estado de salud es óptimo.

La alegría que pasmó a Joaquín fue indescriptible, dicha que fue compartida también por sus «suegros», para quienes resultó muy grata la noticia, y que en poco tiempo se vería opacada.

—Debo informarle que su esposa…

—¡No es su esposa! —irrumpió la madre de María, con impertinencia, sorprendiendo desagradablemente a todos.

—¡Mujer, cálmate! ¡Guarda silencio! —replicó su marido, con brusquedad, sujetándola del brazo.

Una vez que el padre de María restableció el orden, el doctor continuó en tono burlón.

—La señora María Bustamante tuvo una complicación.

Los tres palidecieron de inmediato. Del cielo de la felicidad, por la llegada de un nuevo ser, repentinamente pasaron a estrellarse contra el piso de la angustia y la ansiedad.

—Pudimos haber resuelto la complicación desde el principio, pero…

—¡Pero qué, doctor! ¿Por qué no lo hicieron? —cuestionó Joaquín.

—¿Qué es lo que está pasando? —preguntó el padre de María, alarmado, por lo que, sin más preámbulos, el médico mostró a los familiares la hoja de ingreso que había llenado María al momento de su internamiento. En el documento se leía sus datos generales, señalando especialmente la religión que profesaba y que claramente decía: testigo de Jehová.

—Este centro médico pone especial atención a los derechos civiles de nuestros pacientes… la «señora Bustamante» —dijo de nuevo, en tono burlón— necesita una transfusión de sangre de manera inmediata, como dije hace un momento. Sin embargo, no podemos realizarla debido a la religión que profesa. Entonces, señor Joaquín, tengo la obligación de solicitarle que firme la autorización para llevar a cabo el procedimiento clínico, con la única finalidad de salvarle la vida. Debo ser muy claro y decirle que, de lo contrario, no puedo garantizar la sobrevivencia de la señora.

—Por supuesto que autorizo —dijo Joaquín—, deme el documento enseguida.

—¡Un momento! —interrumpió nuevamente la madre de María—. Tú no estás casado con mi hija, no eres nada de ella, no tienes ningún derecho a autorizar esa barbaridad. Nosotros somos sus padres y vivimos bajo la fe y gracia de Dios. Las Santas Escrituras son muy claras; el *Levítico*, capítulo 17, versículo 10, menciona que «Si cualquier varón de la casa de Israel, o de los extranjeros que moran entre ellos, comiere alguna sangre, yo pondré mi rostro contra la persona que comiere sangre, y la cortaré de entre su pueblo». De ninguna manera autorizamos a que mi hija reciba una transfusión.

Joaquín y el doctor se miraron uno al otro. Ella reforzó los argumentos de su fe.

—Además, el mismo libro, en el capítulo 17, versículo 11, dicta: «Porque la vida de la carne en la sangre está, y yo os la he dado para hacer expiación sobre el altar por vuestras almas; y la misma sangre hará expiación de la persona».

Joaquín no tuvo más que aceptar aquellas intransigentes palabras. Al no ser legalmente esposo, la decisión le correspondía a los padres, quienes ya habían expresado su negativa a la transfusión. Joaquín sabía que su «suegra» era intratable, pero el asunto sobrepasaba los límites de la cordura. Era la vida de su hija la que estaba en peligro y aun así no dudó ni un segundo en rechazar el procedimiento que requerían los médicos para salvarla. Por otro lado, el padre de María guardó un silencio sepulcral, en el que evidenció estar de acuerdo con todo lo que su esposa acababa de decretar.

—Señora, por favor, considere lo que dice. Su hija tiene amplias posibilidades de salvarse, únicamente requiere un poco de sangre. No se trata de religión, es ciencia médica. Le garantizo que no se afectará la salud de la paciente —interpeló el doctor.

—¡No me interesa lo que diga su ciencia! ¡Estamos hablando del alma de mi hija y su salvación eterna, algo que ustedes, neófitos, son incapaces de entender!

—¡No es posible que diga eso! —intervino Joaquín, sorprendido— ¿Se da cuenta que su hija puede morir en cualquier momento?

—Si es la voluntad de Dios, entonces que así sea —respondió la madre.

El médico no pudo ocultar su enorme molestia. Era cierto que la vida de María estaba en riesgo, pero también que se contaba con recursos para salvarla. Sin embargo, no tuvo más opción que tratar razonar de con los padres.

—Estamos perdiendo valiosos segundos. Entiendo que su religión prohíbe las transfusiones sanguíneas, pero si no actuamos ahora probablemente pierdan a su hija.

—Nada de lo que diga me importa. Si mi hija sale del quirófano, será porque Dios así lo quiso, y no porque usted lleve a cabo ese aberrante acto.[1]

Joaquín no aguantó más y, desesperado, rogó y suplicó que firmaran la autorización para salvarla, al igual que un niño cuando ofrece todo con tal de conseguir algo, que en su caso era el amor que le tenía.

—¡Por favor, señores! ¡Les prometo que me alejaré de ella para siempre, jamás volverán a verme o a saber de mí, pero firmen la autorización, se los ruego!

El esfuerzo fue en vano, parecía que entre más suplicaba, más regocijo producía en la madre de María, que se mantuvo firme todo el tiempo, sin considerar que era su hija la que podría morir. Al médico no le quedó otro remedio que retirarse, mientras decía:

—En ese caso, haré todo lo que pueda.

Y se marchó sin decir más. A leguas se notaba que no estaba de acuerdo con la decisión, pero no podía hacer nada. En caso que se atreviera a realizar el procedimiento sin el consentimiento, podría incurrir en una responsabilidad que traería como consecuencia la cancelación de su cédula o, peor aun, ir a la cárcel.

Los minutos eran agobiantes pero Joaquín soportó sin mirar a los padres de su mujer. Transcurrido un tiempo salió el doctor, se acercó a los tres, que permanecían a la espera de noticias, y de manera solemne, dijo:

—Señores, lamento informarles que la señora María falleció debido a una abundante pérdida de sangre. Hicimos todo lo que pudimos, pero nuestros esfuerzos fueron en vano al no poder transfundirla.

---

1 «Por tanto, he dicho a los hijos de Israel: ninguna persona de vosotros comerá sangre, ni el extranjero que mora entre vosotros comerá sangre». (Levítico 17, 12).

Los padres de María palidecieron ante la terrible noticia. Joaquín, devastado, levantó la cabeza mirando hacia arriba, como si buscara una respuesta que jamás llegaría. Cuando la bajó, se cubrió el rostro con ambas manos y empezó a restregárselo con ellas, como si él fuera culpable de lo que acababa de suceder. Había perdido al amor de su vida y su hija a su madre, sin siquiera conocerla. Aquella inocente pequeñita no sabría nunca lo que es el amor maternal, por la simple causa de una creencia que él consideraba como un mal entendimiento o error de interpretación.

Habiendo dejado transcurrir un tiempo prudente para que los ahora deudos asimilaran la noticia, el doctor, dirigiéndose exclusivamente a Joaquín, dijo:

—Lamento profundamente su pérdida. Espero que encuentre un pronto consuelo y recuerde que su hija lo necesita, no lo olvide.

Al escuchar esto, Joaquín dijo:

—Nunca lo olvidaré.

El médico observó la determinación en su mirada, sabía que no mentía.

—Espero no ser inoportuno, pero hay algunas formas que debe llenar, señor.

—¡Que las llenen ellos!, ¡ellos la mataron! —respondió Joaquín a gritos, lleno de desesperación, mientras señalaba a los responsables del difícil momento que padecía. Tenía la mente nublada, necesitaba encontrar un responsable que cargara con la muerte de su mujer y un culpable de su dolor. Por su parte, los padres de María se limitaron a guardar silencio; muy en el fondo eran conscientes del error tan grande que acababan de cometer.

—¡Quiero ver a mi hija! —dijo Joaquín, con autoridad.

—Desde luego, señor. Acompáñeme.

Joaquín miró a los padres de María y observó en particular cómo la madre de ésta se secaba las lágrimas. Esperaba que también pidieran conocer a su nieta, pero no sucedió; permanecieron de pie, sin pronunciar palabra. El doctor también notó su indiferencia, por lo que tomó ligeramente el brazo de Joaquín, invitándolo a seguirlo, y éste movió la cabeza en señal de afirmación. Estaba a punto de dar un paso cuando escuchó una arrogante y altanera voz decir:

—Mi hija cometió un pecado terrible cuando se unió a ti, que no compartías su fe, y lo pagó con su vida. Esta es la consecuencia. Si ya no se encuentra entre nosotros, es por culpa tuya y por la voluntad de Dios.[2]

---

2   «Porque en cuanto a la vida de toda carne, su sangre es su vida. Por tanto, dije a los hijos de Israel: no comeréis la sangre de ninguna carne, porque la vida de toda carne es su sangre; cualquiera que la coma será exterminado». (Levítico 17, 14).

CAPÍTULO VI

EL PLANETA AZUL
Antes de la creación de la humanidad

«La tierra no nos pertenece,
nosotros pertenecemos a la tierra».
Marlee Matlin.

MIENTRAS VOLABA, MIGUEL NO DEJABA DE PENSAR en su hermano mayor. Estaba seguro que los motivos por los que no coincidía con el Padre eran legítimos; sin embargo, sabía también que los seres de luz tenían como principal deber —distinguida y noble cualidad—, obedecer. Y aunque tal circunstancia angelical no fuera una prescripción, le quedaba claro que jamás atentaría contra los supremos deseos. «Las órdenes son para cumplirse», cavilaba en su interior, y creía también que no se trataba de inferir quién tenía razón y quién se equivocaba. Surcando el perenne firmamento definió limitarse a cumplir instrucciones, a pesar de sentir simpatía por la nueva especie y afecto por Luzbel.

Repentinamente se detuvo, extendió las alas y quedó suspendido en mitad de la negrura del universo, donde destellaban incalculables puntos luminosos. No dejaba de maravillarse con todo lo que había a su alrededor: lejanas galaxias, estrellas inconmensurables, sistemas solares, cometas, planetas y múltiples sitios donde existían millones de seres que jamás alcanzarían a comprender que su existencia era a causa de la voluntad del Padre.

—Su bondad es absoluta e infinita —pensó—. Su decisión debe tener un motivo justo y no se debe cuestionar… Solo Él sabe por qué hace las cosas. Con el tiempo Luzbel lo entenderá y no habrá más diferencias entre ellos. Todo volverá a ser como antes, en perfecto orden.

El infinito y su grandiosa existencia provocaron que aquellas dudas se disiparan. Estaba seguro que el Padre tenía razón o, por lo menos, lo deseaba con todas sus fuerzas. Puso especial énfasis en el planeta que tenía frente a sí, donde había leyes claras para gobernar el mundo. Desde las alturas, notó que no era el más grande que el Padre hubiera creado y llamó especialmente su atención la inmensa cantidad de agua en el contorno de enormes extensiones de tierra firme, en las cuales también fluía el líquido por todos lados, integrando una red que en gran medida podría alcanzar a abastecer cualquier rincón. Este era un hecho sin precedentes que le confería al planeta un brillante color azul. Además, pudo descubrir las numerosas extensiones de tierra seca donde, por increíble que pareciera, también florecía la vida.

En las partes más altas y bajas descubrió paisajes blancos que no lograba identificar. Existían valles, cordilleras, rocas gigantescas y montañas de variadas formas y tamaños, algunas de las cuales escupían líquidos rojos con gran fuerza, desde las cimas, para recorrer grandes distancias o derramarse sobre el terreno y consumirlo todo a su paso. Era, sin duda, un espectáculo digno de los ojos de un ángel hermoso. Tales características favorecían que ahí pudieran existir todos los climas que él conoció por separado, e incluso muchos otros en los que nunca había estado. Por si no fuera suficiente, solo había dos planetas de distancia entre el nuevo paraíso y su sol.[1] El sitio constituía un lugar repleto de bondades que seguramente sabría aprovechar la nueva especie, una vez que Él le otorgara el don de la vida.

Lleno de alegría, sintió curiosidad por conocer de cerca las maravillas del lugar. Ajustó la vibración de su esencia para que al descender lograra percibir los objetos que encontraría; de otra manera no podría tocar los materiales que el reciente paraíso descubierto ofrecía. Fue que comenzó su descenso, lentamente.

Aquel era un lugar que nunca había visitado. Caminó sintiendo el verde y fresco pasto debajo de las plantas de sus pies, la experiencia era idéntica a lo que percibía cuando hacía lo mismo en su hogar. Notó que el sol esparcía las caricias de su luz en todo lo que tocaba y que, cuando éstas alcanzaban un hemisferio del planeta, el otro descansaba en la sombra, como consecuencia de un movimiento giratorio que el Padre creó exclusivamente para este sistema planetario, aspecto que lo volvía único y diferente a todos los demás. Percibió también una gran variedad de aromas y colores; las plantas y las flores de todas formas y tamaños embellecían los prados. Contempló la inmensa variedad de árboles frutales y observó la enorme cantidad de exóticas criaturas de todas las dimensiones, algunas con pelaje, otras de piel lisa; las había viscosas e incluso muchas más surcando el reluciente cielo azul.[2] En un primer momento, al descubrir toda la gama de seres, creyó que eran algunos de sus hermanos menores pretendiendo jugarle una broma.

A lo lejos se escuchaba un río. Cuando se acercó, notó que el agua cristalina fluía sin cesar generando un sonido melódico para sus oídos. Dentro del cauce, criaturas diminutas se

---

1   «En el principio creó Dios los cielos y la tierra». (Génesis 1, 1).

2   «Y vio Dios todo lo que había hecho, y he aquí que era bueno en gran manera». (Génesis 1, 31).

movían en un vaivén de armonía. Al inclinarse para intentar aclarar más la imagen, descubrió el reflejó de su hermoso rostro y sus cabellos negros que contrastaban con el verde de sus ojos. Intentó tomar una criatura de color rojo, pero ésta se deslizó entre sus manos y fue a esconderse detrás de un montón de plantas sumergidas.

—La fauna y flora conviven de forma perfecta, incluso bajo el agua —pensó mientras se levantaba para continuar su andar.

Se adentró en el bosque hasta encontrarse con una estructura cubierta de tierra, plantas, flores y árboles. Era gigantesca e inclinada, pero nada difícil para que un ser de luz ascendiera. Pudo haber volado hasta la cima, pero decidió subir empleando sus poderosas piernas. A cada paso que daba sus pies le revelaban la gran riqueza mineral del subsuelo. Era incalculable la diversidad de elementos que lograba detectar, algunos conocidos y otros no. Mientras subía miraba con detenimiento los diminutos animales que recorrían la espesura de los árboles mientras transportaban lo que parecía valiosas cargas, las cuales almacenaban, probablemente, en algún sitio seguro. También había otros que no eran tan pequeños y tampoco caminaban, pero podían volar y realizaban trayectos algo extraños porque aparentemente llevaban una ruta que de pronto modificaban con gran facilidad, volviéndose impredecibles en sus movimientos. Por instantes siguió a uno de ellos y notó cómo se posaba en una flor para luego volar a otra, y así, sucesivamente. Le resultó grato el momento en que observó la rutina del diminuto ser.

Cuando conquistó la cima dejó que su mirada se perdiera en el horizonte. Observó que en el marco del firmamento flotaban manchas de color blanco, trataba de entender cómo era que se mantenían ahí, sin que nada las sostuviera. Luego dijo para sí:

—Tonto de mí, nada se mueve en el universo sin la voluntad de Él, ni siquiera yo mismo.

Miguel ya había escuchado que este paraje era copia fiel de la morada de los seres de luz; sin embargo, era mucho más hermoso, pues disponía de maravillas que nunca se habían proveído en ningún otro planeta.

—¡La nueva especie será afortunada al tener este lugar como su hogar! ¡Definitivamente, es un verdadero paraíso!

Llenó su ser con el aire que le suministraba el planeta; lo hizo para absorber un poco del ambiente de paz y tranquilidad que le confería esta atmósfera repleta de orden y belleza. Y, desde la cúspide en que se mantenía, pudo percatarse que alguien se aproximaba a gran velocidad, era un hermano menor. A la distancia sonrieron uno al otro, pues siempre les causaba júbilo encontrarse. ¡Qué mejor ocasión para saludarse era aquella!

Gabriel tenía la estatura de Samael, por lo que ambos eran ligeramente más bajos que Luzbel o Miguel. De cabello castaño oscuro y más largo que el de éstos, sus ojos grises reflejaban infinita alegría. Fue creado para llevar a cabo la tarea de mensajero celestial, labor de gran responsabilidad que cumplía diligentemente. El recién llegado descendió.

—Que el Padre esté contigo, hermano.

—Y contigo también, hermano.

—¿Qué haces aquí, Miguel?

—Vine a conocer este *paraíso* que me dejó maravillado por la generosidad que Él le brindó. No hay límite para las bellezas naturales que existen, estoy seguro que la variedad de este planeta rebasa por mucho la de nuestros aposentos celestiales, lo cual es por demás sorprendente.

Gabriel escuchaba a su hermano mientras trataba de reprimir una pícara sonrisa. Miguel alcanzó a notarlo y le produjo una pequeña duda.

—¿De qué te ríes? —preguntó Miguel.

—De nada importante, es solo que Luzbel dijo exactamente las mismas palabras que tú, cuando estuvo aquí —respondió Gabriel, liberando su cándida sonrisa.

Gabriel, desde siempre vio con gran respeto, afecto y admiración a sus hermanos mayores. La forma en que congeniaban ambos, lo invitaba a suponer que fueron creados de manera idéntica, pero en diferentes momentos. Tenían las mismas ideas, las mismas opiniones, la misma capacidad de imaginación. Incluso consideraba que podrían suplantarse uno a otro, si alguna vez se lo propusieran. Pero esta ocasión ignoraba que, por vez primera, desde el inicio de su existir, Luzbel y Miguel no estaban de acuerdo en algo y que tal diferencia era motivada por una decisión del Padre. Escuchó pacientemente a Miguel cuando le transmitió la conversación que tuvo con Luzbel, a las afueras del Palacio del Infinito.

Con cada palabra que escuchaba, el rostro jovial de Gabriel se transformaba. Al terminar Miguel, atinó a decir:

—Te preocupas demasiado. Luzbel es nuestro hermano mayor, el más inteligente de todos. En ocasiones ha llegado a tener diferencias con el Padre, pero creo que este asunto que me cuentas, al igual que en todas las demás veces, no tiene la menor relevancia.

Miguel no coincidía con esta apreciación.

—Te equivocas, Gabriel. Este no es cualquier asunto, se trata de la especie humana, en cuyo diseño Luzbel puso su mejor empeño, una especial atención. Al final, las cosas cambiarán drásticamente.

Gabriel hizo una mueca de indiferencia, seguía pensando que era una exageración de Miguel preocuparse tanto y una imprudencia de Luzbel cuestionar al padre.

—Exactamente, ¿qué te preocupa? —inquirió Gabriel.

—Que las diferencia aumenten, que se convierta en un problema muy incómodo para Luzbel y para el Padre.

Gabriel seguía sin mostrar la importancia que Miguel reclamaba.

—Dudo mucho que llegara a pasar, hermano. La prudencia es una virtud de Luzbel, sabe que su principal obligación es obedecer.

—No entiendes, esta vez es diferente, pude verlo en sus ojos.

Gabriel no entendía la consternación de Miguel; estaba convencido que no era tan importante.

—Estoy seguro que este asunto, tan alarmante para ti, nos es más que un malentendido. Suponiendo que creciera, como piensas, dime a qué le temes: ¿a que Luzbel continúe contradiciendo al Padre y reciba un castigo?, ¿o a que destruya su propio diseño?

Miguel, indeciso, respondió:

—A ambas, creo.

—No pasará, Luzbel no es caprichoso. Sería una desobediencia directa, nuestro hermano es incapaz de algo semejante. Además, el Padre lo ama profundamente; fue el primero de nosotros. Deja de mortificarte, por favor.

—¿Y, si pasara?

Ahora fue Gabriel quien dudó en responder.

—Creo que esa pregunta debo hacértela yo... ¿Qué harías si se presentara tal situación?... Perdón, quise decir: ¿qué haríamos?

—Estaría del lado del Padre, evidentemente, es nuestra obligación —contestó Miguel con firmeza, aunque inquieto. Era como si de pronto necesitara que alguien más compartiera su preocupación y supo que no sería Gabriel, pues continuaba sin atribuir importancia a los altercados. Si bien era cierto que a nadie le gustaban esas diferencias, tampoco causaba preocupación más allá de Miguel, quien pretendía que todo volviera a su cauce normal, al equilibrio más perfecto.

—Estaríamos, Miguel. No comparto tu angustia, pero conozco perfectamente mis obligaciones y jamás dudaría en cumplirlas.

Estas últimas palabras dieron un poco de consuelo a la consternación de Miguel; corroboró que Gabriel lo apoyaría en caso de ser necesario, por lo que se atrevió a mencionar:

—Si hubieras visto la mirada de Luzbel, no lo tomarías tan a la ligera.

Gabriel seguía pensando que su hermano exageraba, pero también que siempre daba vueltas a todo. No quiso continuar desestimando la intranquilidad que le compartía y colocando sus manos sobre los hombros de Miguel, dijo:

—Eres un buen hermano. Cuidas al Padre y también a nosotros, por algo todos te tienen gran afecto. Solo asegúrate que tu preocupación no esté mal fundamentada.

Miguel notó que de manera inconsciente había bajado la mirada mientras su hermano le hablaba. Ansiaba que Gabriel tuviera razón y que, efectivamente, fuese él quien estuviera desproporcionando sus pensamientos. Sin embargo, la mirada de Luzbel le seguía causando intriga.

—Debes confiar en Luzbel y su buen juicio. Entenderá que el Padre siempre hace lo que es bueno, cierto y justo.

Miguel levantó su rostro, suspiró y trató de hablar en el tono más optimista que sus ánimos le permitieron.

—Quiero hacerlo, él nunca ha dado motivos para poner sus acciones en duda. Desde el principio se ha distinguido por tener una conducta intachable y sus acciones así lo avalan.

—Entonces, ¿por qué te atormentas con tantas preguntas?

Miguel optó por el silencio. Su hermano le brindó la serenidad que tanto precisaba, al no concebir la idea de que padre e hijo estuvieran distantes. Presenciar sus diferencias le representaba gran dolor. Después de unos momentos suspiró y respondió:

—Porque no me gusta verlos discutir.

Al ver una vez más la gran preocupación de Miguel, Gabriel se dio cuenta que los rumores entre sus demás hermanos eran ciertos. No se trataba de una simple diferencia de opiniones entre el Padre y Luzbel; se suscitaba una fuerte discusión entre Padre e hijo, entre el «creador de todo lo visible y lo invisible»[3] y su primera creación.

El mensajero del cielo tenía pleno conocimiento de que muchos no tomaban a bien algunas decisiones recientes del Padre. Efectivamente, ya varios ángeles habían manifestado diferencias con Él, pero nunca hubo algo similar; ninguno se atrevió siquiera a pensar que Él se equivocaba. Siempre existió obediencia incondicional o, al menos, así se creía.

Puesto que el universo es dinámico y está en constantes cambios, probablemente éstos ya habían alcanzado al Padre y el orden establecido, concordia cósmica del infinito y que desde el principio de todos los tiempos había prevalecido. Tal conjetura se fundaba en que por algún motivo inverosímil a la pureza angelical, Él ya no era el de antes; sus decisiones comenzaban a tornarse incomprensibles, ilógicas entre los seres de luz. Pero todos habían guardado silencio, anclados al supremo precepto de la obediencia; todos, excepto Luzbel, quien sobrepasaba por mucho a cualquiera de sus hermanos.[4]

En efecto, Luzbel tenía la facultad de procesar información en un abrir y cerrar de ojos. Su capacidad de análisis era inigualable y en todo momento se encontraba recabando nuevos datos que obtenía de los confines del cosmos. Conocía casi todo sobre las especies, pero resultaba contradictorio que había desarrollado tantas cualidades con el fin de agra-

---

3 «Porque en Él fueron creadas todas las cosas, las que hay en los cielos y las que hay en la tierra, visibles e invisibles; sean tronos, sean dominios, sean principados, sean potestades; todo fue creado por medio de Él y para Él». (Colosenses 1, 16).

4 «Lleno de sabiduría y acabado de hermosura». (Ezequiel 28, 12).

dar al Padre, de hacerlo sentir orgulloso y lo que consiguió fue ser tachado de soberbio y arrogante. Nada más lejos de la verdad; él jamás podría haberse sentido superior a sus hermanos, aun y cuando era el primero de todos.

—¡Entonces, es cierto! —dijo Gabriel, con un gesto de sorpresa que acompañó de un suspiro inconsciente. Trataba de mantener su apariencia optimista, sin embargo ya no pudo enmascarar su aflicción.

—¿Qué es cierto? —respondió Miguel.

—Que el Padre ya tuvo una discusión con Luzbel.

Miguel se dio cuenta que había caído en la indiscreción y ya no podía hacer nada para remediarlo. No obstante, trató de enmendarse mediante respuestas que solo podía articular Gabriel, quien denotaba estar bien informado.

—¿Así que ya lo sabías?

—¿Saberlo, yo? Hermano, todos lo saben, en todas partes el tema de conversación es sobre las diferencias que se han suscitado entre ellos, sobre todo lo que concierne a la nueva especie, la humanidad.

Miguel quedó estupefacto, ese hecho apenas acababa de ocurrir y ya estaba en boca de todos sus hermanos. No podía creer que fuera del dominio común, aun y cuando apenas unos momentos antes el Padre había negado a Luzbel la posibilidad de que la nueva especie, a la que estaba por darle vida, fuera a alcanzar su potencial divino. La impresión que le causó Gabriel lo dejó sin habla. Apenas alcanzó a decir:

—¿Y qué opinan nuestros hermanos?

Gabriel respondió sin miramientos.

—Le dan la razón al Padre; es el creador de todo. Si nosotros existimos es gracias a Él y a su generosa voluntad de otorgarnos vida. Aunque hay un gran número de hermanos que consideran que la nueva especie debe tener la oportunidad de desarrollar todas sus virtudes.

—¡Ya estás hablando como Luzbel! Por favor, no sigas, no deseo volver a escuchar ese discurso.

—No son mis palabras, hermano. Solo te comparto lo que nuestros semejantes se comunican entre sí.

La preocupación de Miguel entró en aumento. Se daba cuenta que las ideas de Luzbel ya permeaban entre todos sus demás hermanos, aunque significara estar en contra de la voluntad del Padre. Permaneció en silencio, hasta que sus labios se entreabrieron y dejaron escapar un susurro muy cercano a una plegaria.

—Desearía que nada de esto hubiera pasado. Ansío que Luzbel logre entender que Él tiene un plan maestro para todos, incluidos nosotros, los ángeles.

—Estoy seguro que todo puede solucionarse, incluso esta situación.

—Creo que le restas importancia.

—Desde luego que no, pero confío en nuestro hermano y también en la sabiduría del Padre, sobre todo en su bondad.

Miguel hizo una pausa al diálogo para llenar nuevamente su interior con el aire del planeta en que se encontraban y estaba conociendo. Luego respondió:

—Es cierto, Gabriel. Sería inimaginable que estas diferencias pudieran desencadenar un conflicto celestial.

Gabriel vio que la reflexión alejaba a su hermano de la preocupación, motivo suficiente para finalizar la conversación.

—Dejémonos de suposiciones. Acompáñame, Miguel, hay algo que quiero mostrarte.

Gabriel tomó el brazo de su hermano y lo invitó levantar juntos el vuelo. Miguel nuevamente se sorprendió por el optimismo de Gabriel, quien de forma repentina logró contagiarlo y lo motivó a que, por unos instantes, dejara de darle vueltas al tema de las diferencias entre el Padre y Luzbel.

—¿A dónde vamos?

—Ya verás, te va a encantar.

—Estoy seguro, pero me gustaría saber a dónde vamos, es todo —replicó Miguel, con tono impaciente.

—Quiero que veas un árbol.

Miguel gesticuló con extrañamiento.

—¿Un árbol? He visto muchos, este lugar está lleno de ellos.

—Sí, pero ninguno como este.

—¿Qué tiene de particular?

—Que este es el árbol de la ciencia del bien y del mal,[5] y está aquí, en este planeta.

—¡Qué!

Se perdieron en el firmamento sin darse cuenta de que su conversación había sido escuchada por alguien más. Un ser de luz, como ellos, circunstancialmente pudo oír cada palabra, cada detalle de lo que hablaron. Aquel era un ángel vigilante.

---

5 «Dios hizo nacer de la tierra todo árbol delicioso a la vista, y bueno para comer; también el árbol de la vida en medio del huerto, y el árbol de la ciencia del bien y del mal». (Génesis 2, 9).

CAPÍTULO VII

CONTINUANDO EL CAMINO

Cuernavaca, México. Año 2020

«Si te caíste ayer, levántate hoy».

H. G. Wells.

EL PEQUEÑO IRLANDÉS, AQUEL NIÑO CURIOSO, ya es un hombre. Sebastian se encuentra en la plenitud de su vida. Los años le han conferido estatura y peso, pero no respuestas. Aún sigue con su eterna búsqueda del origen de todo y en varias ocasiones ha descubierto que la historia oficial es muy distinta a los hechos que realmente ocurrieron. Sabe que vive en un mundo de contradicciones, en el que los seres humanos hacen todo lo posible por abusar unos de otros.

Su hogar aún está en Morelos, aunque, desde los dieciocho años, se hizo independiente cuando de manera abrupta la relación con su madre llegó a un punto en que difícilmente podría repararse. Nunca entendió porqué Elizabeth a menudo buscaba el conflicto con él, alejándolo, rechazándolo, haciéndolo sentir menos o comparándolo con otros niños. Supo que no podía soportar más la situación y fue que un día decidió hablar con su padre.

—Me voy, papá. No soporto la forma en que mamá se empeña en buscar mis errores para hacerlos exageradamente importantes —dijo, mientras terminaba de empacar.

—No la odies, hijo, es tu madre.

—No la odio, pero no acabo de entender qué pude hacer para que me deteste tanto; ya la oíste.

Hacía apenas unos minutos, Elizabeth acababa de advertirle que, si se marchaba, se quedaría sin apoyo familiar. No quería que se llevara nada del «hogar», pero Giacomo se opuso y lo apoyó para que partiera con maletas, dándole además dinero suficiente para alejarlo de problemas por un buen tiempo.

Después de un par de meses del incidente, Giacomo recibió una oferta de trabajo muy importante en Roma que, aunado a la difícil relación entre su esposa e hijo, puso a pensar al matrimonio. Era una gran oportunidad que ambos decidieron aprovechar; volver a Europa era la mejor opción que podían elegir, tanto a nivel profesional como personal. Este hecho circunstancial propició que Sebastian regresara a la que había sido su casa durante la infancia, lo cual le facilitaba las cosas, pues se ahorraría el alquiler de un espacio y estaría en el lugar donde siempre había vivido. Con el paso de los años solo mantendría comunicación con su padre, quien jamás lo desampararía.

De este modo, un martes por la mañana Giacomo y Elizabeth dejaron el país donde se conocieron. El vuelo saldría de la Ciudad de México, por lo que tenían que trasladarse primero en taxi, hasta la terminal de autobuses Casino de la Selva, que se encontraba a unos veinte minutos de distancia, donde abordarían el transporte que los sacaría de Cuernavaca para llevarlos a la capital mexicana y dirigirse, de nuevo en taxi, al aeropuerto. El viaje lo harían solos; Sebastian no iría con ellos. La despedida no fue del todo emotiva.

—Cuídate mucho, hijo.

—Tú también, papá.

—Dios te bendiga.

Fueron las palabras que intercambiaron mientras se abrazaban, ignorando cuando volverían a verse. Tras separarse, ambos sentían un nudo en la garganta. Fue que se miraron con gran tristeza, sabían que era lo mejor para todos. Al llegar el momento de hacer lo propio con su madre, con tono de soberbia, ella dijo:

—Adiós, Sebastian.

—Adiós, Elizabeth.

Después de las muy breves oraciones no hubo nada, ni una palabra, ni un abrazo. Fue tan incómoda la escena que Giacomo, exaltado, dijo:

—¡Por Dios santo, son madre e hijo! ¡Cómo es que pueden verse como dos perfectos desconocidos!

No hubo respuesta por parte de Elizabeth, pero sí de Sebastian.

—Ella es quien debiera recordar que me parió.

El claxon del taxi que los llevaría a la estación no pudo ser más oportuno. De manera insistente, el conductor hacía sonar la bocina para avisar que ya estaba ahí, a la espera de sus pasajeros.

—¿Ni siquiera ahora van a arreglar esta situación? —preguntó Giacomo. Sebastian respondió:

—Yo no inicié esto, papá. Fue ella, que ella lo arregle.

El claxon seguía haciendo ruido.

—¡Por última vez, por favor, quiero que…!

—¡Vámonos ya! —respondió Elizabeth, al tiempo que interrumpía a su esposo y terminaba con toda posibilidad de continuar cualquier comentario.

Giacomo se abocó a recoger las maletas para introducirlas en la cajuela del vehículo. Entró una y otra vez en la casa para llevar a cabo esta tarea, mientras Sebastian y su madre continuaban ahí, de pie, uno frente al otro, sin decirse nada. Ninguno cedía.

—Es todo… si es lo que quieren, pues… que así sea… ¡Vámonos!

Salieron de la casa y abordaron el automóvil. Sebastian escuchó el abrir y cerrar de las portezuelas, luego el ruido del motor cuando arrancó y aceleró y fue disminuyendo conforme se alejaban. Se había quedado solo.

Aquella casa, hermosa y amplia, contaba con todos los servicios, de tal suerte que quienes la habitaran pudieran vivir de manera cómoda y decorosa. De dos plantas, tenía cinco recámaras, cocina, comedor, sala, estacionamiento y un patio de servicio. Evidentemente era demasiado espacio para alguien emocionalmente vacío y resultaba una ironía que, con tales características y comodidades para albergar una familia grande, fuera un refugio inadecuado para un sujeto de espíritu solitario.

Sebastian toleraba el silencio pero no soportaba la oscuridad, por lo que en las noches dejaba encendida la luz mientras intentaba conciliar el sueño, situación que le complicaba dormir profundamente. Era tanta su ansiedad que pensaba que, al seguir el camino de la oscuridad, poco a poco se adentraría en un viaje sin retorno, del que jamás encontraría la salida. Fue que desarrolló temor a la muerte y le angustiaba pensar que llegaría un día en el que dejaría de respirar. El cabello, las uñas, ya no le crecerían y su cuerpo quedaría encerrado en una caja de madera en la que lentamente se descompondría, llenándose de gusanos que recorrerían su cuerpo, sin que él pudiera hacer nada para evitarlo.

—Si la muerte es tan natural como la vida y también una situación que todos eventualmente vamos a alcanzar, ¿por qué me causa tanto horror?

Aquella pregunta resonaba en su mente a cada paso que daba. Quizá porque le confería demasiada importancia a todo o tal vez caía en cuenta que al final, cuando ya sus días se hubieran terminado y su vida llegara al ocaso, nada cambiaría para él. Estaba lleno de soledad y ni la muerte lograría apartarlo de ella. Pasaba largas horas pensando, culpándose por no ser buen hijo para su madre y motivar su regreso a Europa. Y aunque no sabía la razón, concluyó que en algún momento él había provocado su eterno rechazo. Las amargas reminiscencias de todo lo que viviera en el seno familiar no lo dejaban tranquilo; a cada momento recordaba las groserías y comparaciones, los rechazos de Elizabeth. Y esto lo atormentaba.

A pesar de todo, en su corazón guardaba un amor muy especial para ella, esperanzado en que algún día, de alguna forma, fuera correspondido.

—¿Qué pude haber hecho, que fuera tan terrible, para que me odiara? Estoy seguro que yo merecía tener una madre —se repetía una y otra vez.

Siempre necesitó el amor de ella, la mujer que le dio la vida y quien debió enseñarlo a amar. Pero fue todo lo contrario, pues de ella nunca obtuvo lo que esperaba.

A lo largo de su vida vio cómo las personas a su alrededor se relacionaban con sus madres. Supo que a pesar de sus diferencias, procuraban a sus hijos en la mejor de las formas; observó cómo el vínculo amoroso entre madre e hijo era natural e, incluso, se consideraba sagrado. Por eso, le costaba trabajo aceptar que su madre que no lo amara.

Cierto día sostuvo una amarga conversación con su padre, en la que externó lo que sentía.

—No digas tonterías.

—Es lo que siento, papá.

—¿Cómo puedes decir eso? Es tu madre y, desde luego, te quiere. Nada más que no sabe cómo expresarlo.

De esa forma se dieron incontables pláticas entre padre e hijo, tratando de buscar una respuesta capaz de esclarecer el motivo de los arranques de su madre hacia él. Sin embargo, nunca la encontrarían.

Durante su infancia, en él nunca brotó la confianza suficiente para acercarse a su madre, recostar su cabeza en su regazo, abrazarla y darle un beso sin razón alguna, mucho menos decirle: «te amo, mamá». Los diez de mayo de cada año, fecha en que se celebra el día de las madres en México, Sebastian sufría porque deseaba con todas sus fuerzas felicitar a su madre, pero sentía miedo a un nuevo desaire que destruyera su corazón como tantas veces había ocurrido antes. Con el tiempo, lejos de un vínculo filial y afectivo, empezó a sentir indiferencia; ya no la buscaba, ya le daba igual si estaba de buenas o de mal humor. Inconscientemente empezó a evitar cruzar palabra con ella, hasta el punto en que podían pasar días enteros e incluso semanas en los que ninguno se dirigiera la palabra. Estos sucesos marcaron su natural desarrollo, pues impactaron en el establecimiento de sus relaciones con las personas; no era que no le gustara interactuar con la gente a su alrededor, simplemente no sabía cómo hacerlo.

En más de una ocasión se sumergió en profundas depresiones que lo llevaron a dormir más de lo normal o le provocaron ganas de consumir enormes cantidades de comida chatarra. Conoció el tabaco, el alcohol en volúmenes excesivos y también las drogas, aunque por alguna extraña razón jamás se convirtió en adicto. Con el paso del tiempo empezó a disfrutar de la ausencia de personas en su entorno o quizá porque asimiló la soledad como algo natural.

—La mejor compañía es la que alguien puede brindarse a sí mismo —se repitió varias veces, hasta que lo creyó.

Todos aquellos elementos configuraron el ambiente idóneo en que se incubó un muchacho algo descarriado. Así, pronto se hizo indiferente a sus valores inculcados y dones que había recibido. Pero lo peor, y más importante, fue que se olvidó de vivir. Recordaba perfectamente el momento en que fumó marihuana por primera vez, al finalizar el segundo semestre de la universidad, cuando sus padres partieron. Vivía el sueño de todo joven desorientado, contaba con un espacio para él solo, tenía dinero para su manutención y no había nadie que le exigiera comportarse de forma convencionalmente correcta.

—Sería genial organizar una fiesta —pensó, creyendo que le daría un poco de popularidad entre sus compañeros; con la idea de que le cambiaría, aunque fuese momentáneamente, su sombrío estado de ánimo.

Entonces tomó la decisión de hacer una reunión con sus compañeros, a la cual invitó pocas personas pero llegaron muchos más, incluso varios desconocidos. Uno de ellos, del cual ni siquiera supo su nombre, en una mochila amarilla llevaba hierba suficiente como para drogar un pelotón mexicano. Vestía playera blanca de manga corta, con estampado ilegible; pantalón de mezclilla azul cielo, desgastado, recortado por debajo de las rodillas; y sandalias negras. Llevaba también un gorro de colores verde, amarillo y negro que hacía alusión a la bandera de Jamaica y la cultura rastafari. Tras deambular unos momentos, preguntó al primero que se encontró de frente:

—¿Quién es el dueño de la casa?

—Es él —respondió de inmediato otro desconocido, al tiempo que hacía un ademán con la cabeza para señalar a Sebastian, pues el ruido no permitía sostener una conversación.

—¡Va! —respondió el simulacro de Bob Marley, mientras dirigía sus pasos hacia el anfitrión.

Todo esto ocurría en el preciso momento que, desde el aparato de sonido, se escuchaba a todo volumen *Bailando*, de un tal Enrique Iglesias, artista que le desagradaba por completo a Sebastian pero gozaba de alta popularidad en la radio.

—Hola, soy… —el irlandés no alcanzó a escuchar el nombre—, traigo buen material para animar tu fiesta: cola de borrego, pelirroja y Acapulco *golden*, de calidad. También traigo pastas a buen precio. Si me dejas vender, te doy tu parte, te garantizo que se va a poner bueno el ambiente. ¿Cómo ves?

Sebastian no supo qué responder; no le interesaba el dinero. Además, no ignoraba que era ilegal y que podría generarle problemas. Sin embargo estaba eufórico por tener tantos «amigos» y experimentaba un estado de ánimo antes desconocido. Concluyó que, si accedía, habría un mejor ambiente en la fiesta.

—Si, güey, hazlo.

—¡Va!

Vio a su nuevo amigo repartir cigarrillos prohibidos uno tras otro, los cuales se fueron consumiendo entre la horda de jóvenes desenfrenados. Todos reían de manera exorbitante, se acercaban unos a otros sin pudor, algunos abrazándose de manera amistosa y otros besándose sin pena alguna. Aquello se convirtió en un mar de hormonas; el estrógeno y la progesterona se respiraban por doquier.

—Dudo que la marihuana cause estos efectos. Seguro consumieron alguna pastilla —pensó, mientras observaba un impetuoso grupo y se apartaba del área en que se expandía el penetrante olor a hierba quemada; le resultaba picante, poco agradable.

Encontró refugio en la solitaria cocina, un sitio que los invitados difícilmente visitarían. Recargado en el muro, tomaba un vaso de cerveza, lejos de la concurrencia; no estaba acostumbrado a que su hogar congregara tanta gente, necesitaba un poco de silencio. Transcurridos cinco minutos, apareció Érika, una hermosa chica blanca, de ojos café y cabello castaño claro, por la que sentía una fuerte atracción. Vestida de mallón rojo y blusa de licra negra sin mangas, exaltaba su estética y formada figura; sostenía un churro en su mano derecha, que apenas había sido encendido. Se acercó a él y le dijo:

—Puedes correr, pero no esconderte, así que te lo preguntaré una sola vez: ¿vas a fumar o seguirás de evasivo?

Sebastian la miró con dulzura, tratando de sonreír, pero quedó aletargado. Sintió como si entrara en ella, hundiéndose en lo más profundo de sus ojos. Pudo percibir el perfume que parecía nacer de entre sus cabellos y experimentó un estado alterno de embriaguez por la situación en que ella estaba demasiado próxima. Contempló su bello rostro con tanto interés y asombro que probablemente habría alcanzado a contar todos los poros de aquella tersa dermis facial. Tras unos segundos sin respuesta, Érika preguntó:

—¿O es a mí a quien intentas evadir?

Sebastian sintió elevar su temperatura y que la piel le cambiaba de color, hasta adquirir un tono carmín. Apresuró el vaso de cerveza, bebiéndolo de un sorbo. Sus gestos de sorpresa debieron ser tan graciosos que provocaron en Érika una pícara sonrisa, la cual era más notoria en el lado izquierdo de sus labios. Ella, ya no pudo ocultar el ardiente deseo por el anfitrión de aquella degenerada reunión.

—No, claro que no estoy evadiéndote. Solo que, como es mi fiesta, tengo muchos nuevos amigos qué atender. Además, no eres alguien a quien quisiera evitar.

—¡Ah!, ¿no? Y eso, ¿por qué?

Dudó un poco, pero finalmente respondió.

—Porque me gustas mucho.

La sonrisa de Érika adquirió un toque más pícaro aun, pues con esa declaración se percató que lo tenía comiendo de su mano.

—Y, ¿por qué no me lo habías dicho?

—No se había presentado la oportunidad.

—¿Y, hoy se dará?

—De hecho, ya se está dando, ¿no crees?

—Me da gusto, porque no sabía qué hacer para llamar tu atención.

Sebastian no podía creer lo que escuchaba, la chica de sus sueños estaba ahí, parada, frente a él, tratando de seducirlo.

—Siempre he querido, es solo que…

Ya no pudo terminar la oración; ella puso la mano en su boca y lentamente se le fue acercando, arrinconándolo hasta el punto en que sus labios casi rozaron los de él, quien pudo percibir su respiración ligeramente agitada. Érika fumó una larga bocanada al tiempo que con su mano izquierda comenzaba a tocar el pecho de Sebastian, deslizándola luego hacia abajo, hasta llegar a la entrepierna; cerrándola y abriéndola de forma pausada y rítmica. Él, que respiraba de forma entrecortada, sintió cómo debajo del pantalón de mezclilla negro se endurecía su virilidad. Continuaron así, hasta que finalmente ella, al darse cuenta que Sebastian no tomaba la iniciativa, le susurró al oído, rozándolo con los labios:

—Enséñame tu cuarto.

Él asintió con la cabeza, sin decir una palabra, tragó saliva y de forma torpe dejó caer el vaso desechable, ya vacío, para tomarla de la mano y llevarla hacia las escaleras. Mientras ascendían, a Érika le llamó la atención un cuadro de aproximadamente un metro por uno cincuenta. Era el último objeto decorativo que se mantenía en la casa, tras la partida de los padres de Sebastian. Le pareció algo bastante raro y demasiado religioso para un estudiante emancipado de diecinueve años. Dicho óleo era una réplica de la obra de Guido Reni, *San Miguel aplastando el Demonio*, cuyo original se encuentra en la iglesia de Santa María de la Concepción, en Roma. Se apreciaba al arcángel con las alas abiertas, empuñando una espada en su mano diestra que apuntaba hacia abajo y sosteniendo en la siniestra una cadena; apoyado en la pierna derecha y con el pie izquierdo sobre la cabeza de un ser con gesto de derrota y sufrimiento, cuya apariencia pretendía comunicar que era desagradable por su aspecto de piel oscura y el rostro barbado, al contrario de Miguel, quien lucía como un vencedor de pulcra imagen, con un semblante que expresaba misericordia y piedad. Aquel ser de aspecto horrendo era Luzbel, ni más ni menos, el Primer Ángel de Dios.

Al entrar en la amplia habitación de sus padres, y que ahora le pertenecía, Sebastian hizo que ella caminara frente a él, tomándola por la cintura con ambas manos. Pudo entonces confirmar que debajo de las prendas existía una silueta femenina bien definida por largas y extenuantes horas de ejercicio. Ella sintió sus manos y permitió que las dejara ahí, poniendo las suyas sobre las de él en señal de aprobación, pues desde hacía varios días también experimentaba una fuerte atracción. Luego de unos instantes, Érika se soltó y empezó a conocer «la guarida». Observó los objetos, muebles, sábanas, discos, libros y cuadros que colgaban en la pared. Llegó a la conclusión de que Sebastian, aunque joven y atractivo, vivía en un mundo anterior y le pareció pasado de moda, produciéndole una ligera decepción.

—Nada interesante —dijo Érika para sí, mientras volvía a fumar del churro que nunca soltó.

Sebastian la tomó de nuevo por la cintura, pero esta vez la rodeó con sus brazos completamente, colocándose detrás. Debido a su mayor estatura tuvo que inclinar la cabeza para besarla en el cuello, estrechándola contra su cuerpo. Ella, al sentir los besos y caricias que la hicieron suspirar, cerró los ojos. Segundos después levantó la cabeza y la recargó en el hombro de él, que la continuaba besando con una pasión que lo devoraba. Volvió a fumar y trató de buscar un lugar para dejar la marihuana. Al no encontrarlo, simplemente la dejó caer al suelo, volteó hacia él y se besaron.

Ella se movía de forma desenfrenada, como si deseara que el momento no terminara jamás. Él correspondió, pero no con la misma intensidad. No era que no la deseara, si no que lo había tomado de improviso y no supo cómo manejar el que una chica tan atractiva se le arrojara prácticamente encima. El hecho de no saber amar a alguien de verdad le provocaba una inseguridad tan grande que sentía no ser digno de intimar con aquella chica tan hermosa, de la que ciertamente estaba prendado.

Érika giró y quedó frente a él. Con movimientos sensuales, le quitó la playera de Led Zeppelin, lo despojó del cinturón, le desabotonó los jeans que bajó hasta el suelo y lo dejó desnudo, quedando de rodillas frente a él. Repentinamente empezó a probarlo, primero a un ritmo muy lento y después más rápido. Sebastian, además del placer que experimentaba, descubrió que no solo la deseaba, sino que también la amaba con todo su corazón.

Ella recogió el churro, se puso de pie y se lo puso en los labios. Él fumó varias veces, hasta que se consumió totalmente. Al principio no percibió los efectos, pero después empezó a sentir que las piernas y los brazos se le adormecían lentamente. Un poco mareado y con la boca seca, miraba el reloj de pared y casi pudo notar que el segundero avanzaba a una velocidad muy diferente; el tiempo se hacía más y más lento, casi se detenía. Su mente se dislocó de forma incontrolable, pensaba en lo mucho que amaba a Érika y quería decírselo, pero la droga le impedía diferenciar si lo que pensaba lo había dicho ya o solo eran reflexiones que no externaba. Sintió la libertad de hacer lo que deseara y más aún teniéndola entre sus brazos, pero aquella belleza que lo volvía loco, al mismo tiempo le generaba una gran inseguridad. Era como si no creyera merecer el privilegio de intimar con una mujer así. En tanto, ella lo besaba en el cuello mientras él la sujetaba por las caderas, con una ternura casi infantil que la hizo desesperarse un poco.

—Apriétame más fuerte —le dijo mientras ella buscaba refugiarse en su cuerpo.

Él tuvo que vencer el temor a entregarse plenamente y accedió. Ella quedó completamente desnuda, sin ninguna prenda ya. Desesperados se abrazaban y se tocaban uno al otro. En cuestión de segundos la ropa de él quedó esparcida también por toda la habitación, hasta que finalmente sus cuerpos liberados de la prisión del atuendo hicieron contacto. La lujuria, voluptuosa pasión que los exacerbaba, se apoderó de ambos cuando él contempló una vez más el torneado cuerpo de ella, semejante a estatua de marfil tallada por las más finas manos y en cuya superficie no se apreciaba defecto alguno.

—Qué hermosa eres —fue lo único que alcanzó a decir, sentado en la orilla de la cama, con Érika frente a él. Ella lo interrumpió con una avalancha de intensidad y deseo carnal, besándose nuevamente, como queriendo devorarse uno al otro. Cayeron sobre la cama, en la que dieron varias vueltas sin soltarse. Él la sujetaba del cabello mientras ella le arañaba la espalda. Así continuaron por varios instantes, hasta que ella quedó encima de él, jadeante, sudando copiosamente. Sebastian la miraba en silencio, disfrutando cada pliegue del hermoso cuerpo, y sus manos la recorrían sin parar una y otra vez. Ella flexionó sus rodillas para quedar hincada sobre el vientre de él, que le acariciaba los senos y subía su mano derecha hasta alcanzarle el angelical rostro, colocándole el dedo pulgar en la boca ya abierta. Érika correspondió abriéndola aún más, con prontitud, mientras gemía deseando que la hiciera suya; frotaba su sexo contra el de él, en un intento desesperado por lograr se fundieran en un solo ser.

Con su mano izquierda, la sensual mujer sujetó delicadamente el miembro erecto y, con suavidad, lo puso entre sus piernas al tiempo que él la miraba deseoso. El fuego de la pasión los unió y ella entonces comenzó a moverse hacia adelante y atrás, de una forma que le permitía tener el control. Él le acariciaba los muslos y llegó hasta su cintura. Quiso levantarse para besarla, pero ella se lo impidió dándole un empujón hacia abajo, sujetándolo luego con ambas manos, al colocarlas sobre sus muñecas.

—Eres mío, esta vez no te escaparás.

—¿De veras crees que quería hacer esto?

—Esperé mucho tiempo para este momento y voy a disfrutarte al máximo.

En ningún momento del pequeño diálogo ella se detuvo, solo que ahora el movimiento era cada vez más rápido. Ella empezó a gemir de placer; con ansias, quería gozar más y explotar encima de Sebastian, que aún la contemplaba incrédulo porque nunca había imaginado estar con una mujer así. Ella notaba en su rostro el amor que le tenía e intensificaba el placer que sentía, excitándola aún más. Los dos se movieron en sincronía perfecta, como si hubieran nacido para aquel momento. Jadeaban, gemían. Sebastian se sobrepuso a su inseguridad y empezó a disfrutar por completo, sin temor, sin reserva, sin miedo.

—¡Me encantas!

—¡Tú más!

—¡Me estás volviendo loco!

—¡Es lo que siempre quise!

La intensidad subió a un nivel volcánico, parecía que sus cuerpos sacaban chispas con un simple roce. Así continuaron hasta que ella dio un gritó de placer, explotando sobre él, bañándolo con el manantial que brotaba desde su interior. Sebastian ya no pudo contener su excitación y terminó por regar la tierra fértil de su vientre con la sabia que su cuerpo reclamaba expulsar. Entre besos, sofocados quedaron tendidos, pletóricos por la satisfacción que sus caricias les habían conferido. Minutos después, Érika se levantó, buscó su ropa y comenzó a vestirse. Él trató de incorporarse sobre la cama y le preguntó:

—¿Ya te vas?

—Ya, hay una fiesta genial allá abajo.

—Lo sé, de hecho, yo soy el anfitrión.

—Desde luego que lo eres, por eso mismo deberías vestirte también y atender a tus invitados.

Sebastian se quedó absorto, no estaba entendiendo lo que sucedía. Ella se acomodaba las mallas y comenzaba a atarse las botas.

—Entonces… ¿eso fue todo?

Ella lo miró y se le acercó.

—Eres muy lindo, me gustas muchísimo, pero no tengo tiempo de una relación seria.

Él la escuchó con atención, absorto, sin decirle ni una palabra.

—Ahora, si me disculpas, tengo que bajar; mis amigas deben estar preguntando por mí.

Érika le dio un beso en la mejilla, y le dijo:

—Me la pasé super.

La vio caminar hacia la puerta que abrió y cerró detrás de ella, dejándolo desnudo sobre la cama. Se sintió usado, cual dildo arrojado a un rincón después de emplearlo y cumplir con el objetivo para el que fue comprado. No entendía lo irónico de aquel momento porque él la había amado como a ninguna en su corta vida, y en cambio ella lo utilizó como seguramente a otros. No era la primera vez que él tenía sexo, pero sí la primera que supo lo que era hacer el amor, aunque al final se diera cuenta que no era correspondido.

Cuando terminó la fiesta solo quedaba el desorden que prevalecía en todas partes. Por donde se mirara había vasos desechables tirados, líquidos derramados, manchas sobre el suelo y colillas de cigarro. Era lógica tal suciedad, debido a la gran cantidad de gente que asistió, aunque nadie se quedó para ayudar en la limpieza. Todos se marcharon sin despedirse. Incluso el simpático personaje que amenizó el ambiente con su mercancía, en la primera oportunidad desapareció, sin darle su parte. Durante aquel efímero evento Sebastian se sintió frívolamente acompañado, pero al terminar, de forma irremediable volvió a su habitual soledad y en medio de ésta sus pensamientos se dirigieron hacia Érika, que después aquella noche jamás volvió a hablarle.

A la desilusión amorosa de Érika se sumaron muchas otras. Siempre había muchachas que deseaban intimar con él, pero era sexo lo que buscaban y nada más. A ninguna le interesó mirar dentro de él y conocer su alma, ninguna quiso permanecer en su corazón. Esto lo desilusionaba aún más, pues lo hacía pensar que lo único realmente valioso de su ser era el aspecto físico. Fue que se hizo la idea de que jamás sería tomado en serio y que no tendría una relación auténtica. Lo más cruel es que comenzó a creer que no merecía el amor de nadie. A esta situación se sumó que el ambiente que lo rodeaba no le ayudaba en lo mínimo; había crecido en un mundo donde la violencia se difundía por todos los medios de comunicación. Donde quiera que volteaba descubría que hambre, pobreza, marginación, injusticia, soledad, muerte y violencia, pero sobre todo la guerra, eran publicitadas como algo que se pretendía normalizar. En aquellos momentos recordaba constantemente la frase de John Lennon: «Vivimos en un mundo donde nos escondemos para hacer el amor, mientras que la violencia se practica a plena luz del día».

Le resultaba contradictorio, pero así eran las cosas, así era el mundo en el que vivía y al que se sentía ajeno. No podía entender cómo era que a las personas honestas se les catalogara de tontos y a las amables se les llamara débiles. Con el tiempo, sin quererlo, desarrolló una profunda aversión a las mentiras. Recordaba lo que una vez había leído en un libro de filosofía: "Todo está perdido cuando los malos sirven de ejemplo y los buenos de burla".

—¿Por qué, los humanos, somos incapaces de convivir en armonía? —pensaba, y esta duda que constantemente invadía su mente, se la respondía de la manera más razonable que podía encontrar— Quizá los seres humanos buscamos nuestra propia destrucción.

Observaba que la sobrevivencia del más fuerte era un aspecto cotidiano. Ante sus ojos se volvió común que las personas lucharan entre sí y esto ocurría en todos los niveles generacionales. Tan era así, que no le sorprendía a nadie ver a niños burlarse de otros por su color de piel o discapacidades físicas, ni que se elogiaba a los empleados que buscaban a toda costa desplazar de forma inmoral a sus compañeros, con tal de conseguir un mejor puesto. Todos querían satisfacer sus intereses, a costa de pisotear los derechos de los demás. Le causaba angustia pensar en el fin del mundo, y más aún saber que sería la propia humanidad la que provocaría su destrucción.

A duras penas logró concluir sus estudios universitarios en filosofía, y no por falta de capacidad, sino de interés. Le gustaba leer, pero no sobre temas académicos. Este hábito, y la licenciatura que cursó, lo encaminaron a profundizar sobre espiritualidad, metafísica, teología y teosofía.

Analizándose a sí mismo y el origen de sus temores, logró mitigar algunas de sus preocupaciones con base en la meditación, lo que aligeró los pensamientos pesimistas que lo consumían. Pero todavía cargaba en su espalda un saco lleno recuerdos que sabía que tenía que vaciar, pero que no lograba hacerlo por más intentos que hacía. Además de las depresiones constantes, vivir solo le dio la oportunidad de ausentarse por periodos relativamente largos; todas las vacaciones escolares las pasaba recorriendo y explorando ruinas arqueológicas; casi siempre visitaba el sureste de México, adentrándose en los templos de la cultura maya, de la cual era un gran admirador.

De esta forma sus pasos recorrieron Chichén Itzá, donde se cristalizaron de forma ejemplar las migraciones meso-americanas. Ek Balam, cuyo nombre puede traducirse como «jaguar oscuro» o «jaguar negro». Uxmal, conocida como una región de abundantes cosechas. Tulum, que se considera el sitio más emblemático de Quintana Roo, debido a su ubicación y la excelente conservación de edificios y pinturas murales, además de su muralla que la delimita en los litorales del norte, sur y oeste, ya que el sector oriental da al Caribe; tiene cinco accesos y dos torres de vigilancia. Y Calakmul, la cual fue descubierta a principios de la década de los treinta del siglo pasado. Todas estas ciudades, que le representaban el esplendor y caída de una remota civilización, de la cual solo quedan vestigios, le conferían una experiencia estética relativamente alentadora.

—Tal vez la humanidad también se extinga en su totalidad y lo único que prevalezca sean montones de piedra apiladas, como símbolo de la decadencia que sufrimos en nuestros últimos días —pensaba mientas subía y bajaba los escalones de las pirámides y centros ceremoniales que visitaba, esperando estar equivocado.

A veces cerca, a veces lejos, pero siempre volvía a Cuernavaca, la ciudad donde nació. Durante los veinte años que transcurrieron, Sebastian mantuvo contacto frecuente con don Lucho, a quien visitaba en el mismo lugar donde lo conoció cuando era niño. Lo hacía con tanta regularidad que ubicaba a la perfección todos los senderos por los que había transitado al acudir por primera vez al sitio donde, de acuerdo al mito, nació Quetzalcóatl. Su capacidad de memoria le era de gran utilidad, ya que los recorría sin temor a extraviarse y los atravesaba de día e incluso de noche; reconocía los árboles, troncos caídos, laderas, rocas y todos aquellos pequeños detalles que le evitarían perderse.

Don Lucho disfrutaba las visitas de aquel pequeño irlandés ya vuelto hombre, a quien vio crecer y transformarse en un ser humano completamente diferente. Sebastian observaba cómo, a aquel simpático anciano, lo respetaban los años de forma por demás sorprendente. Quizá era la vida del campo la que lo mantenía fuerte y sano, probablemente la ausencia de alimentos procesados o la genética de sus ancestros indígenas. No lo sabía con certeza, pero era innegable que se conservaba en óptimas condiciones; las arrugas del rostro, manos y cuello parecían haberse detenido tanto en el número como en la profundidad. Podía ver y oír a la perfección. Mantenía aquel penetrante olor a sudor, ciertamente, aunque también era verdad que le había cambiado el brillo de sus ojos, los cuales se opacaron levemente con el paso del tiempo.

Pero don Lucho, por mucho aprecio que le tuviera, no podía llenar el vacío filial que sentía. La falta de un núcleo familiar le pesaba, especialmente la ausencia de su padre, de quien recordaba y reproducía en su mente muchas de las conversaciones que habían sostenido.

«Un día entenderás que tu madre me necesita más de lo que imaginas. Tú tienes el don de que la gente te quiera y te aprecie muy rápido, tu madre no. Quizá no lo asimilas ahora, pero confío en que un día lo harás», fueron palabras de su padre en una de las últimas charlas que tuvieron, antes de partir, la cual particularmente recordaba.

Cuando sentía que la tristeza producida por el abandono lo embargaba, visitaba a don Lucho, quien sentía un extraño apego por la poza de la Nahuala. Él tenía la capacidad de hacerlo sonreír en un abrir y cerrar de ojos, por lo que se convirtió en un oasis en el desierto de su casi orfandad. Hablar con el anciano lo llenaba de tranquilidad; sus palabras lograban que por momentos olvidara el vacío de su existencia.

—No estés triste, muchacho. La gente miente todo el tiempo, no les des tanta importancia. Tienes mucho porqué vivir. Estás sano, fuerte, joven, mucha gente mataría por tus privilegios —le decía con frecuencia y Sebastian sabía que lo hacía con la mejor de las intenciones, aunque a menudo le costaba trabajo seguir sus consejos.

—¿Cómo haces para encontrar lo bueno en todo?

Don Lucho sonreía cuando le hacía este tipo de preguntas, a las que solía responder con la mejor actitud.

—Es simple, muchacho. Es más fácil encontrar lo bueno en la vida, que desperdiciar la vida buscando lo malo en ella. ¿Sabes qué pasa con alguien que se esfuerza en buscar lo malo en todo?

—No. ¿Qué? —dijo Sebastian, con la velocidad mental de siempre, pero don Lucho respondió de una forma aún más rápida.

—Lo encuentra, y sucede lo mismo con las cosas bellas. Solo tienes que olvidar tus carencias por unos segundos y entonces apreciarás tus dones.

Igual que en ocasiones anteriores, don Lucho hablaba y Sebastian escuchaba la voz, no solo de la experiencia, sino de la cultura. Siempre era interesante platicar con él, ya que no dejaba de sorprenderlo; conocía a profundidad hechos históricos, fechas, nombres, acontecimientos y datos de la historia de México y el mundo. En muchas ocasiones Sebastian se asombraba por el cúmulo de conocimiento tan grande que tenía su amigo. Ni siquiera en la universidad conoció algún maestro que representara para él un reto intelectual. Y ni qué decir de sus compañeros, a quienes consideraba por demás ignorantes y, en consecuencia, aburridos. Es cierto que en su etapa escolar adquirió conocimiento, pero las lecciones que de este anciano aprendía no se encontraban en los libros. Él era su maestro de vida, su mentor, su guía.

Fue en una de esas conversaciones que encontró la forma más eficaz de solucionar sus problemas y fue don lucho quien la puso frente a sus ojos.

—Entiende, muchacho, naciste con más ventajas que la mayoría de las personas que conozco. Así que deja de quejarte de todo, los problemas que dices tener no llegaron pegados contigo. El día que te decidas podrás solucionarlos, solo es cuestión que tomes la decisión, y ya. Ten en cuenta que, si realmente pretendes curarte de tus dolencias, primero deberás pregúntate si vas a alejarte de lo que enfermó.

Palabras sencillas, pero llenas de sabiduría con la que superó grandes padecimientos que sufría, entre ellos la droga, el alcohol y, desde luego, a Érika, su primer amor.

—Llegaste a este mundo sin conocerla, sin saber siquiera su nombre. Ahora resulta que vienes y me dices que no puedes vivir sin ella. ¡Por favor, no digas estupideces!

Y de esta forma tan simple pudo entender que hay personas en este mundo con la única finalidad de pasar el rato, vivir el momento sin importar las consecuencias y daños que puedan causar a los demás. Era cierto que lo habían utilizado como un simple objeto, pero no tenía por qué cargar con el dolor que le había dejado aquella noche, en la que su amor no fue correspondido.

«¿Cómo pretendes obtener un resultado diferente, si cometes siempre los mismos errores?», era una de sus frases favoritas, que ponía de manifiesto los años de experiencia de don Lucho, con una larga vida que no habían sido en vano.

En noviembre de 2019, una nueva enfermedad asoló al mundo y ocasionó una pandemia: la Covid 19, provocada por el virus SARS-CoV-2 que, proveniente de China, devino en la declaración de emergencia grave y causó la muerte de millones de personas en todo el planeta. Ante la situación, en

México se decretó el estado de confinamiento el 27 de marzo de 2020, lo cual trajo el cierre temporal de playas, parques, museos, teatros, cines, escuelas, restaurantes, empresas, todo tipo de espacios públicos y, desde luego, zonas arqueológicas. Tal disposición se previó para no extenderse por más de un mes; sin embargo, la negligencia y displicencia del mexicano promedio, acostumbrado a no respetar normas, aportó lo suyo para aderezar a la incertidumbre y caos que *de facto* existía.

Evidentemente, la situación era por demás delicada, pero no lo suficiente para que Sebastian considerara interrumpir las visitas que acostumbraba hacerle a su amigo y maestro. Puesto que no necesitaba guía para andar las sinuosas veredas del Tepozteco, sabía también dónde y cómo ubicar y localizar al viejo en aquella geografía del monte sagrado. O tal vez era don Lucho quien lo encontraba a él.

—Me da gusto saludarte, muchacho —le decía, jamás sin una amplia sonrisa en el arrugado rostro, cada que lo veía llegar—. Y más en esta situación, en la que no debemos salir para evitar que se nos pegue la Covid.

—A mí también me da gusto verte, viejo —Sebastian contestó de manera amigable a su amigo; tampoco le preocupaba mucho correr el riesgo de contagiarse y, al igual que en otras ocasiones, el «pequeño irlandés» le entregó un café en vaso desechable y un pan envuelto para que no se le endureciera.

—Ten, viejo, te traje esto para que desayunes.

—Gracias, muchacho, lo guardo pa'l rato.

—¿Cómo estás, viejo?

—Pos, como la canica.

La respuesta era una nueva ocurrencia del anciano, quien acostumbraba inventar frases para provocar la sorpresa y alegría de su joven amigo.

—¿Como la canica?

—Sí, como la canica.

—Y, ¿cómo es eso, viejo?

—¡Pos cada día más cerca del hoyo!

—¡Ja, ja, ja, ja, ja! —rieron ambos con una expresión de alegría por el encuentro.

La soledad de aquel lugar era tan grande y la risa de Sebastian tan fuerte, que probablemente pudo escucharse a kilómetros de distancia.

—Tú no te vas a morir, viejo. Por lo menos, no pronto y mucho menos de Covid.

—Nunca se sabe, muchacho, nunca se sabe. Pero gracias. Dime, ¿no te da miedo el contagio?

—La verdad, no, aunque sí me cuido. Uso gel antibacterial y cubrebocas en todo momento. ¿Y a ti?

—Tampoco, llevo cualquier cantidad de años viviendo aquí y, si no me han matado los bichos mexicanos, ¿por qué debería tenerle miedo a un bicho oriental?

Sebastian volvió a reír, pero ya no tan fuerte. Don Lucho continuó diciendo:

—No sé mucho de noticias y menos de enfermedades, pero se me hace muy raro que aún no hayan inventado la cura para un virus que se muere con solo agua y jabón.

—Tienes razón, lo más curioso es que todo empezó por un murciélago.

Don Lucho hizo un gesto de incredulidad y preguntó:

—¿Un murciélago?

—Sí, un murciélago.

El anciano seguía sin entender y formuló una nueva pregunta.

—¿Qué tiene que ver un murciélago en todo esto?

—Te explico: existen quienes afirman, científicos de gran trayectoria incluso, que la Covid19 se originó porque en Wuhan alguien que se comió un murciélago y, pues, de esa manera contrajo la enfermedad. Fue en esa ciudad donde comenzó y también de ahí se esparció hacia todo el mundo.

El anciano se quedó atónito

—¿Eso es cierto?

—Claro que lo es, yo pienso que es cierto. Los chinos todo se comen, hasta los perros.

Don Lucho hizo cara de repugnancia, como si hubiera probado algo desagradable y después de unos segundos preguntó:

—¿A qué clase de estúpido se le ocurriría comerse un animal tan feo?

—¡Ja, ja, ja!, ¡exacto!

Los amigos ya habían pasado incontables horas, por largos años, a veces compartiendo reflexiones muy profundas y otras riendo de cualquier cosa. Y en ambos casos aquellos momentos alejaban a Sebastian de su existencia solitaria; mitigaban el dolor de sentir que no encajaba en un mundo lleno de apariencias y del que se negaba a formar parte. Don Lucho le enseñó a ver la vida con una óptica distinta. En una ocasión le dijo:

—El mundo es una gigantesca casa de espejos, muchacho. Por eso, a donde vayas, siempre sonríe, pa' que así el mundo te sonría a ti.

Todo fluía en medio de una profunda tranquilidad y para cuando llegaba el momento de partir, contrario a los convencionalismos sociales, nunca se despedían; no se pronunciaba palabra alguna entre ellos, simplemente se miraban uno al otro. Sebastian lo hacía con respeto y admiración y don Lucho con ternura y amabilidad. No hacía falta decir adiós porque sus charlas eran interminables, nunca les faltaba tema y de igual forma quedaba pendiente algo por conversar. De esa manera es que siempre había motivos para reunirse nuevamente. Y no existía la premura porque tenían la certeza de que se volverían a encontrar, de alguna forma u otra.

Sebastian, fiel a la costumbre, se puso de pie y empezó a recorrer el camino de vuelta, el mismo de siempre, bajo las copas de los árboles que configuraban el hermoso bosque. Don Lucho, por su parte se limitó a permanecer sentado y observar cómo su amigo se iba empequeñeciendo con cada paso que daba, haciendo más larga la distancia. En ese momento el joven no lo sabía, pero habría de suceder algo que lo marcaría para siempre y que precisamente sería él quien, con la intención de satisfacer su abundante curiosidad, quien lo provocaría. Don Lucho, de forma indirecta sería partícipe, aunque tampoco imaginaba que un simple descuido resultaría suficiente para iniciar una nueva y muy larga conversación que transformaría la manera de ver las cosas de su amigo. Parecía como si el universo entero se estuviera alineando de tal suerte que Sebastian cambiaría su forma de ver el mundo y la vida.

CAPÍTULO VIII
UNA RAZÓN PARA VIVIR
Málaga, España. Año 2000

«Los niños son el recurso más importante del mundo y la mejor esperanza para el futuro».
John Fitzgerald Kennedy.

Joaquín aún recordaba la noche fatídica en que María Bustamante perdió la vida cuando daba a luz a su hija, Daniela Alcázar. Quedó completamente devastado, pero tuvo que sobreponerse tan rápido que ni siquiera le alcanzó el tiempo para vivir su duelo. Era cierto que la muerte de su esposa lo había destruido, pero también tenía una poderosa razón para continuar existiendo y era Daniela. María, antes de partir le dejó el más hermoso de los regalos al que un hombre puede aspirar, fruto del amor y prueba innegable de la felicidad que experimentaron durante el tiempo que pasaron juntos.

—Fui tan feliz a tu lado que no me daba cuenta de lo afortunado que era. Hoy que te has marchado, sé que la vida es demasiado frágil y corta como para desperdiciarla en peleas y malentendidos. Te amaré mientras viva, María —fueron las palabras que Joaquín pronunció frente al ataúd que contenía los restos mortales de su mujer, antes de que fueran conducidos a la cámara de cremación para convertirlos en cenizas. Sus ojos derramaban lágrimas en abundancia mientras sostenía en los brazos a su pequeña hija, quien dormía sin la menor idea de lo que ocurría a su alrededor.

No tuvo más remedio que controlarse y reprimir su llanto. Daniela lo necesitaba, y él a ella. Uno para el otro eran toda la familia que tenían. Jamás volverían a tener contacto con los abuelos maternos de su hija, que se negaron a autorizar el tratamiento médico adecuado con el que pudieron haberle salvado la vida.

—No fue mi religión la que me quitó a María y desde luego que tampoco Dios quien le arrebató su madre a mi hija —meditaba en su interior—, fueron personas de carne y hueso, ignorantes e intransigentes, que no supieron entender su mensaje. Dios le dio al hombre el conocimiento necesario para desarrollar la ciencia médica, que puede emplearse para salvar vidas. Si no lo pudieron entender, entonces que sean ellos los que vivan con la culpa de no permitir que mi mujer estuviera aún con nosotros.

El reto de criar una bebé recién nacida fue una labor tremenda que Joaquín aceptó, sin dudarlo ni por un segundo, aunque necesitó de toda la fortaleza que tenía para afrontarlo. Tan fue así que consagró su existencia a Daniela, olvidándose de cualquier clase de distracción que pudiera restarle horas para estar con ella, incluida la posibilidad de un nuevo amor.

—María era todo para mí —meditaba con gran nostalgia—, jamás volveré a enamorarme o a estar con alguien.

Ciertamente tomó una determinación que lo orilló a olvidarse un poco de sí, con tal de procurarle a su pequeña todo el amor que le era posible para compensarla por la muerte de su madre y tratar de cubrir su ausencia.

Daniela ya tenía tres años. Joaquín aprovechó la temporada de vacaciones para llevar a su hija a conocer Madrid. Visitaron lugares como la Puerta de Alcalá, que es una de las cinco antiguas puertas reales que daban acceso a la ciudad, construida por mandato de Carlos III; el Palacio de las Cibeles, emblemático edificio, sede del Ayuntamiento de Madrid, diseñado y construido por Antonio Palacios y Joaquín Otamendi; el Palacio del Marqués de Linares, obra de Carlos Colubí, Adolf Ombrecht y Manuel Aníbal Álvarez, al igual que diversos sitios de interés. Sin embargo, lo que la pequeña más disfrutó fue visitar el Parque del Retiro, pulmón de la metrópoli que ofrece cultura, esparcimiento y deporte a lugareños y visitantes, donde pudo jugar todo lo que quiso, hasta el cansancio.

Joaquín hacía todo lo posible por convivir con su hija y que ella conociera otros niños de su edad. No obstante, aquel día fue diferente; Daniela observaba que a su alrededor había familias compuestas por mamá, papá e hijos, y no pudo evitar comparar las diferencias con la suya, en la que estaban solo ella y su padre. Nunca se había sentido sola y tampoco había deseado hermanos, pero en ese momento se preguntó cómo sería el amor de una madre, un vínculo que desconocía por completo y que lamentablemente jamás iba a experimentar.

—Papi.

—Dime, princesa.

—¿Por qué no tengo mamá? —preguntó Daniela, respaldada en la inocencia infantil que dinamiza la curiosidad.

Joaquín se inclinó frente a ella y le dijo con dulzura:

—Sí que la tienes, solo que un día Dios necesitó un ángel en el cielo y la llamó para que fuera con él.

—Entonces, ¿mi mamá está allá arriba, en el cielo? —preguntó, señalando hacia la inmensidad de la bóveda que alcanzaba a cubrir un cúmulo de nubes.

Joaquín tardó en contestar y, tratando de sonreír, dijo:

—Así es.

—¿Y por qué no baja?

—Porque una vez allá arriba, ya no es posible bajar a la tierra.

—Yo la quiero conocer.

—Y yo daría cualquier cosa porque así fuera.

—Nunca la he visto, solo sé cómo era por las fotografías que tienes de ella.

Su padre suspiró mientras la miraba a los ojos, fiel retrato de los de su madre.

—Un día, princesa, de algún modo volveremos a reunirnos. Aún eres pequeña y hay muchas cosas que no entiendes, pero te garantizo que la verás.

Aquellas palabras no pudieron ser más ciertas; efectivamente, Daniela no atinaba a entender lo que su padre trataba de explicarle.

—Y, ¿por qué se la llevó Dios?, ¿por qué me dejó sin mamá?

Se hizo un silencio que Joaquín, por instantes, no pudo romper, hasta que finalmente habló:

—Porque tu mamá era la mujer más bondadosa del mundo, esa fue la razón por la que tuvo que marcharse. Dios siempre llama a los mejores de nosotros para que estén a su lado.

Daniela seguía sin entender, su mente no asimilaba por qué, si su madre era buena, tuvo que partir y dejarla sola, con su padre. Pero en su lógica, dijo:

—¡Ya sé, papá! ¡Compraré muchos globos y con ellos subiré hasta allá arriba, donde está, y la traeré de vuelta!

Joaquín apenas y pudo sonreír, experimentando tanta nostalgia que casi estuvo a punto de llorar. Solo que al igual que muchas otras veces, se contuvo para que su hija no pudiera percatarse de su sufrimiento. Echaba de menos a su mujer y nunca podría llenar el vacío que le provocó lo que consideraba una simple cuestión dogmática.

—Algún día nos encontraremos con ella. Te lo prometo, princesa. Solo que ese momento aún no llega y, mientras ocurre, debemos conformarnos con las fotos que tenemos.

—¿La extrañas, papi?

Un nuevo suspiro escapó de Joaquín al tiempo que bajó la mirada y encontró los pequeños tenis blancos de su hija. Finalmente levantó el rostro y le dijo, contemplándola a los ojos.

—Mucho, no hay un solo día que no piense en tu madre; era todo para mí. Cuando se fue, todo mi mundo se hizo pedazos. Pero, ¿sabes algo?, con su partida me dejó el más hermoso de los regalos.

—¿Qué?

—Tú, princesa, tú eres lo mejor de mi vida, eres idéntica a tu mami. Cuando te veo siento que vive en ti y encuentro consuelo al mirarte porque la veo a ella, y es todo lo que necesito.

La pequeña Daniela sonrió y abrazó a su padre con efusividad, a quien no quería soltar y él tampoco quería que lo hiciera.

El hecho de que Joaquín formara a su hija en la religión católica, de la que era devoto, además del amor y la paciencia que le tenía, facilitó que ella asimilara la ausencia de su madre y aunque no lo hizo de una manera impositiva, se dio cuenta que Daniela, desde el primer momento aceptó la instrucción doctrinaria de una excelente forma; aprendió los diez mandamientos con rapidez, memorizó el Padre nuestro, el Ave María y el Credo con gran facilidad; le gustaba escuchar las historias bíblicas como el Arca de Noé o David contra Goliath que su padre le contaba y a las que ponía especial atención. Entendió que la misericordia de Dios, un día, de una forma u otra haría que se encontrara con su madre.

Con el tiempo Joaquín consideró pertinente que Daniela tuviera contacto con su herencia mexicana. Por eso, al cumplir cuatro años, decidió visitar México, el país que había dejado en busca de nuevas oportunidades y que ansiaba mostrarle a su hija. Desde el momento en que el avión descendió en la Ciudad de México, sintió que se recargaba de energía solo por volver a pisar la tierra de sus ancestros, los hijos del maíz y el sol.

Joaquín decidió que lo más adecuado era instalarse en un hotel del primer cuadro de la capital, lugar mágico en el que puede respirarse la cultura milenaria de los pueblos originarios que existieron antes de la llegada de los españoles. Fue que se hospedaron en el Gran Hotel Ciudad de México, el más icónico, en el corazón del Centro Histórico. Desde su habitación tenían una magnífica vista del Zócalo, donde el lienzo de la bandera tricolor ondeaba sus colores verde, blanco y rojo, con la emblemática figura del águila sobre el nopal, devorando una serpiente.

Después de instalarse, no desperdiciaron un solo minuto y se dedicaron a impregnarse de la esencia mexicana. Visitaron el Museo del Templo Mayor, sitio de gran atractivo turístico, inaugurado el 12 de octubre de 1987 y que año tras año recibe miles de turistas provenientes de todas partes del mundo. Su construcción fue consecuencia de excavaciones realizadas entre 1978 y 1982, bajo la dirección de Eduardo Matos Moctezuma y que permitieron recuperar una colección de más de siete mil objetos, además de los vestigios del Templo Mayor de Tenochtitlán y algunas edificaciones adyacentes.

También acudieron a la Plaza de las Tres Culturas, en el conjunto urbano Tlatelolco, cuyo nombre proviene de los conjuntos arquitectónicos ubicados a su alrededor, derivados de las expresiones prehispánica, novohispana y del México contemporáneo. Estando ahí conocieron el templo de Santiago, que data del periodo colonial y que al igual que muchos otros fue construido sobre ruinas de templos prehispánicos, básicamente por dos razones: por un lado se aprovechaban las rocas para la construcción y, por otro, al realizar esta práctica, se producía una sacralización del espacio empleado por los indígenas paganos.

A cada paso que daban sentían la necesidad de conocer más sobre México; su curiosidad era insaciable, ciertamente. Pero había un lugar que su religión los obligaba visitar y que, con el flujo de los años, se convertiría en el recuerdo más importante para Daniela. Este era la Basílica de Guadalupe.

—Papá, ¿cuando lleguemos a México visitaremos a la Virgencita de Guadalupe? —le había preguntado Daniela a Joaquín, desde antes que el avión despegara en Madrid.

—Claro que sí, princesa, ¿tienes ganas de saludarla?

—Si, papi, quiero conocer a la madre de Dios.

Por eso, para honrar su palabra y cumplir la promesa que le hizo a Daniela, al siguiente día de estar en Tlatelolco abordaron un taxi justo a la salida del hotel. Llegaron a la Basílica por el lado sur, luego de caminar por la Calzada de Guadalupe, la misma que se ha empleado como acceso directo en las diferentes visitas Papales. Era un lugar que a Joaquín le fascinaba y que conocía a la perfección. En lo que a Daniela se refiere, estaba fascinada por la gran variedad de personas vestidas con atuendos multicolores y locales comerciales llenos de artesanías.

Ni la lluvia ni el viento evitaron que cruzaran la reja para ingresar en el atrio; ahí estaba el santuario donde la Reina de México vela por todos sus hijos. A lo largo de la calzada Daniela ya había visto personas hincadas, de todas las edades y de ambos sexos, que avanzaban postradas en dirección al recinto sagrado. Y conforme se introducía junto con su padre en el sitio los veía cada vez más de cerca. Algunos tenían las rodillas protegidas levemente por el pantalón que usaban, pero había quienes las llevaban desnudas e incluso sangraban por el continuo roce de su piel sobre el concreto.

—Papi, ¿qué hacen? —preguntó Daniela, con la mórbida curiosidad que su padre ya había observado desde hacía algunos minutos.

—Están cumpliendo una manda.

—¿Una manda?

—Así es.

—¿Qué es una manda?

—Una manda es...

Joaquín dudó un poco en contestar, pues sabía que cualquier respuesta provocaría la insistencia de su hija para averiguar de qué se trataba.

—Es cuando le pides algo a la Virgen y a cambio le prometes que vendrás a verla de rodillas.

—Daniela frunció el ceño, en señal de extrañamiento.

—Pero, ¿por qué hacen eso?

—Ya te dije, princesa, la gente le pide algo y a cambio demuestra su agradecimiento llegando hasta ella de rodillas.

—Pero están sufriendo, papá. O, ¿no les duele lastimarse a ellos mismos?

—Claro que les duele, hija, pero es la forma tradicional en que los mexicanos muestran su devoción a la madre de Dios.

Daniela permaneció en silencio por algunos segundos. Aún se sostenía de la mano de su padre y, sin dejar de avanzar, pregunto:

—¿No se supone que la Virgen de Guadalupe es nuestra madre?

—Si, así es.

—Y, ¿por qué a una madre le gustaría ver sufrir a sus hijos?

Ante ese cuestionamiento, Joaquín no tuvo una respuesta convincente, por lo que se limitó a sonreír a su hija y a hablarle en tono paternal.

—Aún eres pequeña y hay cosas que no entiendes, pero te prometo que cuando seas mayor lo harás.

Efectivamente, aquella conclusión no satisfizo la curiosidad infantil de Daniela, pero bastó para terminar el incómodo momento. Afuera del templo encontraron un grupo de personas y uno de los integrantes llevaba en las manos una bandera con tres franjas horizontales en colores rojo en los costados y amarillo en el centro, lugar en donde destacaba un escudo real que ambos identificaron fácilmente; era la bandera española.

—¡Mira papá, son españoles! —dijo la pequeña mientras los turistas voltearon instintivamente al escuchar el típico acento ibérico. Luego de saludar amistosamente y tras intercambiar algunas palabras, todos juntos avanzaron hacia la Basílica, con la intención de participar en la ceremonia religiosa y, desde luego, acercarse lo más posible a la imagen divina.

La leyenda de letras doradas «¿NO ESTOY / YO AQUÍ / QUE SOY / TU MADRE?» resaltó a la vista de todos, en la parte superior del templo y todos los visitantes se detuvieron a observar; era notoria la emoción que tenían los extranjeros que por primera vez visitaban el Tepeyac.

De manera sigilosa buscaron una banca y permanecieron lo que restaba de la ceremonia. Una vez terminada, todo el grupo se dirigió hacia el lado izquierdo del templo, en busca de la mayor proximidad posible. Notaron que había algunas personas reunidas a la espera de saludar a la Virgen, de entre las cuales destacaba un pequeño niño muy inquieto que importunaba a su madre; deducción que hicieron debido a las insistentes palabras que le dirigía:

—¡Mamá, mamá!… ¡Mamá, mamá!

No fue importante para el grupo de españoles que esperaba pacientemente su turno. Al cabo de unos minutos se escuchó un sonoro estruendo que llamó la atención de todos los que encontraban cerca. Lo siguiente que vieron fue una pequeña discusión entre dos adultos, un hombre y una mujer, quienes aparentemente eran los padres de aquel niño que fue disciplinado de manera enérgica con una bofetada. Fue un momento sumamente incómodo para todos, ciertamente, aunque el más afectado sin duda fue el pequeño, que continuaba sufriendo el dolor producido por la cachetada que su madre le había dado.

Con el paso de los días Joaquín y Daniela volvieron a España. Padre e hija disfrutaron mucho su estancia en México, llevándose hermosos recuerdos. Sin embargo, para Daniela el más vívido de todos había sido aquel incidente que se suscitó a los pies de la Virgen de Guadalupe; su pequeña mente no entendía por qué esa mujer había golpeado a su hijo de manera tan cruel. No tenía una madre, pero estaba segura que si la suya viviera, sería una persona que jamás le pondría una mano encima.

CAPÍTULO IX
LA RUPTURA
Antes de la creación de la humanidad

"Lo único que los malos necesitan para ganar es que los buenos no los combatan".
Sir Edmund Burke.

ESTAMOS EN EL CIELO, DONDE EL ORDEN ESTABLECIDO por el Padre manifiesta la bondad de su régimen, pues dejó claro que es un lugar maravilloso, pletórico de dicha y felicidad en perfecto equilibrio; sitio que no alberga mentiras, calumnias, envidia y mucho menos la traición. Aquí, un océano sinfín de seres de luz llamados arcángeles, ángeles mayores, vigilantes, mensajeros, ángeles iluminados, serafines, querubines, tronos, dominaciones, virtudes, poderes y principados sabe con certeza que su mayor alegría es obedecer las órdenes de Él o, por lo menos, así lo era.

Tal ejército no podía estar completo sin un líder y, ciertamente, tenía uno fuera de serie que los dirigía con indulgencia y amor; era Luzbel, amado y respetado por sus menores hermanos. De él era la responsabilidad de comunicar y difundir el conocimiento y voluntad del Padre; se sentaba a su derecha, pues fue el primero, el más grande y más cercano al trono celestial;[1] era el portador de la luz.[2]

Como todas las mañanas, la multitud de ángeles se reunió en la explanada principal, a espaldas del Palacio del Infinito; no faltó ninguno. Así empezaba siempre el ritual de obediencia para renovar el compromiso incuestionable entre ellos y el Padre; era como si todos aquellos seres se fusionaran y convirtieran en uno mismo, lo que proyectaba un auténtico espíritu de unión y fraternidad colectiva que, desde luego, revestía de solemnidad el momento.

En la plaza sobresalía un gigantesco escenario blanco. No había muros a su alrededor, ni columnas que sostuvieran un techo. Fue construido con la finalidad de que todos los ángeles pudieran no solo observar cómodamente lo que ocurría en el nivel superior, sino también escuchar lo que se decía. De esta forma, y debido a la acústica producida, se facilitaba la comunicación entre el orador y el público, logrando establecer un contacto cercano.

El sol estaba por salir cuando los asistentes ya ocupaban sus lugares, experimentando una ansiedad casi infantil porque el acto comenzara. El espectáculo era de verdad impresionante; el resplandor que la energía de millones de seres de luz producía, podría decirse que casi opacaba cualquier otra expresión luminosa. El silencio era absoluto.

Fiel a la costumbre, a un lado del escenario se encontraba Luzbel para presidir el acto, solo que esta vez había algo que no se adecuaba al protocolo; llevaba un cofre hecho de un material que la gran mayoría de ángeles no pudo identificar,

---

1   «...toda piedra preciosa fue tu vestidura; de cornerina, topacio, jaspe, crisólito, berilo y ónice; de zafiro, carbunclo, esmeralda y oro; los primores de tus tamboriles y flautas estuvieron preparados para ti en el día de tu creación». (Ezequiel 28, 13).

2   «Tú, querubín grande, cubierto: y yo te puse; en el santo monte de Dios estuviste». (Ezequiel 28, 14).

lo que causó gran extrañamiento. Miguel permanecía muy angustiado, ya que aún tenía presente el nuevo altercado entre su hermano y el Padre, que hacía apenas unos instantes hubo de presenciar, justo antes de iniciar el ritual.

Luzbel, de rodillas suplicó al Padre reconsiderar su decisión respecto a la nueva especie y sucedió algo nunca visto, ya que además de recibir una clara e intransigente negativa, obtuvo un severo llamado de atención que lo destruyó en lo más profundo de su ser. La decisión ya estaba tomada, los seres humanos estarían limitados en el desarrollo de su potencial divino. Luzbel formuló sus mejores argumentos pero ya no había más qué hacer o decir. Con gran dolor comenzó a buscar la salida del recinto y, tras encontrarla, encaminó sus pasos hacia el exterior, con la firme intención de abandonar los aposentos del Padre. A cada paso que daba se repetía una frase igual que una plegaria: «Ya no quiero convencerlo de que cambie su decisión, pero necesito saber por qué lo hace».

Al avanzar, recordaba la plática con Samael: *«Solo sé que la humanidad es una especie que merece tener la posibilidad de desarrollar sus dones… haré todo lo que esté en mis manos para que la máxima especie de este universo prospere»*. Lo cierto fue que en aquel momento de la charla, Luzbel también tomó una decisión que, sin darse cuenta, cambiaría para siempre el destino del universo, de la humanidad y, desde luego, del Cielo mismo.

Hizo una pausa antes de salir a cumplir sus obligaciones, pasó al laboratorio donde, por eones, trabajó afanosamente en los proyectos del Padre. No pudo evitar sentir profunda nostalgia cuando recordó la felicidad que le causaba saber que Él le depositaba toda su confianza, al tomarlo en cuenta, en primer lugar, cuando le asignaba tareas, las cuales sabía que debía cumplir. Luzbel siempre correspondió tal distinción, poniendo todo lo que estaba a su alcance para no decepcionarlo, y nunca lo hizo. Aquella impecable combinación traía como resultado inmediato una perfecta relación entre Padre e hijo.

Durante aquel breve momento cerró los ojos y, poco a poco, su rostro empezó a dibujar una pequeña sonrisa que se desvaneció con rapidez, cuando sus pensamientos lo trajeron de vuelta. La realidad volvió a endurecerle el gesto; estaba claro que todo aquello había dejado de existir. Fue como evitar que el agua se derramara entre sus dedos; instantáneamente tomó algo que guardaba en aquel lugar y, mientras lo hacía, murmuró:

—Todo ha cambiado, incluso Él.

La distancia entre él y su Padre era semejante a los polos opuestos del cosmos y lo desgarraba en lo más profundo de su ser.

Salió del laboratorio con la intención de cumplir una de sus primeras obligaciones, por lo que fue a la explanada. Al verlo llegar, sus hermanos menores notaron que su líder, y también Primer Ángel, se movía con tan extrema calma que casi arrastraba los pies. Los primeros rayos del sol destellaron y provocaron el relucir de sus hermosos cabellos dorados, pero él, ocultando el azul profundo de sus ojos, miraba hacia abajo y continuaba su andar con pesadumbre; le representaba un verdadero esfuerzo desplazar su poderoso cuerpo para alcanzar el centro del escenario. Miguel, que permanecía en primera fila junto con Gabriel, seguía intrigado por el contenido del cofre y enfocó su mirada en él, como pretendiendo averiguar de qué estaba hecho o cuál era el contenido. Puso especial atención en que Luzbel lo sostenía con sumo cuidado en las manos, y pensó:

—Debe ser muy valioso lo que resguarda, para que lo manipule con tanto esmero.

Sin soltar el cofre y con aire de autoridad, Luzbel llegó hasta el centro del escenario. Desde ahí dirigió a sus hermanos las palabras sagradas correspondientes al sublime acto, mismas que había repetido innumerables ocasiones en tono de exhorto, haciéndolas resonar en todos los rincones de la plaza con la intención de que en cada una de sus intervenciones la multitud celestial respondiera con firmeza:

—¡Hermanos!, ¿qué es lo que somos?

—¡Seres de luz!

—¿Cuál es nuestro deber?

—¡Amar y obedecer al Padre, así como a nuestros hermanos!

—¿Cuál es nuestra misión?

—¡Proteger todas las creaciones del Padre!

—¿Cuáles son esas creaciones?

—¡Desde el más lejano rayo de luz, hasta la más pequeña especie!

Así habría terminado el ritual si las cosas estuvieran en su lugar, pero el tono de Luzbel había cambiado; su característica energía llevaba un aire de tristeza que fue imposible ocultar y los demás ángeles pudieron percibirlo. Ninguno de ellos se movió, todos permanecieron en sus lugares.

Sin más, Luzbel, elocuente y haciendo uso la habilidad que tenía para la oratoria, articuló un discurso a propósito de lo que todos murmuraban: sus recientes diferencias con el Padre.

—Hermanos, me dirijo a ustedes con la mayor humildad que me es posible, quiero pedirles que en este momento no vean en mí a su líder, sino a alguien profundamente triste, decepcionado de las múltiples decisiones que el Padre ha tomado. Es cierto que Él siempre se caracterizó por su justicia y sabiduría; sin embargo, no me es posible entender la decisión que tomó sobre la nueva especie.[3]

---

3 *Cfr.* «Tú que decías en tu corazón: subiré al cielo; en lo alto, junto a las estrellas de Dios, levantaré mi trono, y en el monte del testimonio me sentaré, a los lados del norte». (Isaías 14, 13).

Se hicieron murmullos generalizados por toda la explanada; era cierto que todos sabían que la relación entre el Padre y el Primer Ángel no estaba en su mejor momento, pero nadie imaginó que se haría del dominio público y menos en el ritual de obediencia. Las reacciones fueron variadas, algunos se asombraron, otros empezaron a recordar que también habían visto cambios en el Padre, incluso muchos afirmaron que Luzbel había enloquecido. En ese instante el rostro de Miguel se desencajó por la incredulidad; no podía asimilar lo que su hermano mayor hacía. Por su parte, Gabriel se llevó ambas manos hacia la frente en señal de sorpresa y desaprobación, mientras Samael miraba fijamente a Luzbel, poniendo atención a cada palabra que emanaba por su boca.

—Se me ha tachado de soberbio y arrogante porque digo lo que pienso, por no estar de acuerdo con las decisiones que últimamente Él viene tomando y por cuestionar las órdenes que recibo. No ignoro que mi primera y principal obligación es obedecer, pero también tengo claridad de que, en el fondo, lo que se le pretende hacer a la especie humana es un crimen.

En ese momento un importante número de ángeles que simpatizaba con Luzbel, y la nueva especie, vitorearon el discurso. Ya, desde mucho antes que todo esto sucediera, existía gran preocupación por los decretos del Padre. Debido a esto, se empezó a generar un profundo descontento en el Cielo y las palabras de Luzbel, sin quererlo, habían encendido la mecha de un acontecimiento sin precedentes.

—Hay quienes temen que yo mismo destruya el diseño que, con tanto amor, desarrollé y hoy defiendo. Jamás cometería tal insensatez, pero como mis palabras ya no valen en el Cielo, me veo en la obligación de probar lo que digo. Por tanto, aquí y ahora hago entrega de esto.

Miguel y Gabriel se miraron uno al otro, como tratando de averiguar la forma en que Luzbel se había enterado de su conversación y al mismo tiempo culpándose recíprocamente del hecho. Entonces el mayor de los ángeles abrió el cofre y del interior extrajo una esfera de almacenamiento, tan pesada que era necesario emplear ambas manos para sostenerla. Era un objeto de color amarillo y con luz en el interior que constantemente cambiaba de forma; de esta manera se mantenía a salvo la información relativa a cualquier especie del cosmos.

—Aquí está todo lo concerniente al diseño y próxima concepción de los humanos; cada célula, dato, funcionamiento, órganos, géneros, colores o nombres de todos y cada uno de los que un día existirán. No tengo porqué destruir la obra maestra del Padre, en la cual tuve el privilegio de servirle. Hago entrega pública para su buen resguardo.

Con tal acto, Luzbel sedujo a la audiencia. Las murmuraciones cesaron y el silencio se tornó ensordecedor. Hizo una pausa en su discurso y caminó hacia Gabriel, que aún tenía las manos en la frente. Se inclinó ante él y le extendió los brazos, para confiarle la esfera. Éste, por un momento no supo cómo reaccionar, pero de muy buena gana alargó los suyos y la aceptó. De esa manera, Luzbel dio plena certeza de que no atentaría contra la nueva especie y legitimó su posición de sincero y genuino amor que a todas luces parecía paternal hacia la humanidad. No dañaría una especie inocente, la cual ni siquiera había visto la luz. Aunque su lealtad al Padre quedó en tela de juicio.

—Cuídala bien, Gabriel, confío en que me hagas este favor.

Gabriel se quedó mudo, únicamente asintió con la cabeza. Por su parte, Luzbel regresó al centro del escenario y continuó.

—Quiero que sepan que nunca he cambiado y que tengo un profundo amor hacia el Padre, solo que no comulgo con la idea de privar a los humanos de su potencial divino, el cual seguramente los llevará al nivel supremo y que es el de los seres luz.[4] No entiendo por qué me pidió diseñar una especie con tantos dones si la privará de usarlos. Lo digo porque soy testigo de las cualidades y virtudes con las que cuenta y porque también estoy seguro que un día florecerá plenamente, al grado de, incluso, alcanzar las estrellas.

La multitud se hizo notar nuevamente con estruendosos gritos de apoyo y reprobación.

—Sé que no me arrepentiré de lo que estoy haciendo, porque tengo la convicción de que es lo correcto. ¡Esto no es un acto de rebelión, es un acto de justicia!

—¡Es una rebelión!, ¡te estás rebelando contra el Padre! —gritó Miguel desde su lugar, al tiempo que se ponía de pie y muchos manifestaban estar de acuerdo con él; aunque otra cantidad similar en número desaprobó que irrumpiera de tal manera. Hubo un gran alboroto. La incertidumbre podía respirarse, hasta que abruptamente Luzbel levantó las manos para silenciar a sus hermanos. Entonces dijo:

—Para los que no creen en mi causa, debo recordarles que nuestra misión es «proteger todas las creaciones del Padre, desde el más lejano rayo de luz, hasta la más pequeña especie». Y en apego a este precepto no puedo permanecer indiferente ante la injusta decisión que Él tomó con una indefensa especie, que ni siquiera ha nacido.

Aquellas palabras levantaron aún más los ánimos de los simpatizantes de Luzbel. Nadie podía negar que la verdad era dueña de su boca, puesto que durante el ritual así lo habían expresado cuando respondieron al exhorto. Por su parte, los que estaban en contra consideraron que era una aberrante falta de respeto lo que acababan de escuchar. Las posiciones de ambos bandos se hacían cada vez más irreconciliables,

---

4 *Cfr.* «Sobre las alturas de las nubes subiré, y seré semejante al Altísimo». (Isaías 14, 14).

aquello era un volcán a punto de estallar y el ambiente se hacía cada vez más ríspido, hasta que Luzbel dijo:

—Nunca quise llegar a este punto, jamás pensé desobedecer a nuestro Padre e incluso ahora no lo deseo, pero si es necesaria una guerra para conseguir el bienestar de los humanos, entonces ¡pelearé!

—¡Y yo pelearé contigo! —gritó Samael desde uno de los extremos, levantando el brazo derecho, señalando a Luzbel.

—¡Y no pelearán solos! —gritó también aquel ángel vigilante que decidió ponerse del lado de Luzbel, porque sabía que su causa era la correcta y previamente pudo escuchar la conversación entre Miguel y Gabriel, en el planeta donde un día vivirían los humanos; era Azazel.[5]

Después de escuchar el discurso de Luzbel, varios se lanzaron sobre él, pero se los quitó de encima con facilidad. Miguel cayó rápidamente sobre el escenario, tratando de alcanzarlo.

—¡Traidor! —levantó su voz con gran furia. El verde de sus ojos se había esfumado y en su lugar parecía quedar un fulgurante rojo carmesí, en el que se reflejaba el enojo que sentía porque su hermano se atrevió a transgredir su principal obligación, obedecer al Padre.

Rafael apareció de forma inesperada, colocándose a la derecha de Miguel y avanzando a la misma velocidad. También tenía la intención de hacer pagar a Luzbel su traición; sin embargo Azazel se interpuso, bloqueando el avance de ambos.

—¡No intervengas, Azazel!, ¡esto no es asunto tuyo! —gritó Rafael para intentar disuadirlo.

—¡Claro que lo es! —respondió.

---

5 «Y echará suertes Aarón sobre los dos machos cabríos; una suerte por el Señor, y otra suerte por Azazel». (Levítico 16, 8).

—¡Entonces será como tú quieras! ¡Miguel, ve por Luzbel! ¡No te detengas!, ¡atrápalo! ¡Yo me encargo de Azazel!

Azazel sonrió y contestó:

—¿Crees poder derrotarme?

—¡No lo creo!, ¡lo haré!

Así fue como Azazel y Rafael se enfrascaron en un encuentro muy reñido. No se dieron cuenta en qué momento cerraron los puños y se abalanzaron uno contra el otro. Ninguno daba tregua a su oponente. El forcejeo fue tan intenso y era tan grande el tumulto que empezaron a chocar sus espaldas y varios manotearon entre sí. Este acto sin precedentes empezó a replicarse en todas partes. Algunos rodaron por el suelo e incluso llegaron a estrellarse contra los muros del Palacio del Infinito, fracturando la estructura. A pesar de los daños materiales, los seres de luz no podían herirse por su condición de esencia divina.

Para dirimir sus diferencias hubo quienes buscaron las alturas. Rafael lanzó un golpe con la mano derecha pero Azazel pudo detenerlo con su izquierda. En respuesta, éste trató de golpearlo con la mano derecha y su adversario también lo detuvo con la izquierda. Sus fuerzas estaban equilibradas y así permanecieron inmovilizados por algunos instantes, hasta que el movimiento de la muchedumbre los obligó a separarse.

Mientras esto sucedía, Miguel seguía avanzando sobre su hermano mayor. Cuando lo tuvo cerca empezó a lanzarle golpes a gran velocidad, todos dirigidos al rostro, los cuales fueron esquivados. Luzbel no respondía las agresiones, se limitaba a retroceder y agacharse. Fue entonces que Miguel, empleando una de sus piernas, trató de derribarlo pero Luzbel hábilmente saltó hacia atrás, dando un giro en el aire.

—¡Cálmate, Miguel! —le pidió Luzbel.

—¡Estás desobedeciéndolo!

—¡No es por desobediencia, es justicia! —respondió Luzbel mientras evadía los impactos que su hermano le enviaba, pero aquél no se detenía, no lo haría nunca, hasta verlo sometido. Aunque le costara su propia existencia, no le importaba; tenía un deber qué cumplir y lo haría pasando por encima de quien fuera.

Esta escena dantesca se repetía en toda la explanada, entre los leales al Padre y los seguidores de Luzbel. Por todos lados había gritos, quejidos y golpes. Algunos ángeles trataron de suavizar la situación, pero muchos, siguiendo el ejemplo de Azazel y Rafael, llevaron sus diferencias a mayores niveles de algo que hasta entonces desconocían: la violencia.

Por todas partes se podía ver seres de luz golpearse entre ellos. Poco a poco quedó claro que existía mucho descontento y que Luzbel no era el único que había tenido diferencias con Él; muchos eran los ángeles que evaluaron que las órdenes del Padre no eran correctas y éstos también tenían resentimientos, mismos que se fueron acumulando hasta convertirse en lo que de manera terrible acontecía: una batalla entre seres de luz, entre hermanos. El Cielo estaba en caos.

Gabriel se encorvó sobre la preciada esfera y se alejó lo más rápido que pudo, antes que alguien pudiera dañarla. Su contenido era precioso y urgía ponerla a salvo para preservar la información; necesitaba encontrar un lugar seguro. Por su parte, Miguel intentaba desesperadamente someter a Luzbel, para ponerlo bajo custodia y hacerlo pagar por tan tremenda blasfemia.

—¡El Padre es el creador de todo! ¡Cómo te atreves a rebelarte!

—No me estoy rebelando, trata de entender.

Pero Miguel no escuchaba nada.

—¡Somos hermanos! ¿Por qué nos traicionas?

Luzbel deseaba con toda su energía que su hermano dejara de atacarlo, pero no ocurrió. Sin embargo, Miguel no fue rival para el Primer Ángel, quien era extraordinariamente superior; de manera descuidada, le lanzó un puñetazo con la mano derecha, tan veloz que lo sacó de balance. En ese momento Luzbel, hábilmente evitó el impacto y aprovechó el descontrol de su contrincante, apartándose del camino, pasando su mano derecha por debajo del rostro de su oponente. Igualmente, pasó su mano izquierda alrededor de la cabeza, haciendo que ambos brazos se encontraran a la altura del cuello de su hermano. Esto provocó que Miguel se arqueara hacia atrás, perdiendo aún más el equilibrio y dando pauta para que ejerciera presión con el brazo derecho, sujetando su muñeca con la mano izquierda. Así lo inmovilizó, pero Miguel no dejaba de retorcerse con afán de liberarse, lo que obligó a Luzbel a usar su pierna izquierda y patear con ella los pies de Miguel, al mismo tiempo que con sus dos brazos lo giró hasta caer sobre él. Aquel impacto fue durísimo, pero aun así Miguel continuaba luchando, lo que obligó a Luzbel a ponerse encima de él e ir apretando cada vez más y más el cuello de quien ahora era su enemigo, impidiendo el flujo de su energía. Poco a poco Miguel empezó a sentir que las fuerzas se le escapaban; la vista se le nubló.

La última imagen que percibió de aquella lucha fue la de Gabriel, quien había vuelto para ayudarlo en su batalla contra Luzbel, pero no lo logró debido a que Samael se había interpuesto iniciando también un duelo entre ambos. Luego todo empezó a volverse oscuridad y al final nada; Luzbel sintió que su hermano ya no se defendía y se levantó dejándolo tirado sobre el suelo. Miguel había sido derrotado.

—Lo siento, hermano, yo no quería esto pero me obligaste a defenderme. De verdad, lo siento.

Luzbel dio unos pasos con la esperanza de que en el futuro Miguel entendiera y apoyara su causa, era su hermano menor y lo amaba a pesar que estuviera en su contra.

Gabriel y Samael se golpeaban mutuamente, sin contemplación. En sus ojos no existía la ira, ninguno de los dos quería pelear, solo que se encontraban en posiciones diametralmente opuestas, defendiendo causas que consideraban justas.

Por todas partes el panorama era horrendo, todos los ángeles discutían o reñían y nadie tenía la intención de ceder una pulgada de terreno. De una u otra forma creían tener la razón y solo el tiempo definiría a quién le asistía. Luzbel exclamó:

—¡Hermanos!, este no es el momento ni el lugar apropiado para dirimir nuestras diferencias. ¡Vámonos!, ¡ya habrá oportunidad de arreglar esta lamentable situación!

Con todo lo acontecido, se hizo evidente que Luzbel había perdido su autoridad oficial; ya no era más el líder de los ejércitos del Padre. Pero aun quienes no simpatizaban con la lucha que encabezaba obedecieron y todos dejaron de pelear al escuchar la que fue su última orden.

Lentamente Luzbel empezó a ascender y millones de sus hermanos lo siguieron. Fueron muchos los que volaron con él, hasta perderse entre las estrellas. La tercera parte de los seres de luz estaba de su lado, no habían sido manipulados, nadie les había mentido, simplemente se dieron cuenta que el Padre había cambiado y que sus decisiones ya no eran las más justas ni correctas. No fue su deseo, pero fue así como empezó la guerra.

CAPÍTULO X
UN ENCUENTRO INESPERADO

Cuernavaca, México. Año 2020

«Me descubrí enamorada cuando supe que
deseaba tomar su mano y besar sus labios
todos los días de mi vida».
Frida Khalo.

ES EL AÑO EN QUE EL MUNDO SE DETUVO, época donde la humanidad se vio obligada a guardar confinamiento por la pandemia de la Covid 19, la cual puso a temblar los sistemas médicos en todo el planeta. Derivado de esta situación, los seres humanos se resguardaron en sus hogares para evitar contagios. La mayoría de países siguió las medidas y obtuvo resultados positivos; otros, en cambio, no tomaron en serio la situación y pagaron las consecuencias.

Con esta emergencia la humanidad se encerró y los animales de todas clases invadieron las ciudades y se apropiaron de ellas, erigiéndose como amos y señores del mundo, tal como fue en un principio. Se registraron avistamientos de monos vagando por las calles de Nueva Delhi, delfines nadando en los canales de Venecia, patos y jabalíes en las calles de Madrid, pumas en Santiago de Chile, zorros en Bogotá, ciervos en Nara. Esta cuarentena dejó claro que los animales y la naturaleza son legítimos dueños del planeta y prueba de ello es que el tiempo que duró —mucho más de lo previsto— todos los ecosistemas florecieron en perfecto equilibrio.

Es cierto y a la vez triste comprobar que solo existe un agente de destrucción que no sabe y no le interesa convivir en sana armonía con su entorno y que eventualmente será él mismo el causante de su propia miseria. Esta especie es el ser humano, la misma que Luzbel defendió frente al Padre, la misma por la que luchó y por la que fue expulsado del Cielo.

En México, país de la raza de bronce cuyo gobierno se vio rebasado e incapaz de atender tal situación, las decisiones que se tomaron pusieron de manifiesto la ineptitud de quienes ejercían el poder; se mantuvo una política casi de indiferencia. En el mes de agosto de 2020, aún cuando el panorama sanitario no mejoraba, de manera ilógica se reanudaron actividades atendiendo a la «nueva normalidad». Por un lado, se abrieron juzgados, gimnasios, restaurantes y algunas instituciones de gobierno; por otro, contradictoriamente, las escuelas de todos los niveles se permanecieron cerradas, sin que pudiera vislumbrarse una fecha tentativa para que los estudiantes regresaran a las aulas.

Fue en medio de ese caos mundial que Daniela y su padre determinaron regresar a México y esta vez para quedarse. Joaquín ya era un hombre maduro y ella se había convertido en una hermosa mujer de ojos moros. Decidieron establecerse en la ciudad de la eterna primavera, Cuernavaca, en el estado de Morelos.

Joaquín extrañaba su México y Daniela tenía toda la intención de conocer este maravilloso país. En aquel momento las condiciones de salud a nivel mundial no eran las más adecuadas para abandonar España y emprender una nueva aventura en otro continente. Pero para alguien con la actitud y empuje de Joaquín, quien para ese entonces ya se había convertido en médico, eso no significaba un obstáculo; sumado a esto su experiencia y perfil profesional le ayudaron a encontrar un empleo de forma casi inmediata.

En aquellos días Daniela no sabía con certeza qué hacer con su vida; llevaba una relación muy cercana con su padre, a quien amaba profundamente. Tenía una vida por delante y ninguna preocupación sobre los hombros. Solo la decepción amorosa que recientemente había sufrido, derivada de una infidelidad de su exnovio, la llenaba de resentimiento. Fue terrible para ella haber sorprendido a Julio besándose con otro hombre; ella no sabía exactamente qué es lo que más le había dolido, si su traición o que la había engañado con alguien de su mismo sexo.

—¡Puedo aceptar que me hayas engañado, pero… ¡por qué con un hombre!, ¿acaso no soy suficiente mujer para ti? —fue el reclamo que le hizo cuando trató de buscarla, pero su vanidad ya estaba lastimada y su dignidad destruida.

Fue el fin de aquella relación en la que ya nada podía repararse. Habían sido cuatro largos años tirados a la basura; sin embargo, como una fiel católica, confiaba plenamente en el plan maestro que Dios tenía para ella, desde antes de su nacimiento. Sabía que lo mejor estaba por venir, pero no se imaginaba las circunstancias bajo las que ocurriría.

—La vida es para vivirla, no para sufrirla —era su filosofía y pensar de esta forma la había convertido en una mujer libre de apegos superficiales y completamente plena.

Decidió que mientras no estuviera segura de cuál sería su siguiente paso, lo mejor que podía hacer era no permanecer estática, por lo que se dedicó a explorar el «nuevo mundo», el cual la llenaba de curiosidad y fascinación.

Trató de conocer lugares de interés en su nueva ciudad, su nuevo estado, su nueva vida, pero se vio limitada debido a las condiciones de salubridad reinantes de aquel entonces. Aun así, estaba resuelta a vagar por las calles en las que todo el tiempo procuraba usar tapabocas y gel antibacterial. Así llegó al Palacio de Cortés, lugar histórico que terminó de construirse en 1535, en su etapa principal. Esta construcción se encuentra erigida en el centro de Cuernavaca, albergando en su interior el legado histórico del estado de Morelos.

—Hermoso, lástima que esté cerrado.

Hubo de conformarse con conocer solo el exterior de la fortaleza que la dejó impresionada, debido a que estaba cerrada.

Posteriormente, sus vagabundeos la condujeron al pueblo mágico del Tepozteco, en el que desde el inicio de la contingencia, por iniciativa ciudadana, las personas que lo habitaban decidieron impedir el paso a todos los extraños sin importar quiénes fueran, con la finalidad de establecer un cerco sanitario que ellos mismos habían establecido y con el que pretendían proteger su comunidad; por lo que se quedó con las ganas de visitar aquel lugar. Sin embargo, el viaje no fue en balde y pronto ella comprobaría que la vida es una caja de sorpresas y que siempre nos tiene preparada una de ellas.

Caminaba con la intención de subir el cerro cuando algo llamó su atención. Una motocicleta Harley-Davidson Road King color azul, de reciente modelo, estaba estacionada sobre una de las aceras con la intención de no obstruir el tránsito automovilístico, el cual, por las condiciones descritas, era inexistente.

—¡Qué hermosa motocicleta! —pensó y siguió rumbo al cerro. No obstante, después de varios pasos, no tardó en ser abordada por alguien de la localidad, con el fin de avisarle que desafortunadamente no le sería posible continuar su camino.

—Lo siento, señorita, por el momento no se puede pasar. Hemos cerrado el paso a visitantes para evitar contagios de Covid entre nosotros. Cuando la pandemia pase con gusto la recibiremos —le explicó amablemente una anciana de unos sesenta y cinco años, al ver que intentaba entrar a conocer el lugar.

La sesentona vestía falda oscura y blusa blanca con vivos de colores, muy al estilo de la gente del pueblo. Entonces a lo lejos Daniela vio un joven más o menos de su edad que estaba por abandonar el sitio, pudo distinguirlo porque era la única persona que iba o venía en ese preciso instante. Su apariencia dejaba ver que no era parte de la población local; a leguas se notaba su aspecto de turista. Usaba gorra, gafas para el sol, mochila, ropa cómoda, botas y en sus manos llevaba una botella con agua con la que lógicamente había combatido la sed en una larga caminata. Aquel muchacho continuaba caminando hacia ellas, adentrado en sus propios pensamientos.

—Y entonces, ¿por qué a él si le permitieron el paso? —preguntó Daniela con mucha indignación, señalando con un movimiento de su cabeza al joven que se acercaba cada vez más.

—¡Ah!, porque él es como si fuera de aquí, nos ha visitado por lo menos dos veces al mes los últimos veinte años. Todos lo conocemos bien, es buen muchacho; un poco descarriado, pero buen muchacho.

—Pues no estoy de acuerdo en que le den preferencias. Usted dice que están prohibiendo el acceso para evitar contagios, ¿cierto? Entonces, ¿cómo saben que él no es portador de la enfermedad y que la está esparciendo entre ustedes?

—Como ya le dije, señorita, él prácticamente pertenece a este pueblo y siempre tendrá las puertas abiertas.

Así continuó el diálogo que ya adquiría el matiz de discusión. Por un lado, Daniela expresaba su molestia argumentando que la discriminaban por su género femenino; por el otro, la señora seguía explicando sus razones para no permitirle entrar a la comunidad. El muchacho continuaba su camino, ajeno a la conversación; guardó la botella y empezó a buscar algo en sus bolsillos mientras seguía avanzando a buen paso. Incluso tuvo el tiempo suficiente para acelerar su marcha con toda la intención de aproximarse a ambas, al grado que pasó de largo junto a ellas.

—Hasta luego doña Juanita, nos vemos luego.

—Que Dios te acompañe, mi'jo, vuelve cuando quieras.

Ante esa despedida, Daniela ya no pudo contener más su enojo y reaccionó de una manera un poco grosera.

—¿Y encima de todo lo invita a volver?

Pero no fue doña Juanita, sino aquel joven quien ya se había apartado unos diez metros, quien le respondió mientras se detenía, girando hacia las dos mujeres para decir de forma cordial:

—Ya te dijo que yo soy como si fuera de aquí, ¿por qué te molestas?

La sorpresa de Daniela fue muy grande, pues no entendía cómo es que había escuchado sus palabras a esa considerable distancia.

—¡Eh, eh!… Bueno… yo.

—Sí, tú. ¿Qué te molesta?

—Pues, pues, ¡pues me molesta que a ti sí te dejaron pasar y a mí no!

El joven percibió con facilidad el acento español de Daniela y después se limitó a explicar:

—La señora ya te dijo que soy de casa, no sé por qué te molesta tanto que visite mi hogar. ¿Cuál es el problema? —le dijo mientras se quitaba los lentes oscuros, dejando lucir sus ojos azules.

Daniela sintió cómo los colores se le subieron al rostro, pero trató de disimular fingiendo molestia. Lo cierto es que le había encantado el muchacho, al que ni siquiera se imaginaba que iba a conocer.

—Pues no me parece justo.

La lengua se le trababa impidiéndole hablar, sus manos le sudaban y empezaba a sentirse un poco ansiosa.

—Muy bien, es una pena que ahora tenga que irme, pero te propongo algo: cuando pase la pandemia, si gustas te invito a recorrer los senderos del Tepozteco, para que no te quedes con la impresión de que somos malos anfitriones. De esa forma te compensaré por el coraje que acabas de pasar. ¿Qué te parece si me das tu número de teléfono móvil y...?

—¡Claro que no! —lo interrumpió, exaltada.

Sebastian estaba muy sorprendido por la inesperada reacción, puesto que solo trataba de ser atento.

—¿Por quién me tomas? ¿O es que acaso piensas que soy una... una...?

—¿Una qué?

El muchacho dejó pasar unos segundos y al no recibir contestación prosiguió:

—Eso lo pensaste tú, yo solo te invité a recorrer el Tepozteco... ¿Alguna vez te han dicho que pareces un Lamborghini?

Daniela no comprendió lo que le había querido decir.

—¿Un qué?

—Un Lamborghini, es un auto deportivo fabricado en Ita...

—¡Sé perfectamente lo que es un Lamborghini! ¡No te atrevas a tratarme como a una discapacitada mental!

—¡Wow! Sí así te pones por una simple invitación a recorrer un lugar turístico, no imagino cómo le va a ir al güey que te proponga matrimonio, princesa.

Ante la inesperada respuesta Daniela quería estar indignada, pero era la palabra con que su padre la llamaba y eso suavizó su exaltación, aunque en realidad estaba a punto de reír a causa del impertinente e inoportuno comentario que acababa de escuchar. Después de ello, hubo un silencio un poco incómodo entre los tres y ella preguntó:

—¿Por qué me llamaste Lamborghini?

Él empezó a reír ligeramente y usó el tiempo que esta le duró para observar que la muchacha tenía un hermoso bronceado sobre su piel blanca, ojos negros y cabello lacio castaño oscuro cubierto por un sombrero de verano; y que su ropa, aunque holgada, dejaba ver su delineada y esbelta figura. Lo que Sebastian no notó fue que, mientras reía, Daniela aprovechó los segundos para contemplar su sonrisa, la cual era muy auténtica; dentro de ella existía una blanca y reluciente dentadura, pero en lo que más se fijó fue en las líneas de su boca, que era de tamaño mediano y delgados labios.

Al no obtener respuesta, Daniela insistió:

—¿Por qué me llamaste Lamborghini?

—Porque vas de cero a cien kilómetros en menos de cuatro segundos, ¡je, je, je, je!

Daniela hizo un esfuerzo para seguir aparentando enojo, cosa que Sebastian notó y le encantó.

—¿Quién te crees que eres para hablarme así?

—Soy Sebastian, gusto en conocerte.

Él le extendió la mano en señal de presentación y educación, pero ella no le correspondió, dejándolo así el tiempo necesario para que la retirara por cuenta propia.

—¡Qué niña tan mal educada! —dijo Sebastian haciendo que doña Juanita comenzara a reír.

Posteriormente el silencio llegó y se fue tan pronto como Daniela dijo:

—¿Te estás burlando de mí?

—No, claro que no. Es más, te diré algo: creo que este ha sido un mal inicio para ambos. Dejémoslo hasta aquí, tú no quieres darme tu número y yo no pienso insistir en que lo hagas, así que te aviso que doña Juanita tiene el mío. Si un día se te antoja conocer este pueblo y sus alrededores, que son como mi casa, puedes llamarme y con gusto te lo mostraré completo. Te garantizo que nadie lo conoce como yo.

Daniela suspiró tratando de parecer molesta otra vez, aunque sabía que no lo estaba logrando; sus gestos la delataban en demasía. Sebastian continuó hablando de manera amistosa.

—No te enojes, princesa.

Otra vez dijo la palabra que tanto le gustaba y que había escuchado desde siempre, pero que cuando salía de la boca de Sebastian adquiría un significado especial.

—Ya te explicó doña Juanita, y no quieres entender, porqué me permiten pasar. Si quieres seguir con tu enojo, por mi está perfecto, es tu hígado el que se está destruyendo de coraje. Es una lástima que una chica tan linda como «vos» eche a perder su hermosa cara haciendo estos berrinches tan feos. Fue un gusto conocerte, ojalá reciba tu llamada.

Sebastian inició su camino y Daniela no pudo decir una palabra.

—Nos vemos, doña Juanita —dijo sonriendo y ella lo despidió con un ademán de mano.

Daniela fingió indiferencia, aunque después no pudo evitar seguirlo con la mirada. No supo en qué momento empezó a morder levemente su labio inferior y así permaneció varios segundos. De forma instintiva, sin darse cuenta observó la elegancia del chico al caminar, veloz y seguro a cada paso que daba. Él en ningún momento volteó hacia atrás; sabía muy bien que al hacerlo se encontraría nuevamente con los lindos ojos de Daniela, quien ya descubría que no era un muchacho musculoso, aunque sí tenía la espalda amplia y una figura atlética como resultado del ejercicio constante. Alto y bien parecido, su voz la había hechizado con las palabras precisas que lograron ponerla de buen humor, pero sus ojos la habían hipnotizado.

Lo vio subir a la Road King, escuchó que encendía el motor y lo contempló al desaparecer en el horizonte. Daniela suspiró y permaneció en hermético silencio.

Pasaron algunos segundos y con el rabillo del ojo pudo notar que doña Juanita la miraba y sonreía pícaramente. Ella también sonrío y miró el rostro moreno y amable de aquella anciana mujer, quien pudo darse cuenta de la impresión que Sebastian le había dejado. Daniela volvió a sonrojarse al recordar la intensidad de aquella efímera conversación; le sorprendía cómo un simple intercambio de palabras fue suficiente para desear que esa charla no concluyera jamás.

No sabía qué hacer; su corazón latía tan rápido y tan fuerte que casi lo escuchaba bajo su pecho, su respiración era muy acelerada y sentía como si no tuviera control sobre sus manos que no dejaban de temblar. Tuvo incluso la impresión de que, por momentos, su alma y su cuerpo se separaban. Nunca había sentido algo así.

—Te dije que era muy buen muchacho, mi′ja y veo que tú ya te distes cuenta —dijo doña Juanita, provocando que Daniela reaccionara bajando la mirada mientras suspiraba y reía de nuevo.

—¿Quieres que te de su número?

CAPÍTULO XI
UN REFUGIO
Antes de la creación de la humanidad

«Los hombres en el exilio se alimentan de
sueños y esperanza».
Esquilo.

ESTAMOS EN EL PLANETA AZUL, la Tierra que algún día pertenecerá a la nueva especie, futuro hogar de la humanidad. Luzbel y lo que parece ser la tercera parte de los seres de luz lo han tomado como refugio y todos coinciden en que es un magnífico lugar. Un nuevo día está por comenzar, en el horizonte la luz del sol así lo confirma.

Todo había sucedido muy rápido. En un abrir y cerrar de ojos Luzbel se había visto obligado a defender el futuro de la especie que diseñó con tanta dedicación, esmero y amor hasta la última célula y con ello provocó que sus seguidores lo acompañaran en esta revolución. Nunca quiso que fuera así, pero no dudaba que su causa estuviera sustentada en la razón. Solo lamentaba que aquel orden perfecto se hubiera roto, pues la ausencia de armonía traía como consecuencia el exilio no solo de él, sino también de sus hermanos.

—Un hermoso planeta, pero no es nuestro hogar. No estaremos aquí más de lo necesario —pensaba, con los ojos cerrados mientras permanecía recostado sobre la hierba, en

146

un hermoso y enorme prado en el que se podía percibir con facilidad el olor de miles de seres vivos a su alrededor. Fue que uno de sus hermanos se acercó y le dijo:

—¿Qué piensas, hermano?

Era un ángel cuya apariencia semejaba el negro del ébano. Tenía cabellera larga y lacia de color castaño que alcanzaba la base de su enorme espalda y de sus ojos violeta emanaba una infinita bondad. Azazel se llamaba y era el vigilante que había escuchado la conversación entre Miguel y Gabriel, cuyo tema principal fue Luzbel, y en su oportunidad le comunicó lo que se estaba hablando sobre él.

—Nada importante, Azazel, es solo que…

—¿Te arrepientes de lo que hicimos?

—No, desde luego que no.

—¿Entonces?

Luzbel pausó su respuesta y dijo:

—Pudo haber sido diferente, siempre hay una forma, una alternativa de actuar y pensar. Me tranquiliza saber que hice todo lo que estuvo en mis manos para evitar esta guerra, pero fue inevitable. El Padre ha cambiado y no puedo apoyar su decisión.

—No te angusties —lo reconfortó Azazel.

—Todos y cada uno de los que estamos aquí, contigo, hemos cuestionado sus decisiones y tenemos no una sino muchas diferencias con Él, solo que ninguno se había animado a levantar la voz y menos de forma tan elocuente. Tu discurso fue brillante, nos hizo darnos cuenta que el «Perfecto Orden» no lo era en realidad e hizo que supiéramos que éramos muchos los que pensábamos de forma diferente. Es bueno ser diferente, hermano y si alguien debiese ser considerado responsable por los acontecimientos recientes, ese sería yo. Recuerda que fui yo quien habló sobre lo que escuché.

El rostro de Luzbel se iluminó con una pequeña sonrisa de complacencia.

—Gracias, hermano, pero de ninguna forma consentiré que cargues con el peso de esta responsabilidad. Fui yo quien inició esto —le respondió.

Azazel miró a su hermano mayor, notaba que su ánimo estaba ligeramente decaído; había tristeza en sus ojos, consecuencia de lo acontecido recientemente. Esa tristeza demostraba de forma genuina que, en verdad, él nunca quiso llegar al punto en el que ya no había regreso. Pero había algo más que le angustiaba, algo que nunca confesaría y que Azazel sabía perfectamente, era el desconocimiento del estado en el que se encontraba Miguel, a quien se esforzó por no enfrentar, pero que lamentablemente dejó tendido sobre el suelo al defender el orden establecido.

Azazel lo sacó de sus pensamientos, al decir:

—¿Qué es lo que sigue?

—Aún no lo sé, nunca había estado en una posición similar.

Los dos se miraron y después de unos momentos Miguel levantó la mirada, para expresar:

—Sé perfectamente cuál es el castigo por lo que hice.

—Hemos hecho, recuerda que fue nuestra elección y no estás solo.

Luzbel observó la determinación en los ojos violeta de su hermano y corroboró que contaba con él. Sonrió a la vez que asintió con la cabeza y continuó.

—El Padre enviará a nuestros hermanos por nosotros y ellos nos superan en número, así que tendremos que defendernos.

—Lo sé. Por suerte este planeta es vasto en recursos, aunque no sé de qué forma podremos aprovecharlos, ya que ni siquiera no podemos tocarlos.

—¿A qué te refieres, Azazel?

—A que son materiales y tangibles, y nosotros somos seres de luz. No podemos manipularlos de ningún modo.

Luzbel reflexionó las palabras de su hermano, las cuales en estricto sentido eran ciertas; los seres de luz no pueden tocar las cosas del mundo físico. Sin embargo, cuestionó:

—¡Ah!, ¿no?

—Pues no.

—Muy bien, y entonces ¿cómo es que en este momento estamos de pie, parados sobre el suelo de este mundo y no lo atravesamos hasta salir del otro lado?

Azazel se quedó atónito, su hermano tenía razón, pisaban la tierra. Podrían caminar por todas partes si así lo desearan, pero ¿por qué?

—Vibraciones, hermano —dijo Luzbel—. Cuando descendimos aquí ajustamos nuestras esencias de tal forma que podemos tocar la materia física, lo hemos hecho tantas veces que se ha vuelto una práctica habitual a la que casi no prestamos atención.

Azazel y varios de los que se encontraban cerca se sorprendieron al escuchar atentamente lo que Luzbel había dicho. Efectivamente, la vibración era una habilidad que todos los seres de luz tenían y la habían desarrollado en sus múltiples contactos con otros mundos a lo largo del universo. Esta les permitía palpar la materia de los planetas que visitaban. Luzbel prosiguió:

—Dejemos el tema de los materiales por el momento, enfoquémonos en cosas más importantes —dijo Luzbel para finalizar ese punto de la conversación y, de forma súbita, pasar a otro aspecto.

—Por lo pronto debemos organizarnos en grupos, rangos y categorías. Necesitamos saber con quiénes contamos.

—¡Eso ya lo sabemos! —dijo Samael mientras descendía para situarse a un lado de sus dos hermanos.

—He realizado un censo de todos los seres de luz que estamos de tu lado y en total no alcanzamos ni la tercera parte de ángeles que había calculado cuando dejamos el cielo.

Supongo que algunos de nuestros hermanos se arrepintieron y buscaron la redención y el perdón del Padre.

Luzbel se complació con la oportuna acción de su hermano.

—Muy bien, pero, ¿por qué lo hiciste? —preguntó Luzbel.

—Supuse que te interesaría saber el número de tus guerreros.

—¡No somos guerreros, Samael! —respondió Luzbel fuertemente, con voz de autoridad que llamó la atención de todos los que estaban a su alrededor, quienes comenzaron a formar un círculo entorno a Luzbel, Samael y Azazel.

—En eso te equivocas, hermano —terció Azazel—. Nos convertimos en guerreros en el momento que decidimos seguirte, cuando empleaste la palabra «guerra».

—Así es, Luzbel —reforzó Samael—. Nosotros tampoco quisimos que esto pasara, pero desde el primer momento supe que tu pensamiento era el correcto. Además, recuerda que te prometí que te apoyaría en todo lo que decidieras hacer en lo referente al futuro de la nueva especie.

Luzbel meditó esas palabras y recordó cada una de ellas. Puso su mano izquierda sobre el poderoso hombro de Azazel y la derecha sobre el de Samael, hizo un breve silencio y posteriormente dijo:

—Tienen razón, hermanos, esto es una guerra que decidí pelear por la nueva especie, solo que me resisto a la idea de pelear entre seres luz porque sería pelear contra nuestra propia familia. Aunque no ignoro que solo nos queda ese camino.

Sus hermanos menores asintieron con serenidad.

—Así que manos a la obra.

Samael y Azazel sonrieron con un optimismo que se fue multiplicando entre todos los ahí reunidos.

—¡Terminaron las contemplaciones!, ¡hay una guerra qué pelear! —dijo Luzbel con energía.

Se escuchó el júbilo del sí de la multitud contestar de forma única y sincronizada, como si fueran una sola esencia. Aquel era un innumerable conjunto de ángeles que apoyaba su causa y lo haría hasta el final sin importar los obstáculos que tendrían que afrontar o las consecuencias que deberían pagar por sus actos.

—Pero antes que otra cosa suceda, es necesario establecer un nuevo ritual, uno que sea nuestro, uno en el que quede plasmado que nunca pretendimos ser rebeldes, sino justos. Será conocido como el ritual de hermandad.

Haciendo ademanes con sus manos, Luzbel invitó a sus hermanos a compactarse todavía más. Una vez fusionados, entre todos empezaron a comunicarse murmurando de forma casi inaudible; la energía que emanaban estaba tan llena de bondad, generosidad y amor que poco a poco muchas de las criaturas que ahí se encontraban se acercaron sintiéndose atraídas por aquella sensación de paz que sus primitivos cerebros percibían. Pasados algunos instantes los susurros terminaron y el Primer Ángel levantó la cabeza con dirección al infinito, extendió sus alas y se elevó unos metros por encima de sus hermanos, a modo de que todos pudieran verlo y escucharlo.

—¡Hermanos!, ¿qué es lo que somos?

—¡Seres de luz!

—¿Cuál es nuestro deber?

—¡Amar a nuestros hermanos!

—¿Cuál es nuestra misión?

—¡Proteger todas las criaturas del universo!

—¿Cuáles son esas criaturas?

—¡Desde el más lejano rayo de luz, hasta la más pequeña especie!

Terminando el ritual de hermandad, Luzbel descendió entre sus hermanos y caminó unos pasos entre ellos. Todo era optimismo en aquel momento y fue grato constatar que en medio de aquella penosa situación había un destello de esperanza.

El cambio había empezado y daría origen a un nuevo orden sustentado en la igualdad, más justo, en el que se escucharía todas las opiniones con respeto y sin temor a la desestimación por el simple hecho de no ser compartidas. Pero el camino no iba a ser fácil, para concretarlo Luzbel y sus ángeles primero debían luchar y vencer a quienes se interpusieran; él lo sabía y aunque tenía fe en su causa era consciente de que no contaba con los medios suficientes para alcanzar la victoria y eso lo mantenía en estado de alerta.

Luzbel recibía felicitaciones de sus hermanos, quienes veían con júbilo que no había cambiado de parecer y continuaría luchando hasta lograr el triunfo que anhelaban. Todo era cordialidad cuando súbitamente una extraña energía apareció y atacó su esencia; sintió como si un rayo golpeara el interior de su cerebro de forma directa. El impacto fue tan estrujante que lo obligó a arquearse hacia atrás para luego caer de rodillas frente a todos sus hermanos, lo que provocó gran preocupación entre los ahí reunidos.

Hincado, puso las palmas de sus manos sobre sus sienes. No dejaba de retorcerse, su rostro expresaba un gran dolor que desembocó en un alarido tan prolongado que asombró a los que estaban junto a él. Después de unos momentos el grito de Luzbel terminó y él quedó inconsciente sobre el suelo. Los seres de luz trataban de auxiliarlo, aunque no tenían idea cómo hacerlo. Primero lo pusieron bocarriba, a modo de que su rostro pudiera ser visto por todos. Después trataron de reanimarlo moviendo sus brazos y piernas, pensando en que con eso volvería en sí, pero nada funcionaba. Así pasaron angustiosos momentos, hasta que de forma espontánea Luzbel comenzó a mover ligeramente sus dedos, entreabrió los ojos y trató de flexionar el brazo izquierdo.

—¡Ya se está recuperando! —mencionó Samael.

—Así parece —reiteró Azazel.

Pasado un rato, todos presenciaron cómo el Primer Ángel se recuperaba y se reincorporaba por sí solo, poniéndose de pie sin la menor ayuda.

—¿Estás bien? —le preguntaron.

—Sí, gracias —contestó e hizo una petición.

—Necesito un momento de soledad, les aseguro que no tardaré.

Sus ángeles se sorprendieron pero aceptaron sin cuestionar a su líder, en quien habían confiado su destino y, para reafirmar su autoridad, dio la pauta para organizar la defensa de su causa.

—Samael, organiza a nuestros hermanos de forma en que podamos dividirnos equitativamente en seis grupos.

—Enseguida, hermano —respondió y de inmediato empezó su labor.

—Azazel, tú eres un vigilante, usa tus habilidades y encárgate de establecer un perímetro que nos brinde protección ante un ataque súbito.

—Así se hará, hermano.

Este último siguió el ejemplo de Samael y comenzó a trabajar con prontitud.

—Volveré pronto.

Con órdenes claras y la seguridad de que se cumplirían, Luzbel se perdió en las alturas con dirección a donde nace el sol. Desde arriba volteó y pudo ver el afán que sus hermanos ponían para cumplir sus encomiendas. Los miró con más dulzura que de costumbre, empezó a alejarse sintiendo el viento agitar su larga cabellera de rizos dorados y el sol tocando su rostro. Necesitaba pensar y hablar, y aunque confiaba plenamente en sus hermanos, ninguno de ellos tenía los oídos que el necesitaba. Requería de alguien diferente que lo escuchara y sabía perfectamente dónde encontrarlo.

CAPÍTULO XII

CUMPLIENDO UNA ENCOMIENDA

Antes de la creación de la humanidad

«El general abarca las virtudes de
sabiduría, sinceridad, humanidad,
coraje y el ser estricto».
Sun Tzu.

GABRIEL CAMINABA SOBRE EL BLANCO MÁRMOL de la explanada a las afueras del Palacio del Infinito, justo donde su batalla con Samael se suspendió. El orden estaba roto, ya nada volvería a ser igual; jamás los ángeles se habían enfrentado a una situación como aquella que a todos les provocaba gran pesar. Nunca alguien se había atrevido a desobedecer al Padre y menos desafiarlo.

Recordaba cómo, después resguardar la esfera amarilla que contenía la información de la nueva especie, había vuelto al mismo sitio para encontrase en un campo de batalla. Aquello era ciertamente desolador.

Tuvo que reconocer que Luzbel fue sabio al pedir a los demás disidentes que se marcharan, lo cual evitó continuar la lucha. En caso contrario la gravedad del conflicto habría alcanzado escalas todavía mayores.

Se dirigió al sitio donde Miguel sufrió su derrota y se percató que aún seguía inconsciente. Lo miró por instantes y no pudo evitar sentir pena. Lo levantó con cuidado y lo condujo al interior del Palacio del Infinito para que se recuperara; no era prudente que los demás vieran al Segundo Ángel tirado. Ya adentro, lo colocó de tal modo que estuviera lo más cómodo posible.

—Aquí estarás bien, hermano. Solo hazme un favor, recupérate pronto —le dijo con amabilidad y algo de arrepentimiento, pues recordaba la conversación que sostuvieron en el planeta azul, cuando Miguel le expresó su preocupación por las acciones de Luzbel y que él desestimó.

—Si te hubiera escuchado nada de esto habría ocurrido —dijo antes de salir para continuar atendiendo a los demás.

Empezó a realizar el recuento de los daños que la rebelión había dejado. La gran cantidad de golpes entres sus hermanos provocó que muchos quedaran tendidos en el suelo y otros permanecieran recargados en los muros, entre las devastadas estructuras palaciegas.

—Nada que no pueda reponerse —pensó.

Vio a Rafael, el ángel de cabellos plateados que tenía un ojo negro y otro azul y quien hacía lo propio, solo que con una dificultad mayor; se dolía de un brazo, aparentemente sin heridas de consideración.

—¿Todo en orden, hermano?

—Sí, gracias por preguntar. Sabía que Azazel era fuerte, aunque no imaginaba cuánto.

—Fuiste muy valiente al enfrentarlo.

—Todos lo fuimos, Gabriel, solo mira a tu alrededor y te podrás dar cuenta que no hubo uno solo que no interviniera en la diferencia, a favor o en contra de nuestro hermano mayor.

Gabriel reflexionó estas palabras que eran ciertas; la disputa había dejado muchos daños, pero el peor, sin lugar a dudas, era la destrucción del vínculo de fraternidad con que el Padre los había creado.

—Efectivamente, así fue.

Al poner mayor atención, Gabriel notó que la piel cobriza de Rafael acentuaba su cabello plateado que lucía completamente enredado.

—Te ves terrible.

—Lo sé, pero no te preocupes por mí o por alguno de nosotros. Mejor ocúpate de Miguel, él enfrentó a Luzbel.

—Me haré cargo y volveré en cuanto pueda.

Gabriel regresó al sitio donde previamente dejó a Miguel, determinado a esperar pacientemente hasta que volviera en sí. Después de unos momentos, su energía comenzó a fluir lentamente. Miguel entreabrió los ojos y casi de forma automática pregunto:

—¿Qué pasó?

Gabriel dudó en contestar, pero finalmente lo hizo.

—Ya lo sabes.

Miguel, algo aturdido expresó:

—¡Luzbel!

Estaba realmente desesperado, en busca de respuestas mientras intentaba ponerse en pie, como queriendo encontrar a su hermano para hacerlo pagar por la blasfemia contra el Padre.

—¡Qué hizo!… El Padre… ¿está bien?

Gabriel trató de relajarlo, pero Miguel estaba demasiado ansioso y no dejaba de moverse.

—¡Cálmate, Miguel! ¡Aún estás débil! ¡No es prudente que…!

—¡Contéstame!, ¿qué pasó?

—Nada, no pasó nada, hermano. Después que Luzbel te venció, la pelea siguió de forma colectiva por algunos momentos. Posteriormente se retiró junto con todos los que estuvieron de su lado, aunque poco después muchos volvieron para solicitar el perdón y la clemencia del Padre. En el acto fueron separados de los demás por órdenes de Él y hasta el momento no tenemos más noticias.

Aquellas palabras tranquilizaron levemente a Miguel.

—Entonces, ¿Luzbel no atacó al Padre?

Esa pregunta no fue bien recibida por Gabriel, quien frunció el ceño en forma de desaprobación, pero tuvo que responder para que Miguel no se volviera a alterar.

—¡Claro que no!, ¿cómo puedes pensar eso? Luzbel jamás atentaría contra Él, ¡Cómo se te ocurrió semejante tontería!

Gabriel pensó que Miguel aún intentaba asimilar el acontecimiento y que sus ideas carecían de claridad, por lo que dejó que su hermano siguiera preguntando.

—Y el Padre, ¿qué hizo?

—Nada, hermano. Permaneció todo el tiempo aquí, en el Palacio, sin intervenir de ninguna forma. ¿Por qué lo preguntas?

Miguel dudó en responder y Gabriel aprovechó para preguntar:

—¿Qué esperabas? ¿Acaso creíste que Él atacaría a Luzbel o alguno de los que lo apoyaron?

—Honestamente, sí —respondió Miguel mientras se ponía de pie.

—No seas ridículo, Miguel. Luzbel, en lo que sea que se haya convertido, sigue siendo su hijo y Él, a pesar de todo, lo ama tanto como a ti o a mí.

Miguel no podía esperar, se puso de pie sin demostrar el trabajo que le costaba, y le dijo:

—Gracias por ayudarme.

Instantes después empezó a caminar de la forma más rápida que podía, al punto de casi correr; sabía muy bien lo que debía hacer.

—¿A dónde vas? ¡Tu energía aún no fluye a velocidad normal! —le expresó Gabriel, sorprendido por el repentino cambio.

—No tengo tiempo para eso, debo hablar con el Padre urgentemente, tengo un deber qué cumplir.

—¡No eres el único! —le expresó y dejó que se alejara.

Después de algunos instantes se encontró nuevamente con Rafael, a quien le contó que Miguel ya estaba de pie y que había ido en busca del Padre. La situación era delicada y todos necesitaban saber cuáles serían sus órdenes divinas.

Los rayos del sol estaban por desvanecerse cuando Miguel apareció. Había terminado su conversación con Él, se había decidido las acciones que se tomarían respecto a Luzbel y sus rebeldes, así como de la nueva especie y el destino del universo. En sus ojos verdes se reflejaba toda la obediencia que le profesaba al Padre, ya que de ella nacía la decisión con la que se conduciría de ahí en adelante.

Miguel sabía perfectamente cuáles eran sus órdenes, mismas que cumpliría de forma cabal y puntual. Avanzó con seguridad hasta el centro del escenario en el que momentos antes se había desencadenado el inicio del fin de todo lo conocido. Pidió la atención de sus hermanos reunidos y acudieron al llamado. Se hizo el silencio y Miguel habló en un tono que, lejos de ser solemne, tenía tientes incendiarios.

—¡Hermanos!, ¡lo que aquí ocurrió es indigno! ¡Los seres de luz tenemos la principal obligación de obedecer la voluntad del Padre!, ¡hecho que todos conocemos desde el momento que fuimos creados por su infinita voluntad!, ¿cierto?

—¡Sí! —respondieron los congregados frente a él, llenos de ánimo.

Cuando los gritos terminaron, Miguel continuó su intervención:

—¡Luzbel, nuestro hermano mayor, el Primer Ángel blasfemó y quebrantó el voto de ciega obediencia al que nuestra existencia se consagra! ¡Luzbel ha traicionado al Padre y a nosotros!

La fatalidad podía sentirse en la explanada, donde podía escucharse murmullos de entre los que destacaban frases de desaprobación.

—¡Y lo peor es que muchos de nosotros se han puesto de su lado!

El descontento se expresaba en los rostros de quienes lo escuchaban, dos terceras partes del Cielo estaban en desacuerdo con lo que había sucedido.

—¡Este vergonzoso acto no va a quedar impune!

Las palabras de Miguel fueron la consecuencia directa de lo que se consideraba el peor de los actos en los seres de luz, la desobediencia. Aquella acción pública y aberrante no podía quedarse sin castigo y los que estaban ahí esperaban ansiosamente escuchar las medidas que se tomarían contra los rebeldes, querían demostrar que su lealtad hacia el Padre permanecía intacta.

—¡He recibido órdenes del Padre!

Miguel generaba un ambiente de gran expectativa y todos atendían cada gesto y movimiento que hacía.

—¡Defenderemos el orden con el que Él ha de continuar rigiendo en todo el universo! ¿Están conmigo?

—¡Sí! —contestaron como un estruendo mientras Miguel continuaba su discurso.

—¡Debemos traer a Luzbel y hacer que él y sus rebeldes paguen por sus pecados! ¡Marcharemos a la guerra! ¡No nos detendremos hasta alcanzar la victoria sobre los blasfemos!

—¡Sí!

Se encendió el ánimo en cada rincón y en todos los seres de luz que seguían fieles al Padre. Un número considerable de ángeles había decidido seguir a Luzbel, pero eran muchos más los que estaban con Miguel.

—El Padre me encomendó la honrosa tarea de dirigir su ejército, responsabilidad que acepté con humildad, consciente del compromiso que implica, pero tengo plena confianza que con su ayuda cumpliré mi deber.

—¡Nuestro deber! —respondió la leal multitud que estaba de su lado.

—Como primer punto, decidí que el ejército del padre se dividirá en siete coros en los que nos integraremos de manera igualitaria. Cada coro tendrá un jefe, yo mismo encabezaré uno y para los seis restantes designo como responsables a Gabriel, Rafael, Jofiel, Chamuel, Uriel y Zadquiel, a quienes pido que vengan aquí, a mi lado.

Miguel también gozaba de gran inteligencia y lo puso de manifiesto en la designación de los responsables de los coros en que dividiría su armada. Ésta no pudo ser más acertada, pues los ángeles mencionados gozaban de reconocimiento por su bondad y generosidad, además de que se habían distinguido en el combate que se acababa de suscitar.

Lentamente, los nombrados ascendieron de entre la multitud para luego descender al lado del Segundo Ángel, ahora jefe de los ejércitos de Dios. Miguel se dirigió a ellos en un tono imperativo pero solemne:

—Hermanos, a partir de este momento una gran responsabilidad yacerá en sus espaldas, la de restablecer el orden universal que los blasfemos destruyeron. ¿Están preparados para soportarla?

—¡Sí!

—¡Que así sea!

Concluido el acto, Miguel dijo a todos los reunidos.

—¡En ese caso, no hay tiempo qué perder, hermanos! ¡Debemos prepararnos para combatir a los rebeldes!

—¿Cuándo marcharemos a la guerra? —preguntó alguien de entre la multitud.

—Esa información la conocerán a su debido tiempo.

Así parecía que terminaba el discurso de Miguel, quien ya se estaba retirando con sus recién nombrados «oficiales» para iniciar los preparativos necesarios para el combate; había que discutir las medidas que tomaría, incluida la estrategia de ataque. Pero antes que dejaran la escena, una nueva pregunta surgió desde lejos:

—¿Dónde están los hermanos que en un primer momento se fueron con Luzbel, pero luego regresaron arrepentidos en busca del perdón?

Miguel detuvo su andar, dio media vuelta, miró hacia sus hermanos y evitando encontrarse directamente con los rostros del público para el que había pronunciado su notable discurso, dijo:

—¡Olvídenlos!

La respuesta no satisfizo a los presentes, por lo que alguien más reiteró:

—Pero Miguel, eran un gran número, seguramente podrían ayudarnos a ganar.

—¡Dije que los olviden! —contestó de forma inmediata y autoritaria, lo cual nunca se había presenciado.

—¿Cómo puedes pedir eso?

—No lo pedí, lo ordené. Y dije que los olviden, ¿quedó claro? —empleó un tono aún más autoritario, provocando una buena cantidad de respuestas lógicas que se formularon por todas partes, casi de forma simultánea.

—¿Cómo puedes pedirnos eso?

—¡No podemos olvidarlos!

—¡Son nuestros hermanos!

Los puños de Miguel se contrajeron. Aún mantenía la mirada hacia abajo, evitando el contacto visual con quienes los cuestionaban. Era como si buscara en el suelo una respuesta menos dolorosa; sin embargo, no pudo encontrarla y tampoco podía mentirles. ¿Qué clase de líder sería si empezara su encargo evadiendo preguntas, o peor aún, mintiendo? Su responsabilidad lo obligaba a ser honesto en todo momento, a decir la verdad que le reclamaban sus hermanos, así que no tuvo más remedio que pronunciar una frase que resonaría hasta el final de los tiempos en las mentes de los ángeles que componían el ejército recién formado.

—¡Ellos acaban de ser destruidos!

—¿Qué? —espetó la multitud con indignación, ninguno podía concebir tal hecho; eran sus hermanos quienes dejaron de existir y esto debía esclarecerse, por lo que solicitaron respuestas con más energía.

—¿Cómo es que fueron destruidos!

—¿Por qué?

—¿Quién se atrevió a eso?

—¿En qué momento pasó?

—¡Queremos respuestas!

—¡Responde, Miguel!

—¿Qué es lo que pasó?

—¿Quién lo hizo?

—¡Contesta!

Fueron millones las voces inquisidoras provenientes de todas partes las que agobiaron a Miguel, quien no quería responder porque sabía que, al hacerlo, podría iniciar una nueva avalancha de cuestionamientos, peor a la que había llevado a la rebelión al Primer Ángel. Ya no podía continuar con la mirada hacia abajo y lentamente irguió su postura, separó sus cabellos negros de su hermoso rostro, lo que resaltó la belleza de sus ojos verdes, cuya mirada reflejaba la gran tristeza que lo embargaba. Dio algunos pasos con dirección a la orilla del escenario que ocupaba, acercándose lo más posible a sus hermanos. Cuando se detuvo hizo varios ademanes con las manos, pidiendo el silencio general de la audiencia y cuando lo consiguió, dijo:

—¡Hermanos!, les recuerdo que nuestra obligación fundamental es obedecer, así que por el momento debemos a cumplir la voluntad del Padre.

Aquella respuesta tampoco causó agrado, nuevamente empezaron los gritos de reclamo de los ángeles que ahí se encontraban.

—¡Tienes que hablar!

—¡Contesta!

—¡Exigimos una repuesta!

Ante la penosa situación en que estaba, Miguel no tuvo más remedio que contestar y para hacerlo se vio obligado a utilizar toda la templanza y serenidad de su ser. Entonces respondió:

—Fue el Padre… Él fue quien los destruyó.

CAPÍTULO XIII

EL AISLAMIENTO

Antes de la creación de la humanidad

"El aislamiento es el premio que
recompensa al pensamiento".
Rafael Lechowski.

Luzbel continuaba su trayecto y el sol naciente se reflejaba en su magnífico rostro. Fue entonces que dirigió la mirada hacia el astro supremo y pensó:

—Contradictorio es que sigues regalando bendiciones a quienes decides limitar… ¿por qué, Padre?

Pasó encima de selvas, bosques y cuando se dio cuenta sobrevolaba una gran extensión de agua que dividía dos porciones enormes de tierra. Quería alejarse una distancia considerable de sus hermanos, lo necesitaba, lo ansiaba. Ellos no se habían dado cuenta, pero aquella descarga que Luzbel recibió tenía un origen: provino del Cielo y solo alguien en todo el universo tenía el poder de controlar la energía, concentrarla y desplazarla de esa forma, de un lugar a otro. Ese alguien era Él.

Pero no solo fue el impacto lo que derribó a Luzbel, fue lo que traía consigo. En el momento que la ráfaga alcanzó su mente, el cúmulo de información que almacenaba penetró en todas las ramificaciones de su cerebro. De esa forma supo que muchos de sus hermanos acababan de ser destruidos, fue como si estuviera ahí, como si lo hubiera presenciado. Vio que los llevaron a un lugar lejos del Cielo para consumar la extinción, y también al responsable: Él, que con un simple movimiento de mano los acabó. Bastaron unos instantes para que aquellos que decidieron buscar el perdón se convirtieran en un destello de energía roja y después de eso mutaron en lo que habían sido alguna vez: nada.

No hubo piedad, ni siquiera tuvieron oportunidad de ser escuchados. Estaban arrepentidos pero de nada sirvió, no hubo un juicio y, por lo tanto, tampoco justicia. Fue una venganza.

Después de un rato encontró un sitio árido cubierto de arena, distinto a las selvas y bosques que había dejado atrás. Le pareció oportuno bajar y recorrer aquel paraje en el que aparentemente no existían seres vivos. Cuando lo hizo, pudo darse cuenta de que se había equivocado, el lugar rebosaba de vida. Ciertamente no había plantas, flores o árboles en abundancia como en el que habían tomado por refugio temporal, pero las miles de criaturas que percibió al tocar la arena con los pies le dejaron claro que existía una gran variedad de seres de todos los tamaños y formas, diseñados para soportar el intenso calor y la escasez de agua, la cual no se encontraba con facilidad.

Con gran interés observó diminutos animales de forma alargada desplazarse por el piso. También los había enormes caminando en cuatro patas, los cuales tenían un llamativo bulto en la espalda y, al igual que en otras partes del planeta azul, existían algunos que podían volar.

Caminó por largo rato atesorando las maravillas que se encontraba a su paso, miró hacia atrás y vio cómo las huellas de sus pies habían dejado claramente impresas sus plantas a lo largo de un buen tramo. Después de un tiempo, a lo lejos distinguió dos cuerpos que destacaban en el horizonte, se acercó a ellos y encontró un sitio que contrastaba con el resto del entorno; había un pequeño estanque de agua y algunas rocas de mediano tamaño. Aquellos cuerpos eran similares a los árboles que había conocido, solo que tenían un recubrimiento diferente y su cima era el único lugar donde les brotaban ramas de forma irregular.

—No deja de sorprenderme la belleza de este mundo —pensaba mientras satisfacía su curiosidad y buscaba dónde sentarse.

Pero no fue hasta ahí para atesorar la belleza del magnífico paraje, había una guerra por luchar y no estaba dispuesto a perderla. Lo que acaeció con los ángeles arrepentidos lo tenía intranquilo, pues fue el único que lo percibió y, desde luego, no pensaba comunicárselo a nadie; fue ese el motivo por el que se alejó un poco.

Hacía mucho que Luzbel no entendía las decisiones del Padre y éstas, lejos de sorprenderlo, ya lo incomodaban. Fue tal su disgusto por sus hermanos destruidos que incluso por momentos dejó a un lado el asunto de la nueva especie que había desencadenado su inconformidad. Esto era completamente diferente; una cosa era que no permitiera que los humanos alcanzaran su potencial divino, pero ¿destruir a sus hijos?, ¿por qué? Aquellas preguntas resonaban en su cabeza una y otra vez. Precisaba respuestas y solo Él podía dárselas.

Tomó una decisión, trataría de comunicarse con Él. A Luzbel le era imperativo conocer los motivos que lo hicieron actuar de tal forma, así que se sentó sobre una roca con dirección a donde nace el sol. Cruzó las piernas, extendió los brazos de modo que las manos quedaran sobre sus rodillas con las palmas hacia arriba, cerró los ojos, entró en concentración profunda y entabló contacto.

—Padre, no puedo verte pero tú a mí sí, sé que me escuchas.

No hubo respuesta.

—Soy tu hijo, tu primera creación, tu primer ángel.

El silencio estaba presente.

—Alguna vez fui el líder de todos mis hermanos, estoy consciente que muchos de ellos fueron destruidos por tu voluntad.

Seguía sin obtener respuesta.

—Quiero saber por qué destruiste a mis hermanos, a tus hijos. Te ruego que respondas.

Luzbel sabía que del otro lado del universo Él lo escuchaba, lo observaba y que también tenía conocimiento de lo que estaba por venir. Permaneció inmóvil durante aquellos momentos y aun con los ojos cerrados percibió cómo el sol salió y se metió cuarenta veces frente a él; tiempo en el que animales de todos tamaños se le acercaron. Algunos incluso treparon y caminaron por encima de su cuerpo. Otros, de mayor tamaño, hasta se aproximaron sintiéndose atraídos por su fragancia, lo olfatearon y lamieron su rostro mientras él, en todo momento, seguía buscando contacto con el Padre; tenía la esperanza de entablar diálogo. Sin embargo, la soledad del entorno y la indiferencia de su padre le inundaron de tristeza el corazón, pues comenzó a pensar que Él ya no lo amaba como a un hijo y él deseaba seguir siéndolo.

—Padre, aparta de mí esta amargura, con tu infinita sabiduría hazme saber que estoy equivocado y te prometo que abandonaré mi lucha. A cambio, te pido que por favor perdones a quienes aún me siguen; ellos confían en mí y yo en ti. Si les otorgas la gracia de tu perdón y misericordia, yo me arrepentiré, me rendiré y recibiré con gusto el peor de los castigos. Pero, por favor, no descargues tu ira sobre ellos, cuyo único pecado fue pensar que las cosas pueden hacerse de una forma diferente a la que tú siempre has dispuesto. Te ruego humildemente que a ellos no los toques.

Tampoco hubo respuesta.

—Tú eres omnipresente, omnisapiente y omnipotente.[1] Entonces, si estás en todas partes te ruego humildemente que manifiestes tu voluntad ahora, aquí, frente a mí. Dame una prueba irrefutable de que tienes la razón. Si todo lo sabes, te ruego me ilumines con la luz de tu conocimiento y convénceme que estoy equivocado respecto a mi causa.[2] Si todo lo puedes, te imploro que me detengas, acaba conmigo de una vez, pero no permitas que mis hermanos conozcan su destrucción.

Sí, era cierto, Él lo escuchaba, pero se limitaba solo a ello, a escuchar.

—Con la descarga que me enviaste para mostrarme el fin de mis hermanos, bien pudiste acabar con mi existencia, pero no fue así. Entonces, ¿cuál es tu deseo?, ¿por qué no simplemente terminas conmigo? Sería fácil terminar esta rebelión de una vez sin exponer a más de tus hijos. ¿Por qué no lo haces? ¿Qué es lo que buscas?, ¿qué?[3]

La situación se volvía desesperante.

—¿Por qué los destruiste? Ellos no hicieron nada, te repito que el único pecado que cometieron fue apoyar mi causa, pensar como yo... Siempre fueron leales a ti, no merecían dejar de existir.

Finalmente, Luzbel ya no pudo contenerse y el último día estalló.

—¿Qué quieres de mí?

Después de cuarenta días de súplica, Él decidió contestar. Luzbel lo había logrado, por fin consiguió que aceptara es-

---

1   «Y oí como la voz de una gran multitud, como el estruendo de muchas aguas y como el sonido de fuertes truenos, que decía: ¡Aleluya! Porque el Señor nuestro Dios Todopoderoso reina». (Apocalipsis 19, 6).

2   «Yo sé que tú puedes hacer todas las cosas, y que ningún propósito tuyo puede ser estorbado». (Job 42, 2).

3   «...para Dios todo es posible». (Mateo 19, 26).

cucharlo. Fue un momento de inmensa felicidad casi infantil porque supo que aún lo consideraba su hijo. Ingenuamente creyó que todo estaba próximo a arreglarse y que era posible de que todo volviera a ser como antes. Imaginó su existencia y la de sus hermanos con él, en este mundo, reinstalados en sus labores divinas; y en el Cielo, su hogar, lugar en el que reinaría la justicia, la dicha y donde nunca se volvería a cuestionar al Padre, pues ya no habría motivos para ello.

Infortunadamente, aquellos efímeros deseos no llegarían a materializarse. Bastó un breve instante para que Luzbel mirara aquel rostro supuestamente bondadoso y se diera cuenta que ya no era el que conocía. Posterior a ese hecho, las respuestas a sus preguntas no se hicieron esperar; sin embargo, no eran las que con tanto entusiasmo había deseado.

Pausado y firme, el Padre le dio a conocer el mensaje del que Luzbel recordaría todas y cada una de las palabras pronunciadas al otro lado del universo. Habló sobre la nueva especie y dejó sentir los motivos por los que decidió negarle la posibilidad de alcanzar su potencial divino. También se expresó respecto a los ángeles arrepentidos que recientemente habían dejado de existir y de lo cual era el único responsable, pues fue quien tomó la fatal decisión. Fueron momentos muy difíciles de transitar, debido a que una vez más quedaba de manifiesto que las decisiones del Padre no eran correctas y que su visión, en ambos casos, no obedecía a las reglas que hacía eones se habían establecido en el cosmos que gobernaba con supuesta sabiduría.

Cuando terminó el diálogo, ya no quedaron argumentos qué exponer. Todo estaba decidido, la guerra era inminente y ambos bandos harían lo que fuera necesario para ganarla.

Súbitamente Luzbel salió del trance y abrió los ojos. De un salto se puso de pie, empezó a correr y aceleró el paso cada vez más y más rápido, con dirección a donde se pone el sol. De su cuerpo emanaba un resplandor que nunca había expulsado, pues este estaba motivado por el dolor que Él le provocó. Extendió sus alas y se elevó con rapidez, levantando una buena cantidad de arena tras de sí. Volteó hacia atrás y miró con nostalgia el lugar donde había entablado el que sería el último contacto con su Padre, a quien a pesar de todo amaba profundamente. Ahora se dirigía al encuentro con los seres de luz que lealmente estaban de su lado; había que hacer los preparativos y ya nada los podía detener. Su mente estaba ocupada por un pensamiento recurrente, mismo que se repetía una y otra vez.

—¡No puedo creer lo que acabo de escuchar!

CAPÍTULO XIV

LA LLAMADA

Cuernavaca, México. Año 2020

«Lo escogí a usted porque
me di cuenta que valía la pena, valía los
riesgos, valía la vida».
Pablo Neruda.

ES EL MES DE SEPTIEMBRE. En México la pandemia no ha pasado y no lo hará hasta que se le atienda con seriedad. Se tomaron algunas medidas históricas, la más importante fue la cancelación de las fiestas patrias. Sin embargo, en medio de este panorama tan adverso las cosas dieron un giro de ciento ochenta grados, especialmente para Daniela, cuya vida azarosa repentinamente encontró un rumbo. Nunca supuso que al perderse entre las calles de Cuernavaca y sus alrededores se encontraría con el amor, un amor que nunca había imaginado que vivía en su interior, aguardando el momento justo para emerger intensamente. Todo empezó con una simple llamada telefónica.

—Hola.

—¿Sebastian?

Ella pudo escuchar que mientras conversaban, al otro lado de la línea se escuchaba *The Roadhouse Blues*, de The Doors.

—Sí, ¿quién habla?

—Soy Daniela, ¿me recuerdas?

—No, la verdad no. ¿De dónde te conozco?

Sebastian mintió, no conocía muchas chicas con acento español y menos con esa voz tan dulce; lo hizo con toda la intención de «picar» su orgullo, cosa que logró al instante porque sabía que era de carácter volátil.

—¡Qué patán! ¡No han pasado ni tres semanas y ahora resulta que no sabe quién soy! —pensó Daniela.

—Nos conocimos en el pueblo del Tepozteco, soy la chica a la que no dejaron pasar a conocer y tú fuiste quien se ofreció a...

—¡Ah, sí!... Claro que sí... ¡Je, je, je!, eres el... ¿Lamborghini? —Sebastian la interrumpió y no podía dejar de sonreír, profundamente emocionado por recibir la llamada que con tanta ansia había esperado. Fingía desinterés para ocultar su alegría, presionándola con el fin hacer explotar aquel mal humor que le encantó el día que se conocieron.

—Daniela, ese es mi nombre y espero que en lo sucesivo me llames así.

—Qué bonito nombre tiene —pensó Sebastian—, hace juego con el resto de ella —pero no se atrevió a verbalizarlo para no engordar su altivez.

—Muy bien, así lo haré, aunque pensé que preferirías que te llamara «princesa».

Había pronunciado la palabra mágica otra vez y esto la hizo sonreír.

—Daniela está bien.

—¿Entonces...?

—¿Qué? —interrumpió ella con extrañamiento y él retomó:

—¿Significa que nos volveremos a ver?

Ella fingió indiferencia.

—Bueno, si ya no estás disponible, pues lo entend...

—No, no pienses eso, de verdad me gustaría borrar la primera impresión que te llevaste de mí cuando nos conocimos.

Al otro lado de la línea Daniela sonrió nuevamente en silencio; había quedado encantada por el mexicano y sus ocurrencias. Desde luego que no deseaba borrar esa impresión referida; por el contrario, quería conocerlo más a fondo. Él continuó diciéndole:

—Solo que ignoro si ya permiten la entrada al público en general.

—Sí, ya es posible ingresar —dijo Daniela, quien ya no pudo contener sus ganas de volverlo a ver, pero al mismo tiempo arrepentida porque demostraba un interés que pretendía ocultar y de nada le valió; Sebastian supo que ella quería que sucediera y él, por su parte, también lo deseaba.

—Estás muy bien informada.

—Así es, me gusta ir siempre un paso adelante.

—Ya veo —dijo Sebastian mientras pensaba que era muy pretenciosa pero encantadora. Prudentemente, no hizo ningún comentario al respecto, pero sí quiso prevenirla dándole información que creyó importante.

—Muy bien, pero te anticipo que el clima estará húmedo y frío.

—Me gusta esa clase de clima.

—Probablemente habrá neblina, ¿no hay problema?

—No, ninguno.

—Tendremos que caminar mucho y…

—Estás poniendo muchos pretextos, si ya no quieres acompañarme, de verdad, no hay problema —interrumpió Daniela, ya desesperada y con tono impositivo.

—¡Ya te volviste a acelerar! —contestó Sebastian a manera de burla, por lo que la respuesta de Daniela no se hizo esperar.

—No me acelero y tampoco soy un auto, ¿te queda claro?

Se dio cuenta que no debía seguir presionándola, por lo que cambió el tono de su voz y sus argumentos.

—No me lo tomes a mal, si te dije eso fue para que lleves ropa adecuada, lo único que busco es que la pases bien.

—Gracias por el aviso, te aseguro que sabré arreglármelas, si hace falta.

—En ese caso, ¿te parece bien el siguiente sábado?

—¿El siguiente sábado?, ¿no es un poco precipitado?

Del otro lado de la línea, a Sebastian no le pareció apropiado que Daniela respondiera su pregunta con otra, lo cual lo desesperó un poco.

—Pensé que tenías gran interés en ir, pero si no puedes, entonces…

—¡Me parece perfecto! —interrumpió nuevamente Daniela y cada uno volvió a sonreír mientras sostenían los teléfonos junto a sus oídos.

—En ese caso tenemos una cita.

—¡No es una cita!, solo estoy aceptando que seas mi guía en el pueblo mágico.

De nuevo Daniela trataba de imponer su voluntad, situación que no era en absoluto necesaria pero empleaba como mecanismo de defensa, para reafirmar su vanidad al inducir que Sebastian aceptara sus condiciones antes de volver a verse. Él, por su parte, optó por callar algunos segundos; se daba cuenta que tenía una gran oportunidad con aquella española de mal carácter, aunque debía ser más prudente y ceder a sus palabras antes que continuar picando su vanidad. Así que solamente dijo:

—Está bien, será como gustes, soy un hombre de palabra y la cumpliré con mucho gusto.

—¿Solo lo haces por cumplir tu palabra?

Ambos volvieron sonreír.

—¿Te parece si esa pregunta la contesto el sábado?

—¡Mmmh!, está bien, me parece. Pero, ¿por qué no la respondes ahora?

—Porque me inspiro más cuando bebo café.

—¿Café?

—Sí, café. ¿O prefieres cerveza?

—Pero quedamos en que me llevarías a conocer el pueblo.

—Sí, pero después de eso esperaba que me invitaras una en alguna de las terrazas de Tepoztlán.

—¿Que yo te invite? ¡Estás loco!

—Muy bien, entonces yo te invito, ¿te gusta la idea?

Dejó pasar unos segundos.

—Sí.

—Solo define si será café o cerveza, por favor.

—Tu país es famoso en todo el mundo por sus cervezas, así que cerveza estará bien.

La respuesta fue recibida y provocó una rápida deducción en la mente de Sebastian.

—Así que le gusta la cerveza… ¡Excelente!

Posteriormente se animó a insistir.

—Muy bien, entonces, ¿ahora sí tenemos una cita?

Daniela se sonrojó, no sabía si continuar fingiendo molestia o manifestar su emoción por volverlo a ver. Otra vez sintió el nerviosismo de su primer encuentro, suspiró profundamente y dijo de forma seria pero cortés:

—Sí, tenemos una cita. Solo hazme un favor, ¿quieres?

—Por supuesto, dime.

—No vuelvas a llamarme Lamborghini.

CAPÍTULO XV

FORJANDO UNA ESPERANZA

Cuernavaca, México. Año 2020

> «Si quieres paz, prepárate para
> la guerra».
> **Vegecio.**

—¡Luzbel ha regresado! —exclamó uno de sus hermanos cuando lo vio acercarse. Su rostro aún lucía desencajado por la comunicación que había sostenido con el Padre. Ahora todo estaba claro y no existía la duda en su interior, sabía lo que tenía que hacer.

La verdad que le había sido revelada, la ocultaría dentro de sí. Creyó prudente mantener a sus hermanos al margen ya que era demasiado dolorosa y no era su intención causarles pesar innecesario. Además, tampoco quería que se supiera la reciente orden del padre, con la que muchos hermanos fueron destruidos.

—¡Bienvenido, hermano!

—Gracias, Samael.

—¿Encontraste lo que buscabas?

La pregunta lo tomó por sorpresa.

—No sé a qué te refieres —respondió Luzbel, tratando de evitar el cuestionamiento sobre su ausencia.

—Está bien, respetaré tu silencio. Te informo que cumplimos tus órdenes. Dividí a nuestros hermanos en seis grupos, como dispusiste. Supongo que para cada uno designarás un líder y solo estoy a la espera de que elijas a quiénes pondrás a cargo.

Luzbel asintió en señal de agradecimiento y aprobación, dejó pasar unos segundos y respondió:

—Antes de tomar cualquier decisión pídeles que se agrupen, quiero ver con mis propios ojos el volumen de nuestro ejército.

Era la primera vez que Luzbel usaba esa palabra, misma que en algún momento se había rehusado a emplear; sin embargo, las cosas habían cambiado, Él había cambiado.

De forma eficiente Samael se dispuso a cumplir la orden. Con prontitud se elevó por los aires y convocó mediante un poderoso llamado a todos sus hermanos que se encontraban dispersos por todas partes, desde su llegada al planeta azul.

—¡Hermanos, reúnanse!

Cuando escucharon la voz de Samael, de forma inmediata todos acudieron a atender. Ya conocían cuál era su lugar en el recién formado ejército, lo habían practicado durante la ausencia de Luzbel, así que no tomó mucho tiempo ver la transformación de un montón de seres alados que se fue elevando en desorden, hasta integrar seis cuerpos debidamente alineados.

Luzbel ascendió, alcanzó a Samael en las alturas. Desde ahí vio el resplandor y disciplina del ejército que tenía enfrente. No pudo evitar sentir orgullo por aquellos valientes ángeles que se levantaron contra las inadmisibles y reprobables decisiones del Padre; reafirmando para sí mismo que su lucha era correcta, justa, aún después de ver la destrucción de sus hermanos. Estando todos volando, era difícil ver el fin de aquel cúmulo de nuevos guerreros; sin embargo, él los conocía a todos. Como Primer Ángel tuvo el privilegio de presenciar cuando el aliento divino del Padre les otorgó el don de existir.

Luzbel se elevó un poco más y desde su lugar pudo distinguir a Azazel, a quien llamó con un ademán. Éste respondió de forma respetuosa.

—A tu servicio, hermano.

—Y yo al tuyo. Necesito saber cómo está dispuesto el perímetro de vigilancia alrededor de este planeta.

—Con gusto, al momento mil de nosotros se encuentran elevados más allá de la capa azul, la misma que ahora podemos ver. Están divididos en dos grupos, quinientos se ubican en el oscuro vacío del universo, al pendiente de cualquier eventualidad que pudiera suscitarse, sobre la órbita del cuarto planeta, el que es de color verde; desde tu partida circundan nuestro refugio, de forma que ninguno se encuentra estático. Por otro lado, quinientos, los más veloces, fueron asignados para que se alejaran un poco más, hasta la órbita del noveno planeta, el último de la galaxia; ellos tienen la responsabilidad de avisarnos si descubren algún movimiento fuera de lo común, en la profundidad del cosmos. Debo decirte que en ningún caso les di orden alguna; conociendo los riegos que corren al estar en la primer línea de defensa, se ofrecieron por sí mismos a prestar sus servicios.

Luzbel hizo un gesto de sorpresa y complacencia al mismo tiempo.

—Ellos saben que tu causa, nuestra causa, es justa, hermano. Y te apoyarán hasta el final.

Los ángeles reunidos miraban a Luzbel con admiración, respeto y amor, de la misma manera que cuando encabezaba el ritual de obediencia. Luzbel correspondía de igual manera a todos y cada uno de ellos. Después de meditarlo un poco, contestó:

—Precisamente, es a eso a lo que temo.

—¿Acaso dudas de su lealtad?

—No, por supuesto que no, solo que no me gustaría que en defensa de la lucha que inicié muchos tuvieran que desaparecer.

—Estamos en igualdad de circunstancias, hermano, tú mismo podrías ser destruido. ¿O acaso eres indestructible?

—No, claro que no.

—Entonces no entiendo por qué titubeas.

—No es eso, es solo que a diferencia de ellos mi existencia carece de importancia. Yo empecé esto y justo sería que yo dejara de existir por levantar la voz contra Él, pero ¿ellos? No tienen culpa de mis decisiones, me siguieron hasta aquí defendiendo una causa ajena y ahora están dispuestos a dejar de existir por culpa mía y no me...

—¡Te equivocas, Luzbel! —interrumpió Azazel— Ya te lo hemos dicho, quienes estamos aquí lo hacemos por convicción propia, porque todos vimos un cambio en Él y en sus decisiones, las cuales no compartimos.

—Luzbel suspiró y dijo:

—Sí, pero...

—Nada, hermano, estar aquí es nuestra decisión y asumiremos las consecuencias que vengan. Deja de angustiarte.

Volvió a sentirse orgulloso, únicamente deseaba dos cosas con todas sus fuerzas. La primera era ser digno de la distinción que sus hermanos le daban al señalarlo como líder. La segunda, que ese ejército no entrara en combate nunca. Desafortunadamente, esta última no se cumpliría.

—Gracias por el voto de confianza.

—Siempre hemos confiado en tu buen juicio y esta no es la excepción.

—En ese caso ya es tiempo de empezar el verdadero trabajo.

—¡Samael! —exclamó Luzbel con firmeza.

—A tu servicio.

—Tú estarás siempre a mi derecha y dirigirás el primer cuerpo de nuestros hermanos.

—Así será.

Posteriormente dijo:

—¡Azazel!

—A tu servicio.

—Tú estarás en mi costado izquierdo, encabezando el segundo cuerpo.

—Así será.

De esta forma Luzbel fue delegando la responsabilidad de todos los cuerpos de su ejército, quedando de la siguiente forma, además de los ya mencionados:

—Dariel, jefe del tercero.

—Lancel|, jefe del cuarto.

—Tamliel, jefe del quinto.

—Khunel, jefe del sexto.

Al finalizar la designación, la columna vertebral del nuevo ejército estaba debidamente constituida. Pero aún había más detalles a los que se debía dar puntual atención, uno en particular que intrigaba a todos, pero que nadie se animaba a resaltar. Finalmente, Azazel dijo:

—Luzbel, tú eres el líder, considero prudente que deberías dirigir un cuerpo de este ejército.

—Estimo tu aprecio y confianza, hermano, pero no la comparto.

—¿Por qué?

—Porque yo iré al frente. Si hemos de ser destruidos, entonces seré el primero en recibir la cólera del Padre cuando la desate. No arriesgaré su existencia sin antes la mía.

Todos escucharon aquellas palabras que desataron el júbilo colectivo. Luzbel daba a entender que sería un guerrero más y no solo un simple espectador, lo que reafirmó el respeto de sus hermanos.

—Ahora descendamos, tenemos problemas qué solucionar. Convoca a los demás jefes, necesitamos diseñar nuestra estrategia, pídele a nuestros hermanos que se dispersen hasta nuevo aviso.

—Enseguida, Luzbel.

Al regresar a la tierra los siete se alejaron del grupo, no era necesario que los demás escucharan las decisiones que estaban por deliberar. Cuando lo hicieron, dejaron atrás un gran júbilo entre la tropa que encabezaban, pero era claro que en sus rostros había consternación por los eventos que estaban por desencadenarse.

Luzbel y sus oficiales recién designados descendieron sobre un amplio prado cercano, la vegetación que lo cubría era generosa en todos los aspectos. Había plantas, árboles y flores por todas partes, además de la riqueza animal que se hacía presente con especies de todos los tamaños y formas. Una vez en el suelo, tomó asiento sobre una roca e invitó a los otros a hacer lo mismo. Ellos aceptaron levantando piedras, a modo acercarlas lo más posible a su líder, formando un círculo.

En un primer momento hubo un silencio ensordecedor que casi hacía zumbar los oídos de los ahí reunidos, pero después Luzbel comenzó la reunión.

—Hermanos, les agradezco profundamente su lealtad y compromiso, a partir de este momento ya no habrá lugar para dudas. Ustedes son mis oficiales, por lo tanto les delegaré la responsabilidad de transmitir mis deseos a los hermanos que tienen a su cargo.

Los ángeles que se encontraban ahí asintieron con la cabeza, mostrando disposición y obediencia a cualquier petición de su líder.

—Para empezar, debo informarles que la guerra es inminente.

Estas palabras reflejaron en sus rostros la preocupación.

—Estamos en inferioridad numérica, nuestros hermanos que aún son leales al Padre nos superan dos a uno y debemos encontrar la forma de equilibrar la balanza.

—Quizá tres a uno —Samael interrumpió—, recuerda que muchos se arrepintieron y decidieron regresar al Cielo.

Ante ese comentario Luzbel guardo un total silencio, incluso prefirió fingir que no escuchó, pues seguía firme en su decisión de no comunicarles el fatídico destino de aquellos que regresaron a buscar el perdón del Padre. Así que se limitó a responder:

—Seguramente así será, razón por la que debemos conocer los recursos con los que contamos.

Ninguno entendió lo que Luzbel trataba de decir, era claro para todos que durante su ausencia pensó la estrategia para ganar esta guerra que en su momento quiso evitar.

—¿Recursos? ¿A qué te refieres con recursos, hermano? ¿Acaso hablas de los materiales de este mundo? —preguntó Dariel.

—Precisamente, a eso me refiero.

La respuesta causó todavía mayor incredulidad, pero Luzbel continuó.

—Este planeta es rico en todos los aspectos, lo percibí desde el momento en que puse los pies sobre él y estoy seguro que ustedes también. Existe una inmensa variedad de materiales que podríamos utilizar en favor de nuestra causa.

Los ángeles a su alrededor todavía no acababan de comprender lo que Luzbel trataba de explicar, por lo que afloraron gestos extrañamiento. Samael tomó la palabra.

—¿Insinúas que debemos emplear los materiales de este planeta para beneficio de nuestra causa?

—¡Exacto! —respondió Luzbel con un repentino optimismo que sorprendió a quienes no acababan de comprender los planes. Fue entonces que Lancel preguntó:

—¿Y cómo se supone que haremos eso?

Mientras Luzbel sonreía con una actitud misteriosa, un silencio abrumador invadió la reunión, mismo que colapsó cuando Khunel preguntó:

—¿Qué pretendes que hagamos?

—Usaremos la materia a nuestro favor —respondió Luzbel.

—¿Cómo?

—La manipularemos.

—¿De qué hablas?

—Te suena descabellado, pero es posible hacerlo.

—¿A qué te refieres con manipular la materia? —preguntó Tamliel, ansioso por saber hasta dónde llegaría esa reunión.

La incertidumbre y curiosidad se respiraban alrededor de los siete entes en que descansaba el futuro de la humanidad. Samael demostró su interés, cuestionando.

—La pregunta todavía es: ¿cómo se supone que haremos eso?

—¿No adivinas? —volvió a responder Luzbel, proyectando en sus ojos más misterio del que hasta ese momento había transmitido a sus hermanos.

—No, francamente no, hermano. No tengo idea de cómo nosotros, los seres de luz, podríamos lograr semejante hazaña.

—Ves, pero no observas; oyes, pero no escuchas; tocas, pero no sientes; percibes, pero no analizas... Basta con que lancen una mirada a su alrededor. Por favor, hermanos, háganlo.

Con gran duda los ángeles giraron sus cuellos, dirigiendo sus ojos, intentando penetrar con sus pupilas todo lo que estaba a su alrededor, pero no encontraban la respuesta.

—Miren arriba y abajo también.

Así lo hicieron, sin embargo seguían sin comprender lo que el líder trataba de darles a entender. Después de un rato dejaron de observar para sumirse en sus propios pensamientos, tratando de descifrar el enigma. El silencio volvió a reinar, Luzbel había hablado con autoridad, pero sobre todo con sabiduría y todos pusieron especial atención a sus palabras, aunque casi nadie las entendió.

Luzbel continuó su explicación.

—Los seres de luz no tenemos cuerpo físico, ¿cierto?

—Cierto —contestaron todos, al mismo tiempo.

—Correcto. Entonces, ¿cómo es que estamos aquí, sentados, y podemos hacer contacto con nuestro entorno? Todo está hecho de materia pero nosotros no.

Más que clara, la respuesta al enigma era evidente. Se resumía a la vibración de sus esencias; tenían que ajustarlas disminuyendo su infinita velocidad, haciéndola más lenta, hasta llegar al punto en que podrían confundirse con las criaturas nativas de carne y hueso o cosas inanimadas. Dicho ajuste dependía de las leyes físicas del lugar donde se encontraban, aunque, después de hacerlo, los seres de luz seguían conservando su fuerza y energía divina. Esta habilidad que todos los ángeles tenían, podían utilizarla en ciertas ocasiones cuando, durante sus labores, les resultaba necesario e imperativo entrar en contacto con algunos mundos y el planeta azul no era la excepción.

Otro hecho era la noción del tiempo. Para los seres de luz, cuya existencia se remonta a varios eones, el concepto de tiempo y espacio es muy diferente al de los seres de carne y hueso, quienes tienen una vida corta y efímera que puede transcurrir en un abrir y cerrar de ojos. En cambio los ángeles, al vibrar y existir en una velocidad diferente, pueden observar el proceso de evolución de una galaxia, el cual toma millones de años para completarse y para ellos sería como si solo hubieran transcurrido unos cuantos días. Al ajustar su vibración, los ángeles comprendían la fragilidad de los seres vivos y de igual forma la consideraban preciosa por ser única; especialmente Luzbel, quien desde siempre se había interesado en todas y cada una de las especies que habitaban el universo.

Después de meditar un poco, Samael respondió la pregunta planteada.

—Porque al llegar aquí ajustamos nuestra vibración y eso nos permite hacer contacto con la materia de este planeta, aun cuando no somos entes tangibles.

Luzbel asintió con complacencia, alguien por fin había entendido sus palabras.

—Precisamente, hermano, lo que pretendo es que utilicemos los recursos con los que cuenta este planeta para equilibrar un poco la balanza a nuestro favor, ya que ellos nos superan en número.

—Estoy de acuerdo. Ya entendí que es posible valernos de lo que está en este planeta para ganar, pero no entiendo cómo. Sé que podemos manipular la materia, pero, ¿para qué?, ¿qué es lo que vamos a conseguir transformándola?, ¿qué ventaja podría darnos?

Luzbel escuchó pacientemente la intervención de su hermano y una vez conclusa procedió a explicar.

—Piensen en esto, justo ahora el equilibrio del universo se ha roto, el orden conocido ya no existe. Nunca había pasado que alguien pensara en desobedecer al Padre y nosotros no solo hicimos eso, también cuestionamos sus decisiones. Eso significa que, a partir de este momento, en adelante nada volverá a ser igual. Él enviará a nuestros hermanos para detenernos y nosotros tendremos que defendernos, por lo que el paso siguiente es aprovechar lo que tenemos a nuestro alcance para diseñar una estrategia de defensa.

—¿A qué te refieres? —cuestionó Khunel y Luzbel contestó:

—A eso, precisamente, empezaremos los preparativos para nuestra defensa, una que nos brinde protección contra un eventual ataque de Miguel y nuestros hermanos.

—¿Miguel? ¿Por qué mencionas a Miguel en primer lugar? Bien podría ser cualquier otro de los nuestros, Gabriel por ejemplo.

—Es simple, Lancel. Miguel es el Segundo Ángel, la lógica me impone inferir que así será. Además, el Padre confía plenamente en él.

Fue doloroso para todos escuchar esas palabras, pero lo fue todavía más para Luzbel decirlas; sabía perfectamente que pronto volvería a enfrentar a su hermano menor y esta vez no se contendría.

—Pero volvamos al punto importante de nuestra reunión, si utilizamos los materiales de este planeta podríamos hacernos de algo que pudiera brindarnos protección, defensa y tal vez, solo tal vez, contraatacarlos. Decidí que lo correcto es darle un nombre a ese *algo*, lo llamaremos *armas*.

—¡Entonces, construyamos armas! —respondió Tamliel animosamente y siguió.

—El único problema que veo es que no tengo idea de cuál sería el material adecuado para fabricarlas.

—Es algo que puedo arreglar, hermano —dijo Luzbel al momento de ponerse de pie y empezar a caminar sin rumbo fijo, mirando hacia el piso, como si hubiera perdido algo que trataba de encontrar. Se alejó varios metros mientras los demás permanecían sentados, siguiéndolo con la mirada.

Después de algunos segundos un estruendo cimbró la tierra bajo sus pies y fue tan fuerte el impacto del puñetazo que dio contra el suelo que una enorme nube de polvo se elevó por los aires. Los animales alrededor salieron corriendo despavoridos; las aves hicieron su vuelo de forma instintiva, tratando de ponerse a salvo, sin saber de qué; y varios de los ángeles que estaban a la distancia se elevaron tratando de buscar la causa de aquel movimiento tan invasivo que los había tomado por sorpresa.

No acababan de recuperarse del estruendo cuando vieron una saeta luminosa ascender y luego descender en un punto diferente. Un segundo estruendo, aún más poderoso, resonó por todas partes causando todavía más expectación. Cuando el polvo se disipó, los ángeles que se habían quedado reunidos en el círculo tuvieron que sacudirse los rostros y cuerpos, luego se levantaron y se dirigieron a buscar a Luzbel, encontrándolo en el fondo de un gigantesco cráter que se había formado a varios metros de profundidad, después de que él golpeara con su puño izquierdo. Todos permanecieron en la orilla, observando cómo, desde la profundidad, Luzbel exclamaba:

—¡Los encontré! ¡Esto es a lo que me refería!

Para salir del cráter, el Primer Ángel se elevó y descendió junto a sus hermanos, trayendo consigo lo que parecían dos extrañas rocas de buen tamaño, una en cada mano. La primera era de color gris brillante y la segunda negra y también resplandecía. Extendió sus poderosos brazos y las mostró a sus hermanos, quienes las sostuvieron y contemplaron pasándolas entre sí. Después de examinarlas con detenimiento, Lancel dijo:

—Son materiales únicos, nunca había visto nada igual en ningún lugar del universo.

—Es que nunca habías visitado este planeta, hermano —respondió Luzbel, pero la curiosidad en el reducido grupo aún existía. Fue que Dariel expresó:

—¿A estos materiales te refieres, Luzbel?

—Sí, a estos. Cuando descendimos por primera vez todos los percibimos, sabíamos que aquí estaban ocultos, bajo la tierra. Solo que no imaginaba entonces la forma en que podríamos utilizarlos. Son resistentes y firmes, si podemos manipularlos tendremos una ventaja.

—¿Cuál de los dos crees que debamos usar, hermano? —preguntó Tamliel con curiosidad y Luzbel respondió:

—Ambos, por supuesto.

Las caras de asombro no se hicieron esperar entre aquella pequeña comitiva, de nueva cuenta ninguno entendía lo que Luzbel intentaba explicar. Entonces Samael tomó la palabra.

—Hermano, te pido que seas más explícito por favor, creo que ninguno de los que estamos aquí tiene idea de cómo estas simples rocas nos darían una ventaja en la guerra.

—Ese es el punto, Samael, no son rocas, son materiales diferentes adheridos a ellas. Los separaremos y cuando los tengamos puros se convertirán en la ventaja que usaremos contra nuestros hermanos. Propongo que a partir de este momento los llamemos metales.

Aquella explicación resultaba muy interesante y propició una mayor inquietud y curiosidad; todos querían saber qué planes tenía en mente, así que una cascada desordenada de preguntas no se hizo esperar por parte de ellos, pero Luzbel ya sabía qué responder.

—¿Cómo supiste que esos materiales estaban ahí?

—No lo sabía, solo tenía conocimiento de que este mundo es rico en minerales, así que los busqué mientras caminaba.

—¿Cómo los escogiste?

—Por su dureza y cualidad para ser modificados.

—¿Cómo supiste que tenían esas cualidades?

—Porque puse atención en cada paso que daba. Se los dije hace poco, ¿recuerdan?: Ves, pero no observas; oyes, pero no escuchas; tocas, pero no sientes; percibes, pero no analizas.

—¿Dijiste cualidad para ser modificados?

—Sí, hermano, eso dije.

—¿Para qué modificarlos?

—Para que adquieran una forma distinta a la que ahora tienen.

—¿Qué clase de forma?

—Una que nos permita fabricar armas.

—¿Armas?

—Sí, armas.

—¿Qué son las armas?

—Lo mencioné hace poco, objetos que usaremos para defendernos.

—¿Dices que construiremos armas con estos metales?

—Exacto.

—¿Y cómo haremos eso?

—Calentándolos.

—¿Calentando los metales?

—Sí.

—Ambos son de consistencia sólida, ¿cómo pretendes calentarlos?

—Con fuego.

—Pero esos metales están adheridos a rocas, ¿cómo los separaremos?

—Ya te lo dije, calentándolos.

—¿Haremos dos tipos de armas?

—Por lo pronto, sí. Pero podrían ser más.

—¿Con el primer metal haremos una y con el segundo otra?

—No, ya dije que usaremos ambos.

—¿Y cómo pretendes mezclar dos cuerpos sólidos en uno?

—Ya se los dije, calentándolos.

—¿Cómo sabes que esos metales pueden manipularse?

—Porque ya lo hice, con ellos construí un pequeño cofre en el que guardé la esfera con toda la información sobre la nueva especie.

—¿Supones que este planeta tiene el material suficiente para proveernos de armas a todos?

—No lo supongo, lo afirmo. Sí, sí que lo tiene, y mucho más.

Aquella respuesta de Luzbel dejó sin habla a sus inquisidores, parecía que todo giraba alrededor del cuarto elemento de la creación, el fuego.

Después de unos segundos de silencio, Khunel se atrevió a preguntar con vacilación, pues sentía que hacía el ridículo al no entender a su hermano mayor.

—¿Estás sugiriendo que el calor provocará que estos dos metales se conviertan en uno?

—No lo sugiero, lo aseguro.

Un nuevo silencio cayó como agua fría en los seis interlocutores de Luzbel, que aún no comprendían el plan; sus caras de incredulidad así lo expresaban, no tenían la capacidad para entender lo que el Primer Ángel decía.

—¿Y cómo es que afirmas eso? —preguntó Lancel y Luzbel respondió:

—Porque lo he visto.

Después de una pausa, Tamliel cuestionó:

—Hermano, yo nunca he dudado de ti y menos de tus palabras, pero para conseguir que dos cuerpos sólidos se convirtieran en uno solo, primeramente ambos tendrían que ser destruidos hasta lo más íntimo de sus estructuras y luego mezclarlos. Para lograrlo, como tú bien lo acabas de mencionar, sería necesaria una inmensa cantidad de fuego, lo suficientemente intensa como para lograr el propósito, aunque no tanto, para evitar desintegrar los materiales físicos. ¿Dónde se supone que viste ese fenómeno tan singular?, ¿en una estrella?

—Aquí mismo, hermano, en este planeta. ¿Recuerdan las montañas cuyas cimas son rojas? Ahí la cantidad de calor es tan grande que he visto cómo se derriten no solo dos materiales, sino muchos más y al final acaban destruidos para después volverse uno. Si podemos reunir la cantidad suficiente de metal y llevarla a la cima de las montañas podremos forjar nuestras armas.

Todos escucharon con la mayor de las atenciones, aquella idea de destruir dos cuerpos completamente separados, para transformarlos en uno y darles una forma distinta que pudieran utilizar ante un inminente ataque, los llenaba de intriga y les despertaba un mórbido interés. Frente a este panorama, Dariel se atrevió a plantear una reflexión.

—Creo que ya estoy viendo la forma de tu plan, hermano y me parece que has atado todos los cabos que pudieran estar sueltos. Buscaste una ventaja y la encontraste, también resolviste la cuestión de cómo aprovecharla aún más, pero hay algo que no entiendo y me gustaría conocer su opinión.

—Te escucho, hermano —contestó Luzbel, aunque la pregunta no estaba dirigida solo a él.

—El Padre es omnipresente, omnisapiente y omnipotente,[1] ¿cierto?

—Cierto —respondieron todos de forma conjunta; todos, excepto Luzbel, quien anticipadamente conocía el rumbo de las palabras de su hermano menor. Sin embargo lo dejó continuar, no lo interrumpió.

—Significa que está aquí, justo ahora, que sabe que nos estamos preparando para luchar contra nuestros hermanos y que podría detenernos en este instante si lo deseara, ¿cierto?

—Cierto —volvieron a contestar, pero esta vez con un dejo de incertidumbre. Luzbel volvió a guardar silencio y Dariel continuó.

—Me gustaría conocer las razones por las que hasta el momento Él no nos ha detenido; podría hacerlo si lo deseara. ¿O acaso no está aquí, ahora? Porque, si no es así, entonces no está en todas partes. ¿Será que ignora que estamos preparándonos para la batalla? Porque, si no es así, entonces no lo sabe todo. ¿Acaso no puede detenernos con un simple movimiento de su mano? Porque, de no ser así, entonces no

---

1   «Aun desde la eternidad, yo soy, y no hay quien libre de mi mano; yo actúo, ¿y quién lo revocará?». (Isaías 43, 13).

es Todopoderoso.[2] Si estoy en lo correcto, entonces nos mintió, nos ha mentido siempre.

Después de unos segundos en silencio, dijo:

—No hagan esas caras, hermanos, perfectamente sé que muy dentro de ustedes comparten mis pensamientos.

Era cierto, todos los que habían seguido a Luzbel en aquella aventura, alguna vez se cuestionaron si de verdad el Padre tenía esas características que lo hacían el gran hacedor del universo, por lo que no les resultó nuevo el comentario, pese a lo imprudente que pudiera parecer. Dariel siguió su intervención.

—Honestamente, no sé por qué el Padre, estando aquí, sabiendo lo que sabe y pudiendo destruirnos, nos permite existir.

Pero Luzbel sí lo sabía, aunque no estaba dispuesto a compartir el secreto con sus hermanos; quizá nunca lo haría.

Después de unos momentos en total silencio, Lancel dijo:

—Suena bastante bien todo lo que hablamos, pero hay algo que aún no hemos previsto y que me está preocupando.

—Creo saber a qué te refieres, hermano. Por favor, continúa —le respondió Luzbel.

—Gracias, hermano. Pues bien, es cierto que al ajustar la vibración de nuestra esencia podemos entrar en contacto con la materia. Me parece excelente idea valernos de los materiales que este planeta guarda en sus entrañas, ya que podremos obtener armas y defendernos con ellas, aunque no tengo claro cómo vamos a combinar esos metales; sin embargo, creo que estamos pasando algo por alto y es lo siguiente: si lográramos manipular la materia, combinarla y construir esas armas, ¿cómo haríamos para que éstas pudieran dañar o destruir a alguno de nuestros hermanos, debido a que no tenemos un cuerpo físico? Como bien dijiste, Dariel, solo el

---

2   «Porque ninguna cosa será imposible para Dios». (Lucas 1, 37).

Padre puede destruirnos. Y también me intriga saber por qué, hasta el momento, no lo ha hecho.

Durante la intervención de su hermano Lancel, Luzbel permaneció en un total silencio. Sabía que tenía razón y desafortunadamente no encontraba fallas en su lógica; tampoco tenía la respuesta para aquella pregunta. Tamliel tomó la palabra:

—Opino lo mismo, la energía y la voluntad del Padre fue la que nos creó y solo esta podría destruirnos. Y sí, también me pregunto por qué no nos destruye justo ahora.

Después de escuchar a sus hermanos, Khunel intervino:

—Tienes razón, Lancel, la materia no puede dañarnos y menos destruirnos, por lo que sería ocioso e insensato trabajar en construir armas con las que no podríamos enfrentar a nuestros hermanos leales a Él. ¿De qué forma nos servirían contra ellos?

La pregunta se quedó en el aire el tiempo suficiente para que Samael, pensativo y con la mirada hacia abajo, dijera:

—La única forma en que las armas funcionarían contra Miguel o nuestros hermanos, sería que contaran con la energía del Padre y es imposible que pase eso.

Cuando terminó, Luzbel intervino:

—Así es, Samael, debo decir que hasta el momento no he encontrado la forma para que nuestras armas sean consagradas con su energía, pero si pudiéramos lograrlo, si pudiéramos hacer que adquirieran esa potencia, entonces tendríamos la ventaja que nos daría la victoria, ya que en este instante la simple materia no tiene ninguna posibilidad contra los ángeles. Le he dado miles de vueltas al tema, pero no se me ocurre nada.

Aquel había sido un diálogo enriquecedor; se compartieron ideas, pero sobre todo se reafirmó la lealtad que todos tenían hacia su líder. Sin embargo, la duda en sus ojos les preocupaba. Luzbel era el Primer Ángel y aun, con su poderosa inteligencia, no era capaz de resolver la interrogante planteada. Fue entonces que Azazel, el ángel vigilante de ojos violeta que permaneció en completo silencio durante todo ese tiempo, procesando la información que se compartía, levantó su hermoso rostro color ébano. Mostrando una mirada llena de optimismo que resaltaba la belleza de sus ojos, se puso de pie sorprendiendo a sus hermanos y dijo con firmeza:

—¡Yo sé! ¡Yo sé cómo podemos consagrar nuestras armas con la energía del Padre!

CAPÍTULO XVI

EL ENCUENTRO

Tepoztlán, México. Año 2020

«Me besó sin pedir permiso y a mí me
pareció la gloria. Le devolví el beso con
hambre atrasada».
Mario Benedetti.

EL MES DE OCTUBRE HA LLEGADO y trajo consigo la felicidad para Sebastian, su nombre es Daniela. Después de un accidentado primer encuentro, una llamada telefónica y una visita al pueblo de Tepoztlán, quedó más que claro que ambos eran el uno para el otro. Parecían almas gemelas buscándose hasta que se encontraron para ya no separarse. Ella deseaba ser amada y él necesitaba entregar el amor que guardaba en el fondo de su corazón.

Aquel día fue mágico. Empezaron desayunando en el restaurant Los Colorines, ubicado en avenida del Tepozteco. Famoso por sus platillos mexicanos, es fácil de ubicar, ya que el rosa de sus muros lo distingue entre todos los demás.

—¿Te gusta la comida? —preguntó Sebastian, con cortesía.

—¡Está deliciosa!, ¡la mejor que he comido en México! —decía Daniela mientras comía enchiladas en salsa verde, una de las especialidades de la casa, ante la complacencia de Sebastian. Cuando terminaron salieron y aprovecharon su ubicación para visitar la iglesia de la Santísima Trinidad.

—¿Sabes algo?, se dice que esta iglesia fue construida en el año de 1563, frente a la casa de Martín Cortés, hijo mestizo del conquistador Hernán Cortés y la Malinche, para que pudiera escuchar la misa desde el ventanal sin tener que salir.

—¿En serio?

—Es lo que dicen. Incluso los habitantes de la casa aún tienen el apellido Cortés.

Después de este pequeño diálogo entraron en la iglesia. Sebastian le mostró la imagen que da nombre al templo, la cual representa al Padre, al Hijo y al Espíritu Santo y le explicó:

—Esta fue traída desde España, llegó al puerto de Veracruz y de ahí la trasladaron para acá en un veliz forrado de cuero.

Ella escuchaba con atención. Cuando terminaron visitaron la Parroquia de la Natividad que se encuentra en la calle de Isabel la Católica. Como buen guía de turistas, Sebastian le explicaba:

—La fachada es un arco cubierto por casi cien tipos de semillas diferentes, con las que formaron todas las imágenes históricas y religiosas que alcanzas a ver.

—¿Quién hace esta maravilla?

—Los artesanos locales.

Estando ahí aprovecharon para visitar el Museo Exconvento de Tepoztlán, construido por indígenas tepoztecos. La curiosidad de ella era muy grande, por lo que mientras se acercaban, dijo:

—Es hermoso, ¿cuándo lo construyeron?

—En 1555, y fue declarado por la UNESCO patrimonio cultural de la humanidad en 1994.

—¡Impresionante!

Sebastian continuó explicando.

—Este edificio data de la época colonial, puedes darte cuenta de eso por el tinte característico de la arquitectura religiosa de aquel entonces. Fue construido con piedra tallada unida con mortero, arena y algunos vegetales. ¿Ves estos decorados en color rojo?

—Sí.

—Bien, te comento que para obtenerlos se utilizó cochinilla, un insecto muy común en la zona.

—¿Cómo es eso?

—Lo sacaban de los cactus, después lo molían y el resultado era un polvo con que hacían el color.

Al terminar se dirigieron al Museo de Arte Prehispánico Carlos Pellicer, nombrado en honor al escritor que donó gran parte de las piezas que en él se exhiben, el cual se encuentra en la calle Arquitecto Pablo González. También visitaron el mercado en el centro de Tepoztlán, que siempre está lleno de visitantes y cuenta con una amplia gama de productos, comida de todas las variedades, ropa, plantas, juguetes, artículos decorativos y desde luego artesanías. Concluida la visita pasaron a la parte principal del recorrido, el cerro del Tepozteco.

En pocos minutos se encontraban pisando las piedras por las que durante años tantas veces Sebastian transitara. Cruzaron el ahuehuete partido por la mitad que simboliza el paso hacia el mundo espiritual. Empezaron a subir las escaleras, tenían la intención de llegar hasta el templo que está en la cima del cerro, pero pasarían casi dos horas para que lo lograran.

Daniela quedó maravillada con todo lo que a su paso encontró: la gente, las bellezas naturales, los paisajes, la vista, pero sobre todo con la compañía de Sebastian, quien la sorprendía con el conocimiento tan amplio que tenía de todo lo concerniente al pueblo mágico, su historia, la flora y fauna, todo lo que le compartía sin ninguna limitación. Era como si él quisiera que ella aprendiera lo más posible de las bondades de aquel lugar.

También quedó fascinada por las atenciones que él le brindaba, y que iban desde llevar agua suficiente para el camino hasta estar al pendiente de ella en todo momento, de que estuviera cómoda, de su cansancio y su seguridad. Con cada paso se aseguraba de que no resbalara o tropezara, de esta forma cualquier pretexto era bueno para tomar su mano con delicadeza o sujetarle brazo con firmeza. En ocasiones él caminaba por delante para corroborar que el suelo estuviera firme y cuando descendían él lo hacía primero, para después voltear y tomarla cuidadosamente por su estrecha cintura. Ella, a su vez correspondía el gesto poniéndole sus manos sobre los hombros.

—La caballerosidad mexicana —pensaba cada que permitía sus atenciones.

Por su parte, Sebastian también quedó sorprendido por la agilidad y energía de Daniela, quien en todo momento mostró la actitud requerida para transitar por aquellos senderos y quien también ponía de pretexto cualquier situación para acercarse a él y percibir su olor o sujetar su brazo. Aquellos pequeños detalles en los que sus manos se rozaban y sus cuerpos se acercaban fueron haciéndose más frecuentes y creciendo en intensidad, era obvio que los hacían sentir como si se sacaran chispas uno del otro.

Cuando llegaron a la zona arqueológica de la cima, él le preguntó:

—Y bien, ¿qué te parece lo que has visto?

—Me encanta, es un lugar maravilloso.

—¿Valió la pena esperar?

—Sí que la valió.

—Me da gusto que la estés pasando bien.

—Gracias, de antemano sabía que así sería.

—¿Cómo es que lo sabías?

—Era una corazonada, me habían hablado maravillas de este sitio y quise comprobarlo con mis propios ojos.

Sebastian no quedó del todo conforme con lo que acaba de escuchar y preguntó:

—¿Solo viniste para conocer el lugar?

Daniela escondió su rostro bajando levemente su cabeza, a modo que el sombrero que llevaba puesto dificultara la visión que él tenía. Su respiración se agitó y el pulso se le aceleró; se estaba sonrojando y no quería que Sebastian lo notara, así que para distraerlo le preguntó:

—¿De verdad, no lo sabes?

—No, no lo sé, tú dímelo.

Ella no respondió, por lo menos no con palabras. No se dio cuenta del momento en que sus brazos se levantaron y le rodearon el cuello buscando que sus labios se encontraran. Cuando la tuvo cerca, él la tomó por la cintura con más firmeza que antes y correspondió besándola con toda la energía de su ser. Así permanecieron por varios segundos y fue el tiempo necesario para transmitirse mutuamente lo que estaban sintiendo.

El beso que Daniela tanto había ansiado desde el momento en que lo vio sonreír por fin había llegado y, mientras sus labios se tocaban, Sebastian fue cerrando sus brazos alrededor de ella, poco a poco, como si quisiera evitar que escapara. Aquel beso fue suficiente para hacerlo sentir transportado a otra galaxia y ella deseaba con todas sus fuerzas que el instante no concluyera jamás.

—¡Sus labios saben a gloria! —pensó al tiempo que disfrutaba el momento. Mientras tanto, la gente que pasaba a su alrededor seguía de largo observándolos con extrañamiento. La escena no tenía nada de indecorosa, sin embargo aquel era un lugar muy concurrido y no era del todo apropiado para hacer demostraciones afectivas tan efusivas, cosa que no les importó. Estaban demasiado ocupados disfrutándose mutuamente, como para notar que el mundo seguía girando, aunque para ellos el tiempo se había detenido.

Cuando se separaron, se miraron sin dejar de abrazarse. Poco después, él levantó su mano derecha y la puso sobre el lado izquierdo de su rostro sintiendo su piel, acarició su mejilla y parte de su cuello. Después la avanzó hacia atrás de su cabeza, hasta llegar a su nuca entrelazando sus dedos con sus abundantes y largos cabellos lacios de color castaño oscuro. En ese instante mágico los únicos seres vivos sobre la faz de la tierra eran ellos.

—Me gustaste desde que te vi —le dijo Sebastian mientras continuaba aventurándose en la profundidad de sus ojos negros, al tiempo que Daniela navegaba en la inmensidad de sus ojos azules.

—Pues no lo demostraste.

—No debía hacerlo.

Ambos sonrieron sin dejar de mirarse. Ella le dijo en tono de broma:

—Fuiste un patán conmigo, ¡grosero!

—Claro que no. De hecho, hasta te invité a conocer mi casa y estoy cumpliendo.

—Sí, pero me llamaste Lamborghini y eso no fue nada agradable.

—¡Ja, ja, ja, ja, ja! ¡Ah!, ¿no? Pues no vi que te molestara.

Efectivamente, no le molestó en lo absoluto.

—Tan sé que no te molestó, que te tomaste el tiempo en pedir mi número y llamarme para que fuera tu guía de turistas.

Daniela sabía que él tenía razón, aquel misterioso mexicano había hecho que olvidara su vanidad, pues jamás llamaba a un hombre y menos a un desconocido.

—La verdad es que me encantaste, quise conocerte y también este lugar.

—Yo también quería conocerte, por un momento creí que no llamarías nunca y me dio gusto escuchar tu voz.

Al escuchar esas palabras, ella se sintió correspondida, sonrió y buscó refugio en su pecho. Él la abrazó con ternura y, cuando acariciaba su cabello, Daniela le dijo en tono de broma:

—¡Grosero!

—¡Berrinchuda!

Ella volvió a sonreír sin soltarse de él y Sebastian no la habría dejado hacerlo, así que continuaron por largo rato de la misma manera, hasta que ella preguntó:

—¿Sabes algo?

—Dime.

—Aún me debes una cerveza.

—Es cierto, pero antes quiero que conozcas a alguien.

—¿A quién?

—A mi mejor amigo. Ven, vamos a buscarlo.

—¿Aquí vive?

—Sí. Bueno, no sé exactamente donde vive, pero siempre está por aquí. Te va a caer muy bien. Ven, acompáñame.

—¡Vale!

Ellos no se dieron cuenta, pero, durante todo el tiempo que estuvieron juntos recorriendo el pueblo, don Lucho siempre estuvo observándolos a una distancia lo suficientemente prudente para que no lo notaran. Él vio cómo su joven amigo había encontrado en Daniela la felicidad y el amor que tanta falta le hacía y sintió alegría de verlos tomados de la mano mientras se alejaban caminando, para buscarlo. Sebastian no lo sabía, pero aquella sería la primera ocasión en que no lo encontraría, la primera en veinte años. Por su parte, don Lucho pensó:

—Me da gusto por ti, «pequeño irlandés». Celebro que por fin hayas encontrado a la persona correcta, serás muy feliz a su lado. Tu tiempo ha llegado, nuestro tiempo ha llegado.

CAPÍTULO XVII

¡GANAR!

Antes de la creación de la humanidad

«Ganar no lo es todo, es lo único».
Vince Lombardi.

—¡Explícate, Azazel! ¡Y hazlo pronto! —dijo Luzbel en un tono que nadie había escuchado antes. Quizá era la premura, la exaltación, la impaciencia o todas juntas que se habían mezclado y devinieron en la desesperación.

—Es simple, hermano. Como ya mencionamos, las armas por sí mismas son incapaces de dañar o destruir a alguno de nosotros; fue la voluntad del Padre la que nos creó y por ello su energía es la única que podría destruirnos, ¿cierto?

—Cierto —respondió Luzbel, quien sintió un poco de sorpresa al ver que los papeles se habían invertido, ya que ahora formaba parte del grupo de los seis ángeles intrigados en una conversación en la que no encontraban respuesta. Azazel continuó su explicación:

—En primer lugar, debemos reunir la cantidad necesaria de metales para poder construir nuestras armas. Después los llevaremos hasta la cima de esa montaña que visiblemente tiene el fuego suficiente para mezclarlos y una vez ahí…

—Eso lo tenemos muy claro, hermano, lo que necesitamos saber es cómo haremos para consagrarlos —interrumpió Samael, cansado de escuchar nuevamente lo que ya sabían.

—Paciencia, hermano —le dijo Luzbel, haciendo uso de su autoridad—. Continúa por favor, Azazel.

—Gracias, hermano. Como les decía, una vez que todos los metales están ahí, mezclándose, utilizaremos el árbol de la ciencia del bien y del mal. Estoy seguro que su energía bastará para darle a nuestras armas la potencia necesaria que nos garantizará la victoria.

—Pero, ¿qué es lo que estás diciendo, Azazel?, ¿insinúas que ese árbol está aquí, en este planeta?

—No es insinuación, hermano. Lo he visto y sí, está aquí, en este planeta.

—¡Quiero verlo!

Azazel notó que las miradas de su hermano mayor y los demás estaban llenas de ansiedad, así que respondió velozmente.

—Pues vamos.

Fue así como Luzbel y los seis jefes de su ejército levantaron el vuelo con un rumbo desconocido. Los seres de luz que se quedaron en tierra vieron siete pares de alas desplegadas mientras empezaban a alejarse. Azazel iba al en el centro, ligeramente al frente; era el guía y su aportación probablemente sería la clave del éxito.

Durante todo el trayecto nadie dijo una sola palabra, parecía que estaban concentrados en el objetivo a alcanzar. Después de un rato descendieron y fue fácil encontrar lo que buscaban, pues era un espécimen que a simple vista destacaba de entre los demás.[1] Una vez que se acercaron a él, pudieron apreciar que estaban frente a un resplandeciente y

---

1   «Y Dios hizo nacer de la tierra todo árbol delicioso a la vista, y bueno para comer; también el árbol de vida en medio del huerto,

magnífico árbol, el cual no tenía comparación alguna. Cuando se aproximaron un poco más, inmediatamente sintieron que de él emanaba la energía del Padre.

La sensación que les produjo estar cerca del árbol era idéntica a la que experimentaban cuando estaban en contacto con Él; no cabía la menor duda de que la energía divina estaba en su interior. Todos lo miraban con atención, le daban vueltas, lo inspeccionaban y no daban crédito a lo que sus ojos veían. Pasados algunos minutos, Azazel preguntó de tal forma que todos pudieran escucharlo:

—¿Lo ven? Les dije que aquí estaba, ¿qué opinan?

Después de unos segundos, Lancel dijo:

—¡Que ya ganamos la guerra!

El tono optimista contagió a todos, provocándoles sonrisas. Aquel instante fue muy grato, especialmente para el líder, quien por primera vez sintió que tenía los recursos suficientes para poder alcanzar la victoria. Pero no dejaban de intrigarle las razones por las que el árbol estuviera aquí, en este planeta y al alcance de la nueva especie.

—¿Qué planeas, Padre? Primero te negaste a que los humanos alcanzaran su potencial divino y ahora colocas esto aquí, para ellos —pensó mientras lo miraba con mucha curiosidad, observando sus formas, su tamaño, el grosor de las ramas y espesor del frondoso follaje.

—¿Sucede algo, Luzbel?

—No, Dariel, es solo que...

Trató de evitar responder.

—¿Qué te agobia?

—No es nada, solo que no puedo explicar porqué el Padre eligió este planeta para colocar tan maravilloso ejemplar y que, como bien dice Azazel, contiene su energía.

---

y el árbol de la ciencia del bien y del mal». (Génesis 2, 8).

—Eso no importa, lo trascendente es que equilibraremos un poco la balanza; podremos consagrar nuestras armas.

Dariel no comprendía la preocupación de su hermano, para él no había motivos de estarlo. El árbol estaba ahí, simplemente tenían que utilizarlo en su provecho, pero tampoco sabía lo que Luzbel escondía celosamente en su pensamiento.

—No te agobies más, hermano, sabemos que últimamente sus decisiones han sido por demás contradictorias —mencionó Tamliel, tratando de sacarlo de sus preocupaciones, pero sin lograrlo. Luzbel sabía que Él se había vuelto caprichoso, tuvo esa certeza desde el momento que le respondió cuando hizo contacto. Sin embargo, no dejaba de ser sabio y si lo había puesto en el planeta azul debía haber una razón, solo que no se explicaba cuál era. Pero el tiempo se encargaría de revelársela.

Para poner fin sus reflexiones, Khunel le dijo:

—Es mejor ocuparnos que preocuparnos.

Luzbel lo miró y asintió levemente en silencio, estaba de acuerdo con él, solo que seguía intrigado con los motivos que orillaron al Padre a colocar el árbol justo ahí. La idea se había fijado en su cerebro como una enfermedad crónica que no lo dejaba en paz, pero eso no ayudaba en nada a su causa, así que él mismo buscó la forma de mantenerse ocupado y esta era actuando, así que respondió amablemente:

—Tienes razón, hermano, debemos trabajar. ¡Hermanos, haremos lo siguiente!: ¡dividiremos las tareas de la siguiente forma!

Una vez alejado de sus pensamientos se apresuró a ordenar:

—Samael, Azael, Dariel y Lancel, muestren a los hermanos que integran los cuerpos a su cargo los metales que necesitamos que busquen, los encuentren y los concentren en algún lugar cercano a la cima de aquella montaña. Ustedes decidan dónde.

—¿Conoces algún lugar específico donde podamos empezar buscar?

—No, ninguno, pero todo este planeta está repleto de materiales. Usen su percepción y sean precisos en la búsqueda, necesitamos únicamente los que les mostré.

Todos escucharon con atención y después respondieron:

—¡Así se hará, hermano!

Los cuatro ángeles partieron de inmediato. Luzbel ordenó:

—¡Khunel y Tamliel!, ustedes y los cuerpos a su servicio recolecten el metal que los demás extraigan, llévenlo a la cima y déjenlo caer en el centro.

Luzbel señaló una fumarola en una de las cumbres cercanas, de la que no solo emergía humo, sino también un extraño líquido rojo.

—Ya observé, estoy seguro que nos proveerá el fuego que necesitamos para calentarlo y mezclarlo.

—Así será.

Con órdenes claras, Khunel y Tamliel dejaron la escena tan rápido como pudieron, dejando a su hermano mayor en completa soledad. Luzbel notó cómo se perdían con la distancia y en poco tiempo empezó a escuchar numerosos estruendos en todas partes del planeta, algunos cerca y otros más alejados. Sin duda, sus hermanos ya estaban cumpliendo las órdenes que había dictado.

Por instantes sintió como si el Padre estuviera junto a él. Percibió su presencia y fue casi tan real que tuvo nostalgia de los días que era bienvenido en su palacio. Todo había terminado, no había vuelta atrás. Tampoco se arrepentía, pero seguía pensando que pudo haber sido diferente. Lo que comenzó como una pequeña diferencia se convirtió en varias, luego en distanciamiento, después en una discusión, más adelante en un enfrentamiento y ahora en una inminente guerra que se aproximaba.

Dedicó un momento a rodear aquel enorme y magnífico árbol con sus pasos, sin un destino delineado. No dejaba de admirar su belleza en todos lados, el tronco robusto y bien proporcionado; desde luego, la base sobre la que descansaba; todo. El aroma que despedía era exquisito, en él podía sentirse la santidad de su creador. Las ramas, al igual que el tronco eran firmes, amplias, alargadas y corrían en la parte superior. Las hojas estaban finamente delineadas en todos sus bordes, era como si alguien lo hubiera hecho de forma manual. Le llamó la atención una gigantesca variedad de frutos de infinidad de tamaños, formas, texturas y colores. Cierto era que ya había conocido estos en otros planetas, pero no en tal cantidad y menos en un solo árbol.[2]

—Hasta en esto también fuiste generoso con la nueva especie, Padre. Sigo sin poder creer lo que me dijiste —pensó mientras recordaba aquella dolorosa conversación en las tierras áridas, al tiempo que se sentó un momento bajo su sombra. Dejó correr algunos instantes. En medio de esta nueva soledad estuvo a punto de volver a atormentarse con la misma idea, pero decidió sacarla de su mente.

Repentinamente tomó la decisión más prudente que podía, sumarse a las labores que sus hermanos llevaban a cabo. Así que abrió sus blancas alas y levantó el vuelo en dirección a la montaña donde fabricarían las armas para defenderse en un futuro no muy distante; no sin antes haber llevado algo consigo.

Desde lejos pudo darse cuenta que los gases salían de la cúspide y, conforme se acercaba, notó que el ambiente cambiaba, se hacía más denso a medida que se acortaba la distan-

---

2 «En Edén, en el huerto de Dios estuviste; de toda piedra preciosa era tu vestidura; de cornerina, topacio, jaspe, crisólito, berilo y ónice; de zafiro, carbunclo, esmeralda y oro; los primores de tus tamboriles y flautas estuvieron preparados para ti en el día de tu creación». (Ezequiel 28, 13).

cia. Los gases alrededor tenían un color grisáceo semejante a los ojos de Gabriel y un olor que se percibía picante, muy diferente a cualquier otro. Se sentía algo extraño, había polvo por todas partes y se adhería a los cuerpos y alas de los ángeles quienes constantemente se sacudían por la incomodidad que producía. Al llegar a la parte más alta descendió en una de las orillas y vio un enorme espacio de forma circular lleno hasta el tope de líquido rojo y totalmente encendido, el cual serviría como un gigantesco recipiente en el que mezclarían los materiales necesarios con que construirían las armas de defensa. En el interior podía notarse un extraño fenómeno, era como si en ese burbujeante mar el fuego se hubiera fusionado con la roca generando un espeso océano carmesí.

Desde su posición vio a sus hermanos cumpliendo afanosamente lo que había requerido. El cielo estaba repleto de ángeles que iban y venían. Pudo notar cómo al pasar sobre la cima dejaban caer los materiales que muchos otros seguían extrayendo de las entrañas del planeta azul. Vio que las inmensas cantidades de metales esparcidas primeramente flotaban, pero poco después empezaban a sumergirse y comenzaban a mezclarse entre sí al hacer contacto con el calor que emanaba del interior. Esta escena se repitió una y otra vez, por un buen rato.

Luzbel estaba complacido con el desempeño de sus hermanos. Aún continuaban sintiéndose claramente los impactos que otros ángeles daban sobre el suelo con el interés de buscar más metales y, con cada estruendo, el líquido sobre la cima se agitaba de manera violenta, lo que llevó al primer ángel a ordenar:

—¡Suficiente, hermanos! ¡Es hora de dar el siguiente paso!

La orden fue acatada de forma inmediata y transmitida a los más alejados para que cesaran la búsqueda y se acercaran a la cima. Con esta acción los movimientos de tierra también se detuvieron. Pasado el tiempo prudente para que los de las alturas dejaran caer sus preciadas cargas, Luzbel pidió:

—¡Desciendan todos! ¡Acérquense, hermanos, quiero que observen!

Dicho esto, hurgó entre el plumaje de su ala izquierda, hasta que encontró algo de color rojizo que sostuvo con la mano derecha, por encima de su cabeza, mostrándolo a todos los congregados.

—¡Hermanos, hemos descubierto que el árbol de la ciencia del bien y del mal está en este planeta!

Los murmullos no se hicieron esperar debido a que, aunque todos sabían acerca del árbol, solo seis ángeles además de Luzbel conocían su existencia. Los demás no tenían idea de que estaba ahí, esto los obligó sistemáticamente a prestar una mayor atención, amén de que la fuerza de aquellas palabras pronto acalló a la multitud.

—¡Este árbol contiene la energía divina del Padre!

El silencio prevaleció.

—¡Este es un fruto tomado directamente de una de sus ramas y con él podremos consagrar las armas que nos darán la victoria!

La expectación se disparó, todos empezaron a entender que tenían una genuina posibilidad de hacer frente a Miguel y su ejército, que los superaba en número y contaba con el apoyo del Padre.

—¡De él nos valdremos para defender nuestras convicciones y el futuro de la nueva especie!

Lo que siguió dejó sorprendidos a todos. Luzbel bajó el brazo, puso el pie derecho atrás, colocándose en posición vertical con respecto al lago de fuego frente a él, inclinó su espalda también hacia atrás y dijo:

—¡Que así sea!

Lanzó un fruto con la fuerza suficiente para que cayera hasta el centro de la humeante cima, lo que despertó la curiosidad de los reunidos. Todos vieron cómo, al hacer contacto con el fuego, aquel fruto empezó a desprender un ligero resplandor color blanco brillante y ondulado que paulatinamente fue creciendo y volviéndose más intenso. Al mismo tiempo permeó hacia el interior, las orillas y todos los sitios que el líquido alcanzaba a tocar. El gigantesco recipiente natural estaba saturado de la energía suficiente para consagrar los metales que necesitaban.

Ni toda le energía de los ángeles reunidos opacaba aquel efecto que parecía que no iba a detenerse. El destello seguía fluyendo, dándole un halo de divinidad a la montaña, a tal punto que las especies animales cercanas voltearon a mirar lo que pasaba en la cúspide, quedándose estáticas en sus lugares, por lo que parecía el fulgor de un pequeño sol dentro de un planeta.

Al cabo de unos segundos el resplandor se detuvo súbitamente, dejando sobre lo que había sido el turbio, humeante y espeso lago de fuego, un transparente y luminoso crisol de agua. Cuando Luzbel se inclinó para observar, vio su cara reflejada en él. Era casi como un espejo en cuyo fondo estaba el metal perfectamente mezclado, pero sin forma alguna. Todos se acercaron para satisfacer su curiosidad y se dieron cuenta del prodigio que habían logrado.

—¡Funcionó! —dijo Azazel, emocionado de ver que su idea había sido correcta.

—¡Podremos construir armas con la potencia para vencer a nuestros hermanos! —mencionó Tamliel, aunque este comentario no fue bien recibido y Luzbel lo dejó en claro:

—No, hermano, con ellas no pretendemos vencer a nadie. Al contrario, solo nos defenderemos, y a la nueva especie también.

—Tienes razón, hermano, disculpa mi impertinencia.

Luzbel lo miró con condescendencia y continuó:

—Debemos sacar los metales, dividirlos en pequeños pedazos para modificarlos a la mayor velocidad posible. Usaremos rocas grandes, los moldearemos sobre ellas, los tallaremos si es necesario y les daremos la forma más adecuada.

—¿Las rocas tendrán la resistencia necesaria para tallar el metal consagrado? — preguntó Lancel y obtuvo la respuesta.

—La tendrán una vez que las mojemos en esté líquido, eso les dará la dureza necesaria para trabajar el metal.

—Tienes razón, hermano.

—¿Qué tipo de roca usaremos?

—Cualquiera servirá, pero necesitamos grandes cantidades.

—¿Y de dónde sacaremos tantas?

—Esa montaña parece una buen fuente para obtenerlas —dijo Luzbel, al tiempo que señalaba un montículo cercano, y continuó su explicación—. Construiremos tres clases de armas, la primera de ellas será una que nos brinde protección.

—Hermano, considero que la mejor defensa es el ataque. ¿No crees que primero deberíamos concentrarnos en cómo disminuir el ejército de Miguel —interrumpió Dariel con una impaciencia que Luzbel notó, misma que no le desagradó, pero a la que sí tuvo que poner un freno.

—Dariel, recuerda que son nuestros hermanos a quienes tendremos enfrente, quizá ahora estemos divididos, pero no olvides el tiempo en que vivimos en armonía, cuando todos estuvimos del mismo lado.

Dariel asintió en silencio y pensó:

—Es tan sabio como el padre.

Luzbel siguió compartiendo sus ideas referentes a las armas que en su mente había imaginado, desde que regresó de su aislamiento.

—Evitaremos atacar a nuestros hermanos a toda costa, las armas que construiremos siempre serán vistas como instrumentos de defensa. Por tal motivo, la primera que construiremos será una coraza que nos brinde protección. Trabajaremos el metal de modo que podamos moldearlo hasta rebajarlo lo más posible y convertirlo en una hoja, más alargada en su forma vertical. Haremos que sea delgada, con el fin de levantarla sin dificultad; amplia y de buen tamaño, para que pueda cubrir parte de las piernas, el vientre, el pecho y el cuello. De esa forma tendremos visibilidad. Deberá tener dos agarraderas para sostenerlo por el interior, una para sujetarlo con la mano y otra más grande que permita la entrada y el descanso sobre el antebrazo, con la finalidad de facilitar su manejo y que el portador se mueva libremente.

Todos escuchaban con atención, nuevamente quedaba de manifiesto la inteligencia superior que Luzbel tenía; lo dejaba claro con sus palabras.

—También propongo que deben estar hechos en la misma forma y con algunas muescas en los costados que permitan la unión de varios, formando una columna horizontal que sea capaz de repeler cualquier agresión, dando una protección grupal.

En ese momento Samael habló.

—Sería prudente que también tuvieran una forma cóncava que facilite el agarre y el ensamble por la parte superior e inferior. Además, si existiera la posibilidad de formar una primera línea defensiva hincada en una rodilla, ésta impediría cualquier ataque, pero deberá estar a nivel del suelo; por lo que la línea inmediata siguiente tendría que estar de pie, protegiendo la parte superior de los hermanos al frente y la suya propia. Mi sugerencia es que si estas armas van a llevar muescas laterales, debería disponer de espacios que faciliten su unión, tanto en la parte superior como en la inferior.

Aunque Luzbel estaba por mencionar justo eso, quedó complacido con lo que su hermano menor había dicho. Era la misma idea que quería expresar; sin embargo, él no era envidioso, nunca lo había sido y nunca lo sería. Así que no dijo nada, dejó que Samael se adelantara para que de esa forma todos se quedaran con la percepción de que la sugerencia no se le había ocurrido a él, aunque no fuera cierto; acto que reiteró de forma precisa cuando terminó su comentario.

—Gracias, hermano, agradezco tu aportación y estoy de acuerdo con ella. Me parece que tu idea es brillante.

Una vez definidas las características, dijo:

—Si nadie se opone, considero adecuado que a esta arma la llamemos escudo.

Y nadie lo hizo, todos estuvieron conformes con lo que se acordó.

—Muy bien, habiendo total unanimidad procederemos con la segunda. Creo prudente crear una que evite el combate cercano, con la que podamos pelear a distancia. Eso nos brindará mayor seguridad, debemos recordar que nuestros hermanos nos superan en número, por lo que esta arma deberá de ser larga, muy larga.

Ante este comentario, Lancel, ansioso se apresuró a intervenir.

—¿Qué tanto, hermano?

—Tan larga que rebase nuestras cabezas en una mitad más de nuestro cuerpo.

El asombro fue general, los ángeles no entendían porque era necesaria un arma de esas dimensiones pero no cuestionaron la propuesta y se limitaron a seguir escuchando.

—Esta arma tendrá longitudes diversas, no todas pueden ser construidas del mismo tamaño debido a que no tenemos la misma estatura y este factor puede influir en el balance y equilibrio, por lo que cada uno deberá estar al pendiente de su propia creación.

Luzbel pensaba en todo, eso era evidente.

—Las construiremos tan angostas para que podamos sostenerlas esencialmente con una mano, redondeadas en todos sus bordes de extremo a extremo para mayor comodidad al sujetarlas, y firmes para que tengan estabilidad si en algún momento tenemos que lanzarlas por los aires.

Los oyentes a su alrededor no dejaban de sorprenderse con cada línea que salía de su boca.

—Estas serán hechas esencialmente con material extraído de los árboles, pero en uno de sus extremos añadiremos un componente debidamente afilado de nuestro metal. La finalidad es que con ella podamos mantener a nuestros hermanos alejados y causar mermas en ellos sin enfrentarlos directamente.

Cuando dio esta explicación, Luzbel sintió una gran pena en su interior, pena de la que todos pudieron darse cuenta; sabía lo que estaba por venir, un nuevo encuentro acontecería y muchos de sus hermanos, incluso él mismo, podrían ser destruidos. No le preocupaba su supervivencia pero sí la de ellos, sin tomar en cuenta el bando en el que estuvieran luchando. También le angustiaba que, cuando cualquiera de sus hermanos menores dejara de existir, le produciría un gran dolor ya que a todos los conoció desde el momento en que fueron creados, pero sobre todo porque él sería el responsable por iniciar esta lucha que seguía considerando justa.

Le tranquilizaba, de alguna forma, saber que al menos los que estaban con él lo hacían por voluntad propia; había sido su decisión. Sin embargo, aún le consternaba su destrucción y ya nada podría evitarlo, pero en su cabeza continuaba repitiéndose la frase «pudo haber sido diferente».

Khunel notó el momento tan difícil que su hermano pasaba a causa de sus propios pensamientos, por lo que se apresuró a sacarlo de ellos, preguntando:

—¿Cómo llamaremos a estas armas?

—Obedeciendo la naturaleza para las que serán construidas, las llamaremos lanzas.

Nuevamente la aceptación fue unánime.

—La tercera y última arma tendrá el largo de nuestros brazos y contará con un mango dotado de elementos que protejan las manos de quien la empuña. Deberá conformarse por dos brazos transversales, a fin de integrar una cobertura que permita su manipulación y que aporte la facilidad para sujetarla con una o ambas manos. Estará dividida en dos extremos, en uno de estos, el más corto, para ser exactos, estarán las partes que ya describimos; en el otro extremo dispondrá de la hoja con filo en ambos lados que usaremos para defendernos.

Cuando terminó de decir esto, Azazel participó, diciendo:

—Lamento interrumpirte, pero un objeto con esas características puede ser peligroso hasta para el portador, hermano. ¿No lo crees?

—Sí, lo sé, por eso deberán permanecer siempre guardadas en el interior de sus vainas, éstas podemos crearlas con madera que igualmente extraeremos de los árboles, lo cual dará la posibilidad de que las portemos colgadas de nuestra cintura. Esto hará muy fácil transportarlas con nosotros y evitará incidentes.

—¡Excelente idea!

—Gracias, hermano, la llamaremos espada.

Habiendo dicho esto, Luzbel nuevamente consultó la opinión de todos, los cuales manifestaron estar conformes, así que continuó:

—Portaremos el escudo en el brazo izquierdo, la lanza en la mano derecha y la espada colgando de nuestra cintura.

—Nuestro trabajo apenas comenzó. No solo hay que construirlas, sino aprender a usarlas; asimismo, debemos entrenarnos para avanzar de manera uniforme, con disciplina que haga parecer que nos movemos como si fuéramos un solo cuerpo, y no sabemos hacer nada de eso. Ninguno de nosotros ha hecho algo parecido antes, fuimos creados para un fin distinto y a partir de hoy seremos guerreros.

Cuánta razón tenía. Sus hermanos lo entendían y lo aceptaban con relativa facilidad, mas no Luzbel; había una pequeña parte de él que se resistía a lo inevitable, pero ya no era posible dar marcha atrás. Fue en ese lapso de duda cuando Samael se le acercó para plantear una interrogante:

—Estoy de acuerdo con todo lo que propusiste, pero no lo logro comprender cómo evitaremos que en algún momento Miguel, o cualquiera de nuestros hermanos, tome alguna de las armas y nos ataque con ellas.

El razonamiento era sensato y al escucharlo sembró duda entre los presentes. No obstante, Luzbel ya tenía la respuesta.

—Justamente, por eso es necesario que cada uno de nosotros se dedique a crear sus propias armas. Al hacerlo, las marcaremos con nuestra esencia, de tal suerte que, si el dueño se despojara de ellas, nadie más pueda emplearlas.

Al escuchar esta atinada respuesta todos asintieron con la cabeza en señal de entendimiento y aprobación. Terminada la explicación Luzbel, continuó dando indicaciones.

—Recuerden que esta es una nueva labor, así que tendremos que aprender a la mayor velocidad porque, les aseguro, que muy pronto Miguel y los demás vendrán a buscarnos. Para cuando eso pase tendremos que estar preparados.

—¡Azazel!

—Dime, hermano.

—Envía por los hermanos que se encuentran sobre la órbita del planeta verde, necesitamos informarles las decisiones que tomamos, tráelos para que participen en la construcción de sus armas.

—¡Enseguida!

—Harás lo mismo con quienes se encuentran cerca del noveno planeta, pero ninguno de ellos regresará hasta allá.

—Así se hará, pero, ¿por qué?

Dudó en contestar, pero finalmente lo hizo.

—Necesitamos concentrar nuestras fuerzas para que, en la medida de lo posible, todos dispongamos de nuestras armas al mismo tiempo. También debemos entrenar y aprender a trabajar en grupos por separado y sobre todo en equipo, así que lo mejor es reducir el número de nuestros hermanos que se encuentran lejos. Además, una vez que hayan terminado sus armas, asignaré una misión muy importante para algunos.

—Entiendo, ¿puedo preguntar qué misión encomendarás?

Luzbel lo pensó un poco antes de responder.

—Hemos pasado mucho tiempo meditando en la posibilidad de sufrir un ataque, pero no tenemos la certeza de saber cómo ni cuándo. El Padre seguramente sabe de nuestros planes, así que necesitamos averiguar cuáles son los suyos.

—Tienes razón.

—Es mi deseo que cinco de nosotros viajen al Cielo y averigüen qué ocurre allá, los que acepten ir tendrán la responsabilidad de recabar toda la información posible sobre las medidas que han tomado después de muestra partida.

—Se hará como tú indicas, hermano.

—Deberán ser muy discretos y no correr ningún riesgo. Ya no quiero que más ángeles sean destruidos.

Azazel hizo una mueca de desconocimiento por lo que acababa de escuchar.

—¿Más?, ¿a qué te refieres con más?

Ante ese cuestionamiento Luzbel no fue capaz de responder. Sabía que se había equivocado al no medir lo que decía, pero no cometería otro error todavía más grave enterando a su hermano menor sobre el fin que habían tenido los ángeles que volvieron en busca del perdón divino. Se limitó a encogerse de hombros, suspirar, bajar la cabeza y callar. A Azazel no le quedó otra salida más que obedecer.

—De inmediato cumpliré tu encargo.

De esa manera comenzaron los preparativos para el segundo encuentro. Los hermanos menores de Luzbel estaban sorprendidos porque el Primer Ángel tenía muy claro lo que pretendía con las decisiones que estaba tomando; sus acciones precisas así lo reflejaban y el diseño de las armas era una de ellas. Luzbel pondría todo su empeño en alcanzar la meta trazada, lo que él quería era ganar.

CAPÍTULO XVIII

DOS ALMAS BUENAS
Cuernavaca, México. Año 2020

«Si yo pudiera darte una cosa en la
vida, me gustaría darte la capacidad
de verte a través de mis ojos. Solo
entonces te darás cuenta de lo
especial que eres para mí».
Frida Khalo.

DESDE AQUELLA VISITA GUIADA A TEPOZTLÁN, desde aquella primera cerveza, desde aquel beso al que siguieron muchos más, los días se convirtieron en semanas y las semanas en meses en que Daniela y Sebastian conversaron, leyeron, pasearon, se amaron, durmieron y caminaron bajo la lluvia, juntos y siempre tomados de la mano. Las limitantes impuestas de manera oficial por el gobierno mexicano en razón de la pandemia para visitar los cines, las cafeterías, restaurantes, bibliotecas y todos aquellos lugares típicos de los enamorados no impidieron que su sentimiento creciera.

A ella le encantaba estar con alguien que la sorprendía constantemente con sus ocurrencias y buen humor; Sebastian tenía una cultura muy amplia, le hablaba de literatura, cinematografía, política, arte, historia, música y muchas otras cosas más.

—Son tan pocos los hombres así —se decía a sí misma con frecuencia, en medio de sus interminables conversaciones, en las que la mayoría de las veces terminaron en casa de él amándose con frenesí.

La nobleza en el alma de Daniela conquistó el corazón de Sebastian con la velocidad de un rayo y lo llenó de tranquilidad y paz. Él no se había dado cuenta del amor que guardaba en su interior y que necesitaba entregar a alguien. Y, ¡qué mejor momento era ese, en que estaba plenamente correspondido!

—Ella es única, nunca voy a conocer a nadie así —pensaba cada que la tenía en sus brazos.

Parecían reflexionar con una sola mente y vivir con un solo corazón. Lenta pero firmemente construyeron una relación envidiable en la que compartían todo y Sebastian estaba consciente del vínculo tan fuerte que existía entre ellos, así que creyó apropiado preguntar por el hombre que había criado a mujer tan especial. Al decírselo, ella sonrió porque dedujo que la tomaba en serio y que le estaba dando un lugar especial en su vida, lo cual significaba que no era una chica más que se hubiera llevado a la cama.

—¿Cuándo conoceré a tu padre? —le preguntó con gran interés—. Seguramente es una buena persona —se decía para sus adentros.

—Cuando tú quieras, mi papá te va a caer muy bien.

—¿Te parece bien si comemos el próximo viernes aquí, en mi casa? Cocinaré algo para ustedes.

—Sí, claro, me encantará que lo conozcas. ¿Qué prepararás?

—Lo que tú me pidas, princesa.

El día acordado, Daniela los presentó. Joaquín estaba muy interesado en saber quién era el hombre que le robaba el amor de su hija. No era la primera vez que Daniela tenía un novio pero nunca la había visto tan entusiasmada con alguien, le gustaba la idea de que fuera mexicano como él, pero estaba ansioso por saber qué tenía de extraordinario el famoso Sebastian que había puesto de cabeza el mundo de su princesa.

Para la ocasión, Joaquín decidió vestir de forma casual, zapatos cómodos color café, pantalón de vestir kaki y una camisa blanca con botones de manga corta integraron el atuendo. Daniela usaba una ajustada blusa azul marino, zapatillas de tacón puente del mismo tono y leggins negros que definían su curvilínea figura, los favoritos de Sebastian. Cuando llegaron, Joaquín miró con asombro el tamaño de la casa de Sebastian, sobre todo por el hecho de saber anticipadamente que vivía solo.

—¿De verdad vive aquí solamente él? —preguntó a Daniela.

—Sí, desde los dieciocho años, cuando sus padres decidieron irse.

—Pero tiene contacto con sus padres.

—No estoy segura, a él no le gusta tocar el tema, incluso siento que evita hacerlo.

Joaquín meditó un poco y provocó la inquietud de su hija, por lo que ella se apresuró a decir:

—Espero que eso no te cause problema.

—No, desde luego que no.

Pero aquello no era cierto. Joaquín era un mexicano católico tradicional y tenía en alta estima la unión familiar, así que consideraba un error que los hijos vivieran alejados de sus padres; no obstante, evitó comentar algo al respecto sin conocer primero al novio de su hija.

Una sola mirada bastó a Joaquín para darse cuenta de los motivos por los que Daniela estaba tan emocionada con él. Su apariencia física lo hacía destacar entre los muchachos que le había conocido y a esto se sumaba que lucía de forma impecable vistiendo un traje gris acero, camisa blanca y corbata de seda azul oscuro, lo cual hacía juego con sus zapatos negros perfectamente boleados. La impresión que les causó fue muy grata, especialmente para ella, quien nunca lo había visto de traje.

—Papá, él es Sebastian.

Sebastian se acercó con seguridad y le extendió la mano derecha para saludarlo.

—Buenas tardes, señor Joaquín. Soy Sebastian Cobretti, me da mucho gusto conocerlo.

—Joaquín Alcázar, el gusto es mío. ¿Cobretti?, ¿es usted italiano?

—No, señor, soy orgullosamente mexicano y por favor quítele el «usted». Llámeme Sebastian, simplemente.

—Muy bien, gracias por la confianza. Entonces tú quítale el «señor» y llámame Joaquín.

—Está bien. Pero pasen, por favor, no se queden aquí en la puerta.

Aquella tarde Sebastian se había esmerado, pues desempolvó la vajilla de porcelana de su madre y se comportó de una manera muy cordial con sus invitados, a quienes atendió de la mejor manera posible y ellos lo notaron.

Desde que entraron en la casa el ambiente les transmitió una energía vital de alegría y tranquilidad mezcladas. Todo estaba limpio, en perfecto orden. Incluso la distribución de los muebles habría hecho pensar a cualquiera que quien ahí vivía era un hombre maduro, de por lo menos cuarenta y cinco años, aunque la realidad era diferente porque habitaba un muchacho de veinticinco. Solo algo no encajaba del todo, pero no era desagradable; la música a bajo volumen y que alcanzó a escuchar Joaquín expresaba el verso de *Bohemian Rhapsody: «Beelzebub has a devil put aside for me!»*, perteneciente a la banda Queen, misma que recibió con agrado porque era de sus favoritas.

—Por lo menos tiene buen gusto —pensó al tiempo que discretamente sonreía, disimulando su aprobación.

El comedor para ocho personas estaba listo. Cubierto por un mantel blanco, exhibía tres servicios preparados, uno en la cabecera y dos en cada lado formando un triángulo. Por la disposición de los lugares se podía notar que la comida sería en tres tiempos, lo cual se deducía fácilmente ya que los tres platos estaban apilados uno encima de otro para la sopa, el entremés y el platillo principal. Sobre el primero descansaba una servilleta de tela azul rey doblada en forma de abanico. En el espacio central destacaba una charola rebosante de pan cuidadosamente cortado. En cada lugar había dos copas alineadas en diagonal, una para agua y otra para vino tinto. Los cubiertos estaban perfectamente colocados, a modo de que empezaran por el lado derecho empleando la cuchara, la cual estaba colocada junto al cuchillo cuyo filo apuntaba hacia el plato. Al otro lado se encontraba el tenedor y en la parte superior, entre las copas y los platos, había dos cucharas pequeñas. La más cercana a la vajilla apuntaba a la derecha y la siguiente hacia la izquierda, una era para el café y otra para postre.

—Pónganse cómodos, por favor —les pidió, invitándolos a sentarse en la sala, en cuyo centro había tres copas sobre tres servilletas de papel colocadas en una mesa.

—¿Les puedo ofrecer vino?

Joaquín no pudo negarse, durante sus años en España desarrolló una muy grata afición al vino tinto.

—Me encantaría.

—¿Te gusta el Matarromera? Es reserva.

—Por supuesto.

Sebastian sabía de antemano que era su favorito, lo averiguó en alguna de las tantas veces que Daniela le hablaba de su padre, así que se limitó a conseguir algunas botellas para deleite de los invitados. Tras destapar una de ellas y servir las copas, el anfitrión propuso un pequeño brindis.

—Por el gusto de estar con ustedes.

—Gracias, igualmente —respondieron los invitados.

Mientras bebían, él no pudo evitar mirar los hermosos ojos de la mujer que amaba. Joaquín notó la reacción de su hija cuando las miradas de la joven pareja se encontraron y esbozó una leve sonrisa de complacencia al comprobar que él correspondía sinceramente al amor de su princesa. Después de beber un pequeño sorbo, Sebastian dijo:

—¿Me disculpan un segundo?, debo ir a la cocina a supervisar la comida.

—Claro, ¿necesitas ayuda? —le contestó Daniela.

—No, gracias, tengo todo cubierto. Solo aguarden un poco, ya casi está listo, espero tengan hambre.

Sebastian desapareció tras dos puertas plegables que impedían la visión de lo que estaba preparando. Con la soledad del momento, Joaquín preguntó a su hija:

—¿Cocina?

—Sí, papá, y de verdad que lo hace muy bien.

Joaquín hizo un gesto de sorpresa y asintió aprobatoriamente con la cabeza al tiempo que daba un sorbo a la copa. Desde la cocina emanaba un delicioso aroma, aunque no lograron identificar de qué se trataba; y apreciaron el sonido de algunos cubiertos haciendo un leve contacto entre sí. No pasaron más de dos minutos cuando Sebastian salió y se dirigió hacia ellos.

—¿Pasamos a la mesa? Por favor, la comida está lista.

—Claro, muero por probar lo que cocinaste —respondió Joaquín.

Los invitados se pusieron de pie y llevaron consigo las copas. Después de separar cortésmente la silla de Daniela y ayudarla a sentarse, dijo:

—Volveré en un segundo.

Efectivamente así fue, en un abrir y cerrar de ojos Sebastian entró y salió de la cocina sosteniendo una humeante cacerola sopera en la mano izquierda y un cucharón en la derecha. Se acercó a la mesa.

—Espero sea de su agrado la crema de tres quesos.

—Por su puesto —respondió Joaquín mientras que Sebastian empezó a servir de manera pausada, primero a Daniela, luego a su padre y finalmente a él mismo. Cuando terminó fue a la cocina para devolver la cacerola y regresó con una charola que contenía uvas verdes, las cuales estaban rebanadas y colocó sobre la mesa, al alcance de sus invitados.

—Si les apetece, pueden servir algunas en su plato para que floten en la sopa, les aseguro que les va a encantar.

Daniela y Joaquín quedaron fascinados con la sutil mezcla de sabores dulce y salado al mismo tiempo. Cuando concluyeron, les sirvió espagueti a la boloñesa, cuyo exquisito aroma despertó más el apetito de los comensales. Fue en ese momento que Joaquín aprovechó para preguntar a su anfitrión:

—Entonces, ¿eres mexicano?

—Así es.

—Pero tu apellido no es común en México.

—Es cierto, mi padre es italiano pero yo nací aquí, en Cuernavaca.

—¡Ah!, ya veo. ¿Y tu mamá también es italiana?

—No, ella es de Dublín.

Daniela estaba tan sorprendida como su padre, pero por razones distintas a la mezcla de nacionalidades y culturas; era la primera vez que lo escuchaba hablar de su madre y aunque Sebastian trató de disimular no consiguió hacerlo, ya que al contestar sus palabras se cubrieron con un manto de tristeza y melancolía. Daniela se quedó intrigada y se limitó a no continuar la conversación, no le pareció prudente, supuso que ya habría tiempo para abundar en el tema y tuvo mucha razón.

Cuando terminaron el segundo tiempo, Sebastian trajo un escoffier en el que había cocinado el platillo principal, lomo de cerdo con salsa de piña. Luego retiró la charola de los panes y la sustituyó por un pastel de queso con fresas, el cual también fue muy bien recibido.

—¿De verdad, tú preparaste todo?

—Sí, Joaquín.

—¿Cómo es que sabes cocinar tan bien?

—Vivir solo te obliga a que aprendas a hacer cosas que nadie más hará por ti. Un día me cansé de la comida chatarra y comencé a ver recetas por internet, así fue como aprendí.

—Lo hiciste muy bien.

—Gracias.

A lo largo de toda la comida Sebastian y Joaquín compaginaron de forma instantánea. El tema de sus raíces fue el centro de una larga conversación en la que Daniela, con ojos de complacencia, presenció que los dos hombres más importantes en su vida se comportaban como los mejores amigos. Cuando su padre la llamó princesa, de manera inmediata Sebastian volteó a verla y recordó la primera vez en que él lo hizo al encontrarse en el Tepozteco; al igual que la reacción de ella. Entonces reflexionó:

—¡Ahora lo entiendo todo!

Daniela por su parte se limitó a sonreír, guardando silencio, haciéndose cómplice de lo que Sebastian dedujo. Fue indescriptible la enorme dicha que sintió al verlos reír juntos.

De esta forma transcurrió la tarde, hasta que llegó la hora en que tuvieron que decirse adiós.

—Gracias por todo, me dio mucho gusto conocerte —le dijo Joaquín, con un apretón de manos.

—El gusto fue mío —respondió Sebastian.

Cuando Joaquín se retiró, Daniela se acercó.

—Estuviste encantador, gracias por todo.

—No fue nada, sabes que para mí siempre es un placer tenerte cerca y tu papá es un buen hombre.

—Te dije que te iba a caer muy bien, es muy agradable.

—Eso ya lo sabía.

—¡Ah!, ¿sí?

—Claro.

—¿Y cómo es que lo sabías?

—Porque así somos los mexicanos.

—¡Mmmm!, ¿y que te parecemos las españolas?

—Impositivas, berrinchudas y de mal carácter, ¡je, je, je!

Ella torció ligeramente los labios, lo miró en señal de desaprobación y él corrigió.

—Mentí, conozco solo una y es lo más hermoso que me ha pasado en la vida. Eres tú.

Inmediatamente ella respondió.

—Te amo.

Él dudó un poco en contestar pero aprovechó para tocarle el fino rostro con su mano izquierda y lo acarició una y otra vez. La miraba con ternura infinita, suspiró, sonrió sinceramente. Sabía lo que estaba por decir, pero no podía creer que lo haría. Le fue imposible seguir callando, necesitaba expresar lo que sentía y lo hizo.

—Yo también te amo.

CAPÍTULO XIX
EL MOMENTO
Antes de la creación de la humanidad

—¡Ya vienen!, ¡vienen por nosotros! —fue el grito de alarma con el que los cinco mensajeros provenientes del Cielo llegaron al planeta azul. Ellos escucharon a Miguel cuando habló sobre las órdenes que el Padre dio y, sin esperar a que terminara su intervención, abandonaron aquel sitio que fuera su hogar. No alcanzaron a oír el triste final de quienes con antelación volvieron en busca del perdón.

Cuando arribaron ante Luzbel y sus fieles ya se habían realizado los preparativos pertinentes para el enfrentamiento. La noticia se esparció tan rápido como un incendio y quienes alcanzaron a escuchar preguntaron de forma automática:

—¿Cuántos son?

—¡Todos!, ¡vienen todos!

Era el momento decisivo, el que Luzbel trató de evitar a toda costa pero que desafortunadamente tendría que suceder. Ahora, de él dependía el destino de todo cuanto el Padre creó.

—¡Ya vienen! ¡pronto estarán aquí!

Luzbel, que escuchaba en silencio, bajó ligeramente la mirada y después de unos segundos preguntó:

—¿A qué distancia están de aquí?

—Cuando regresábamos pudimos verlos desde la órbita el noveno planeta, seguramente ya están más cerca, por eso decidimos venir a darte conocimiento. Muy pronto llegarán.

Al escuchar esto, Luzbel dijo:

—¡Samael!, ¡Azazel!, ¡prepárense para pelear!

—¡Como ordenes, hermano!

Los dos ángeles se alejaron con la intención de cumplir el mandato, así que fueron a donde estaban los otros cuatro jefes del ejército. Mientras todos se disponían a dar la batalla, Luzbel permanecía sentado; no quería pelear pero tampoco encontraba otra opción. Debía hacerlo, y lo haría con toda su energía; tendría que enfrentar a Miguel.

Entretanto él guardaba silencio. Sus seis jefes, que lo observaban, lograron percatarse del conflicto interno que estaba librando. Luzbel sabía que esta vez no podría solo anular a su hermano, tendría que vencerlo definitivamente y, para ello, debía destruirlo. Entonces se incorporó y dijo:

—Vamos, hermanos, no hay tiempo qué perder.

—¿No pelearemos aquí? —preguntó Samael y Luzbel respondió:

—No, hermano, aquí no. Este planeta es infinitamente puro y está destinado a la nueva especie. Por ninguna razón lo convertiré en un campo de batalla. Debemos salir a su encuentro, ahora.

—Entendido.

Luzbel dio la espalda y se disponía a levantar el vuelo cuando Azazel se animó preguntarle, con mucha timidez:

—¿Llevaremos nuestras armas?

Luzbel volteó hacia él, lo miró y respondió:

—Por supuesto que las llevaremos, para eso las construimos.

Ya no había ninguna duda en el Primer Ángel, la guerra era inminente, tendría que participar en ella y lo haría empleando todas sus fuerzas. Fue que un recuerdo muy fresco pasó por su pensamiento y vio nuevamente cómo todos, cada uno de sus hermanos simpatizantes se empeñaron afanosamente en construir sus propias armas y después la forma en que aprendieron a usarlas.

Los escudos les permitían protegerse de manera individual y colectiva formando un grupo sólido y compacto, en el que podían unirse varios ángeles al mismo tiempo, sin importar el número. Eran capaces de integrar una inmensa armadura impenetrable, con tres líneas, una detrás de otra. La primera, inferior, al frente; la segunda, en medio; y una superior. De esta forma cada escudo se convertía en el ladrillo de una gigantesca muralla que podía permanecer estática y también moverse con perfecta armonía, atendiendo las órdenes del respectivo líder.

También aprendieron a imprimir en sus lanzas la fuerza necesaria para que alcanzaran una gran distancia y así repeler cualquier avance. Usaron árboles como blancos para apuntarles y contra ellos emprendieron ataques simulados, cuyos resultados fueron excepcionales. Hubo ángeles que incluso lograron partirlos por la mitad cuando el golpe era lo suficientemente fuerte y certero.

Pero lo más importante fue que también aprendieron a desenvainar sus espadas y luego blandirlas en lo alto para descargar un golpe. Sobre todo se dieron cuenta que habían formado un nuevo vínculo fraternal que sería imposible destruir. Había llegado la hora de pelear.

Después de esta pequeña remembranza Luzbel se ubicó a sí mismo en el aquí, en el ahora. Enfocó sus pensamientos en lo que estaba a punto de iniciar, se elevó un poco sobre sus hermanos y, dirigiéndose a ellos, con todas sus fuerzas dijo:

—¡Hermanos!, ¿qué es lo que somos?

—¡Seres de luz!

—¿Cuál es nuestro deber?

—¡Amar a nuestros hermanos!

—¿Cuál es nuestra misión?

—¡Proteger todas las criaturas del universo!

—¿Cuáles son esas criaturas?

—¡Desde el más lejano rayo de luz, hasta la más pequeña especie!

Presenció el entusiasmo con que sus hermanos respondieron y la emoción que experimentó fue inconmensurable, no había riquezas suficientes en el universo entero para retribuir la lealtad que le profesaron.

—¡Llegó el momento! ¡Síganme!

El planeta azul fue testigo fiel y discreto de cómo Luzbel y los millones de ángeles a quienes dio refugio partían a la primera de las batallas que se librarían en la infinitud del cosmos.

CAPÍTULO XX
SANACIÓN
Cuernavaca, México. Año 2021

«Los débiles nunca pueden perdonar.
El perdón es un atributo de los fuertes».
Mahatma Ghandi.

DE AQUELLA INOLVIDABLE TARDE EN QUE TODO FUE PERFECTO solo había un pequeño detalle que a Daniela le intrigaba, era el hecho de que Sebastian, salvo en la comida, nunca hablaba de su madre. Esto le provocó una gran curiosidad que, con el paso de los días, fue creciendo hasta el punto en que se animó a comentarle su inquietud.

—Hablas de tu papá, pero nunca de tu mamá. ¿Por qué?

Sebastian bajó la mirada, suspiró y se encogió de hombros. No quería responder, pero tuvo que hacerlo.

—No tengo contacto con ella.

—¿Tienen una mala relación?

—No, simplemente no la tenemos.

Por el tono su de voz y su clara expresión al momento de contestar, Daniela supo que no le era fácil hablar del tema y lamentó su imprudencia. Sin embargo necesitaba saber más acerca de él, no entendía cómo aquel hombre maravilloso era capaz de no relacionarse con su madre, así que insistió de forma sutil.

—¿Te gustaría hablar de eso?

Sebastian dudó en dar una respuesta, pero finalmente se animó.

—Francamente, no. Pero te conozco, princesa y sé perfectamente que si me niego ahora lo único que lograré provocar es que persistas, hasta que averigües lo que deseas. Así que mejor dime, ¿por qué quieres saber?

—Porque quiero conocerte mejor.

—Ok, ¿y qué quieres saber?

—Todo —respondió con prontitud, pues había llegado al límite de su ansiedad.

Sebastian lo notó y no tuvo más remedio que platicar de forma resumida cómo fue su vida durante los años al lado de su madre. Le habló de los regaños, el rechazo, el desprecio, las comparaciones que ella hacía entre él y otros niños desfavoreciéndolo, de cómo no le permitió sacar sus cosas cuando decidió marcharse de casa y las palabras hirientes que en su momento le dijo. A ella le costaba trabajo creer, no entendía cómo una madre era capaz de lastimar a sus hijos de tal forma, y más cuando se supone que tiene el sentimiento filial de cuidarlos. Finalmente, concluyó:

—Cualquier hembra del reino animal, por instinto se encarga de dar protección a sus hijos. No entiendo qué pude hacer, que fue tan malo, para que ella me rechazara desde que tengo memoria.

Daniela se apresuró a responder.

—No te expreses así.

—Pues no estoy diciendo mentiras.

—De todos modos, no lo hagas.

Sebastian se quedó pensando y luego de unos segundos contestó:

—No sé por qué la defiendes, ni siquiera conoces a Elizabeth.

—Es tu madre, lo correcto es que la llames así, ella te dio la vida.

—Dime algo nuevo. Ya sé que es mi madre biológica, ya sé que me dio la vida y por eso le doy las gracias, pero jamás toleraré que vuelva a tratarme como lo hizo. Además, no sé por qué te pones de su lado, después de que te he dicho la forma en que me trató desde que era un niño.

Daniela sintió dolor al escucharlo. En primer lugar porque lo amaba y en segundo porque era un buen muchacho, tierno y cariñoso, que tuvo todo para ser un misógino, machista, violento y sin embargo era todo lo contrario, pues en infinidad de ocasiones le había demostrado no solo el amor que sentía por ella, sino también respeto. De esto no tenía la menor duda, lo supo la tarde que volvieron en moto del Tepozteco, cuando al salir del pueblo mágico llovía a cántaros y con duras penas lograron llegar a casa de Sebastian empapados, cansados, hambrientos y con frío; el agua en sus ropas y el viento directo que los golpeó durante el viaje de regreso causaron estragos en ellos, y como la lluvia no cedía lo más prudente fue no volver a salir, para evitar el riesgo de sufrir un accidente. Era su primera cita y pasarían la noche completamente solos.

Esa noche Daniela descubrió otras facetas de aquel muchacho que recién había conocido y una de ellas era la cocina. Avisó a su padre que no llegaría, lo cual no fue muy del agrado de éste pero tuvo que aceptarlo a regañadientes; su hija, hacía tiempo, ya no era una niña.

Dado que toda su ropa estaba mojada, Sebastian le prestó un pants mientras se secaba para que después de bañarse no enfermara; le quedaba enorme, pero se sintió cómoda.

—Tiene su olor —pensó Daniela mientras acercaba la nariz a la manga de la sudadera.

Por su parte, él también se bañó y se cambió, después preparó la cena. Platicaron por horas hasta que el cansancio los venció. El día trajo diversas emociones consigo, no les sería difícil conciliar el sueño.

—Ven, te mostraré dónde dormirás.

Él le estaba cediendo su cama al mostrarle su cuarto. Le abrió la puerta, la dejó entrar y le extendió las cobijas invitándola a meterse debajo de ellas. Daniela así lo hizo y él la cubrió hasta el cuello para que no pasara frío.

—¿Y tú, dónde dormirás?

—Justo ahí —dijo señalando al otro lado del pasillo—, tengo una bolsa de dormir esperándome.

—¿Y no pasarás frío?

—¿Frío? No, para nada, el Tepozteco es una cosa y Cuernavaca otra. Aquí el frío no existe, si lo sentimos fue porque nos pegó la lluvia y el viento al mismo tiempo. Ahora descansa.

La besó en la frente y salió de la habitación, era cierto lo que Sebastian le había dicho sobre el clima en Cuernavaca. Después de unos minutos terminó despojándose del pants, quedándose solo en ropa interior, la cual había alcanzado a secarse.

Alrededor de las cuatro de la mañana ella tuvo necesidad de ir al baño. Como sabía dónde estaba, se levantó y fue hacia allá. Decidió no encender las luces, no era necesario ya que al final del pasillo había un enorme ventanal que permitía la entrada de la luz de la luna. Hizo el mínimo de ruido para no despertar a Sebastian, caminó de puntas en la oscuridad, hasta encontrar lo que buscaba. Entró y cuando terminó salió del cuarto de baño. De regreso, a unos metros de distancia notó una silueta parada en la ventana, mirando hacia afuera. Supo inmediatamente de quién se trataba, lo dedujo por la forma erguida en que estaba de pie. Se acercó con sigilo y descubrió que la luz y las sombras definían aquel cuerpo masculino en todas sus líneas. Le tocó el hombro, lo que provocó la sorpresa de Sebastian.

—¡Me asustaste!

—Lo siento, no quise hacerlo, ¿qué haces de pie?

—Lo mismo que tú, buscando el baño luego que escuché un ruido y vine a asomarme.

Después de unos segundos fue imposible que él no se fijara que ella solo usaba ropa interior.

—¡Qué hermosa eres! —dijo con ternura—. Esta noche las estrellas están celosas de tu belleza.

—Gracias —respondió ella bajando la mirada, mientras se sonrojaba y descubría que él solo llevaba puesto un bóxer.

Daniela se acercó despacio, levantó su mano izquierda y la puso sobre su rostro. Sebastian aprovechó ese gesto para tomarla por la cintura y besarla, bajó ambas manos hasta su cadera y la levantó, haciendo que estuviera por encima de él. En las alturas, ella puso sus manos en su rostro y lo besó apasionadamente. Cuando la bajó, ella le susurró:

—Ven.

Lo tomó de la mano y lo condujo al cuarto de donde había salido. Al entrar continuaron besándose y al cabo de unos minutos él le preguntó:

—¿Estás segura de querer hacer esto?

—Sí, sí quiero.

Sebastian se inclinó, pasó el brazo izquierdo por detrás de sus rodillas y la levantó de nuevo. Daniela le rodeó el cuello con ambos brazos mientras él la acercaba por los aires a la cama, en donde la bajó con mucho cuidado; la deseaba tanto como ella a él. Se puso sobre ella, le quitó la poca ropa que aún traía encima y también se desnudó, pero cuando estaba a punto de hacerla suya, ella le dijo:

—¡Espera!

—¿Qué pasa?

—No sé, es solo que...

—Dime.

—No sé, sí quiero, pero...

—¿Pero qué?

—No sé.

—¿Entonces?

Después de algunos segundos, por fin respondió:

—De verdad, lo siento.

No era la respuesta que esperaba, pero la aceptó sin dudarlo.

—¿Crees que vamos muy rápido? —preguntó él. Daniela tardó algunos segundos en responder.

—Quizá, no lo sé, no lo tomes a mal, es solo que...

—No te preocupes.

Sebastian no sintió frustración ni nada parecido, solo se limitó a girar de tal forma que terminó mirando el techo. Después de unos segundos suspiró e inevitablemente pensó en la hermosa mujer que yacía a su lado.

—Jamás hubiera imaginado que iba a enamorarme de esta española de mal carácter y dulce voz, y sobre todo en la primera cita.

Daniela era muy bella, tenía una sensualidad irradiante que esparcía en cada suspiro y movimiento que hacía. Su seguridad e inteligencia la convertían en una mujer muy interesante con la que se podía convivir por horas sin la menor señal de aburrimiento. Su acento español transmitía una energía tan cálida que con cada palabra que pronunciaba lo volvía loco, sentía que brotaban chispas cada vez que tocaba su piel bronceada, la deseaba con todas sus fuerzas, pero por ningún motivo iba a obligarla a hacer algo contra su voluntad.

—Será mejor que me vaya y te deje descansar.

Habiendo dicho esto, hizo lo mejor que podía en aquella situación; intentó levantarse, con un movimiento pausado trató de hacerlo, pero ella lo detuvo.

—No te vayas, quédate aquí.

Él aceptó sin decir una palabra, se acostó y ella se volteó hacia el lado contrario dejando descubierta su espalda desnuda. La abrazó por la cintura con su mano izquierda y trató de acomodar su brazo derecho debajo de su cabeza. Ella correspondió la acción levantándola de modo que le fuera más fácil lograr lo que se proponía, se le acercó lo más posible y pudo sentir todas las curvas de su delineada figura. Permanecieron callados algunos minutos, hasta que Daniela rompió el silencio con una disculpa.

—Lamento haberte decepcionado, yo también lo deseo pero aún no estoy lista.

—No tienes nada qué lamentar.

—¿No te molesta?

—No, claro que no, además no tengo prisa alguna.

Ella no entendió del todo sus palabras y se volteó hacia él como si tratara de encontrar algo en sus ojos, pero en la oscuridad de la noche ni siquiera pudo ver su cara. Sebastian dedujo que algo la había sorprendido, y aunque tampoco podía verla, en su mente dibujó su rostro de extrañamiento. Daniela quiso saciar su curiosidad.

—¿A qué te refieres?

—A eso justamente, que no tengo motivos para perseguirte. Las cosas se dan cuando se tienen que dar y todo llega a quien sabe esperar. Si tú aún no estás lista, no pasa nada, aquí estaré para cuando te sientas segura.

Al oír estas palabras Daniela se llenó de tranquilidad. Se sintió a salvo pero sobre todo respetada; estaban solos en su casa, en su cuarto, metidos en su cama y Sebastian tenía toda la intención de no contrariar la decisión de no acceder a tener sexo.

En esa posición, ella trató de refugiarse en él. Recogió sus brazos y juntó las manos invitándolo a que la rodeara con los suyos. Buscó su cuerpo y se encontró con su pecho. Cuando sintió que con la cara tocaba su piel cerró los ojos y permaneció inmóvil, justo ahí.

—Gracias por entenderlo, en verdad lo aprecio.

Después se besaron hasta quedar dormidos y no abrieron los ojos mientras el sol no anunció la llegada de un nuevo día.

Acciones como esa eran propias no solo de un caballero, sino de una buena persona. Daniela no imaginaba a nadie que pudiera estar en una situación similar y detenerse solo porque ella lo pidiera. Sabía que Sebastian era diferente y por ello persistía en conocerlo a profundidad, así que continuó insistiendo con sus preguntas.

—¿Estás seguro que las cosas pasaron así?

—Ya te lo dije, princesa, no estoy mintiendo.

Ella sabía que era verdad, lo miraba en sus ojos, solo que se resistía a creerlo porque enaltecía el amor maternal debido a que nunca supo lo que era y lo anhelaba con todas sus fuerzas. Y aunque su padre siempre fue una excelente persona, llevaba consigo una pequeña grieta en el corazón por la muerte de su madre al darla a luz.

Sebastian conocía su historia, sabía que a Daniela le dolía la ausencia de su madre a quien nunca conoció, por ello procuraba evitar el tema para no lastimarla. Pero insistía, cuestionaba los motivos de su distanciamiento y puesto que no encontró forma de convencerlo para cambiar de idea, terminó por decirle:

—Por favor, perdónala y búscala.

Las conversaciones sobre ese tema se hicieron cada vez más y más frecuentes. Sebastian se limitaba a guardar silencio, no deseaba continuar con ese diálogo que tanto lo incomodaba, pero con el pasar de los días ella volvió a tocar el tema, sucedió mientras comían.

—Por favor, perdónala y búscala. Quizá tu madre actuó mal pero seguramente nunca tuvo la intención de lastimarte, piensa que todo lo que viviste con ella fue parte de un plan maestro que Dios diseñó para ti, desde antes que nacieras. Él sabe porque hace las cosas.

Cuando escuchó estas palabras el bocado se le atragantó en la garganta. Bebió un poco de soda para aliviar la congestión que sentía, dejó de comer y mantuvo la mirada perdida, adentrado en sus propios pensamientos. Trataba de encontrar las palabras correctas. Finalmente la miró con un poco de hartazgo y le preguntó:

—¿Así que eso crees?, ¿crees que Dios planeó esto para mí?

—No solo lo creo, estoy segura.

Daniela también era católica, igual que Sebastian, solo que ella aún era practicante del rito y él lo abandonó porque no encontraba respuestas para las preguntas que hacía; sin embargo, nunca dudó de la existencia de Dios, creía en Él a su manera y trataba de mostrar respeto por las personas que profesaban una religión. Le contestó usando el mismo punto de vista que ella, con la expectativa de que el tema terminara de una vez por todas. Nada más alejado de la realidad.

—Te amo, princesa y te agradezco tu interés en mí, pero lo que acabas de decirme es tan horrible como si yo te dijera que la muerte de tu mamá también es parte de un plan maestro que Dios tuvo para ti. Si es el caso, entonces creo que deberías dejar de quejarte por tu pérdida debido a que fue obra de Dios.

Aun y cuando se esforzó por no ser hiriente no lo logró, lastimó sin querer a quien solo se preocupaba por él y se odió por eso. Notó cuando a ella se le humedecieron los ojos en señal de que estaba a punto de llorar. Se acercó a ella y la abrazó.

—Perdóname, perdóname, por favor. De verdad no quise hacerte llorar, te lo ruego, me destroza el alma verte así —le dijo mientras la abrazaba con dulzura—. Lo siento, princesa, lamento haberte lastimado. Sé que no eres mal intencionada y que me dices todo esto por mi bien, pero de verdad que me cuesta trabajo pensar que lo bueno y lo malo que nos pasa es porque así era nuestro destino, que éste fue escrito desde siempre y que nada podemos hacer para cambiarlo. Todos somos dueños de nuestras decisiones y debemos ser responsables de las consecuencias, Elizabeth tomó las suyas y se equivocó. Durante dieciocho años se empeñó en sacarme de su vida y lo logró. Ella sabía perfectamente que con cada rechazo me estaba alejando y aun así continuó haciéndolo cada vez que pudo. Sé que para ti es difícil entender y más en un país como este, en el que se tiende a mitificar, beatificar y casi canonizar a todas las madres. No dudo que muchas lo merezcan, pero ¿y cuando no?, ¿qué pasa con las personas como yo, que no tuvimos una madre buena?

—Tu madre es buena.

—Correcto, te daré la razón en ese punto y solo por esta vez cambiaré la pregunta: ¿qué pasa con las personas como yo, que no nos tocó una madre convencional? Inmediatamente nos tachan de malos hijos y no se detienen a pensar que somos consecuencia de la falta de atención y cariño maternal.

Ese argumento era nuevo.

—¿A qué te refieres?

—A que ella utilizó la devoción que se profesa hacia las madres en México para hacer pensar a todos que era una buena persona y que yo siempre fui un pésimo hijo.

Daniela no daba crédito a lo que escuchaba.

—Es cierto, princesa, Elizabeth se encargó de hacerse pasar por una buena persona para hacerme quedar mal frente a todos.

Pasado unos segundos ella dijo:

—Sigo creyendo que tu madre es buena.

Su razonamiento era válido, la verdad estaba de parte de Sebastian, aunque para Daniela era imperativo hacerle entender que era necesario que perdonara a su madre para vivir libre de rencores, por lo que se atrevió a mencionar:

—Lo que yo daría por hablar cinco minutos con mi madre, conocerla, abrazarla, besarla, decirle que la quiero y tú que la tienes no haces nada para acercarte a ella. No dejes que pase el tiempo y llegue el día en que te arrepientas de la firmeza de tus decisiones. No desperdicies la vida guardándole rencor. Perdónala y búscala, nadie tiene la vida comprada, uno nunca sabe cuándo nos va a tocar. Perdónala, por favor, hazlo por mí.

Sebastian nunca le negaba nada pero aquella petición era superior a sus fuerzas, estaba muy dolido, tenía mucho resentimiento hacia su madre, a quien sentía que nunca le había importado. Pero esta vez era diferente, se trataba de Daniela, era el amor de su vida quien le pedía que la perdonara, que olvidara todo.

—No lo sé, princesa.

—Por favor, haz un esfuerzo.

Aquella súplica le desgarraba las entrañas. Quería complacerla, pero era más fuerte el dolor y los malos recuerdos que vivían en su interior. Tuvo que hacer un esfuerzo inmenso para darle tranquilidad.

—Te prometo que lo haré, lo haré por ti, pero no hoy. Es algo en lo que tengo que trabajar y no puedo de un día para otro. Solo dame un poco de tiempo, ¿quieres?

—Sí, pero hazlo.

Daniela veía el enorme conflicto que su amado vivía, se daba cuenta perfectamente que no era una tarea fácil para él perdonar, pero confiaba en su bondad y buen corazón. Sebastian en cambio vio cómo el rostro preocupado de ella se tornó alegre y optimista.

—¿Por qué te interesa tanto que la perdone?

—Porque te amo y quiero que vivas sin veneno en el alma, quiero que vivas una vida feliz y que la vivas conmigo.

—De acuerdo, princesa, si tú me lo pides te prometo que lo intentaré.

—Cualquiera puede intentar, quiero que lo hagas.

El tono de voz de ella cambió, se había vuelto exigente, pero a Sebastian no le importó que pretendiera darle órdenes. Después de todo entendía que lo hacía por su bien.

—Por favor, no me presiones, esto es muy complicado. Entiendo el conflicto que vives por la ausencia de tu madre, pero no es fácil para mí perdonar a alguien a quien ni siquiera sé qué le hice.

—Como haya sido, te dio valores.

—Esos me los inculcó mi padre.

—Está bien, te enseñó a ver la vida diferente.

—Eso me lo enseñó don Lucho.

—El famoso don Lucho, del que tanto hablas y siempre que vamos a buscar no encontramos por ningún lado. ¿Estás seguro que existe?

La incredulidad en aquellas palabras no fue lo mejor que Daniela pudo decir y provocó cierta molestia en Sebastian.

—Ya te dije que no digo mentiras, pero entiendo que no me creas nada sobre él ya que en todo este tiempo no lo hemos podido encontrar. A mí también se me hace raro y, si he de serte sincero, hasta me estoy preocupando. Esperemos que no le haya pasado nada malo, mañana iré a Tepoz a buscarlo, desde temprano, y no me iré del pueblo hasta hallarlo o que alguien me dé razón de él.

—Te acompaño —se ofreció Daniela.

—Gracias, princesa, pero no. Mañana será un día largo, tengo el propósito de caminar mucho. Además me hará bien un poco de soledad, necesito pensar en la regañada que me acabas de dar y en sacar la basura de mi cabeza.

Cuando escuchó sus palabras, ella sonrió con aire de satisfacción y respondió:

—Está bien. Si gustas, ve tú solo. Pero no fue regaño, solo fue un favor. Te pido que perdones y olvides, recuerda que para ser feliz hay que tener mala memoria.

CAPÍTULO XXI

EL PLANETA VERDE

Antes de la creación de la humanidad

«El campo de batalla es una escena de caos
constante, el ganador será quien controle
ese caos, tanto el suyo como el de los
enemigos».
Napoleón Bonaparte.

LUZBEL Y SU EJÉRCITO APENAS ACABARON de rebasar la capa superior que rodeaba al planeta azul, cuando a lo lejos pudo ver que Miguel y sus hermanos se aproximaban a una velocidad muy superior a la de la luz. Sabía cuáles eran sus órdenes, pero no cambiaría de parecer, así que salieron a su encuentro con la misma rapidez y de esta forma ambos ejércitos coincidieron en el planeta verde, el cuarto del sistema solar y que en aquel momento, por obra de la casualidad, se encontraba exactamente en el punto medio de las dos tropas.

Aquel encuentro fue maravillosamente hermoso, como si dos océanos de luz se reunieran en ese punto del universo. Lástima que el motivo de la reunión hubiera sido la guerra.

El paisaje de este planeta era completamente distinto al del azul. Desde las alturas, ningún ángel pudo percibir la presencia de ríos o lagos, por lo que supusieron que no existía agua o que había muy poca. El lugar era plano, sin

244

montañas ni valles, árido, seco e inhabitable. La energía del sol llegaba, aunque con menos fuerza. El aire se percibía pesado, como si estuviera compuesto de una forma diferente. Los fuertes vientos levantaban partículas del suelo arenoso de coloración verde, mismas que estaban en todas partes. La completa ausencia de vida vegetal y animal era comprobable en cada rincón. También había minerales, pero en cantidades mucho menores y de calidad dudosa.

—Este lugar se parece mucho al sitio donde hice contacto con el Padre la última vez, solo que la arena es más gruesa y de un de color muy distinto —pensó Luzbel, después de echar un vistazo a su alrededor.

Cuando los bandos estuvieron lo suficientemente cerca para reconocerse, de manera indudable los respectivos líderes ordenaron a sus guerreros permanecer quietos. Luzbel se despojó de su espada, única arma que fabricó para sí. Después de clavarla sobre la arena se adelantó para acercarse a Miguel, quien entendió el gesto e hizo lo mismo. Caminaron uno hacia el otro dejando a sus seguidores lo suficientemente distantes para que no pudieran escucharlos. La distancia era tan corta entre el primer y segundo ángel que bien hubieran podido olvidar sus recientes diferencias y abrazarse como en otro tiempo, pero eso ya nunca más volvería a pasar. El silencio infinito del desolado lugar se rompió cuando Miguel inició el diálogo.

—El Padre esté contigo, hermano.

Luzbel asintió cortésmente y respondió.

—Gracias, hermano, pero bien sabes que hace mucho no es así.

—No digas eso, por favor.

—Entonces no lo diré, pero es cierto.

Miguel hizo un esfuerzo para no responderle de mala forma y finalmente dijo:

—Vengo por ti.

—Lo sé.

—¿Estás consciente de lo que has hecho?

—Por supuesto que lo estoy.

La complacencia del Segundo Ángel era evidente.

—Muy bien, entonces ¡ríndete!

—Sabes muy bien que no lo haré.

Esa no era la respuesta que esperaba.

—Pero acabas de decir que eres consciente de tus actos.

—Así es, hermano, lo sé perfectamente y por eso no voy a rendirme. Estoy convencido de que hago lo correcto.

Esta respuesta fue aún menos esperada que la anterior.

—Te pido que reconsideres tus acciones.

—Ya te dije que no lo haré.

—Por favor, entiende que estás en un error.

—Nunca será un error defender lo que es bueno, cierto y justo.

Aun en posiciones diametralmente opuestas, Miguel admiraba a su hermano mayor, ahora por la firmeza de sus decisiones.

—La soberbia habla a través de tus labios.

—No, hermano, no es soberbia, es la verdad la que se adueña de mi boca.

Miguel escuchaba la convicción con que su hermano se expresaba, deseaba encontrar un argumento sólido para convencerlo de rendirse.

—Los superamos ampliamente en número, por lo menos tres a uno.

—¿Nos subestimas? Eres tú el soberbio, quizá deberías medir el alcance de tus palabras.

Había cometido un error al decir aquello; sin embargo, prosiguió.

—No lo tomes así, hermano, aunque no lo creas me preocupo por ti y por los demás.

Luzbel ni siquiera gesticuló, su hermoso rostro reflejaba una tranquilidad que casi rayaba en la indiferencia y respondió:

—No te preocupes, mejor ocúpate de los que te siguen, nosotros estamos preparados para defendernos.

Estaba muy claro que Luzbel no se dejaría intimidar por la superioridad del ejército que el Padre envió.

—¿Por qué te rebelaste contra Él?

—Porque no es justo lo que va a hacerle a la nueva especie.

El diálogo estaba subiendo de tono.

—¡Él es sabio y justo!

—¡Pues no lo parece!

—¡Esas fueron sus órdenes y no te corresponde cuestionarlo!, ¿acaso ya olvidaste que nuestra principal obligación es obedecer?

Luzbel no contestó esa pregunta y se limitó a decir:

—No es justa su decisión.

—¡No lo cuestiones!

En aquel momento Miguel perdió la paciencia, pero Luzbel mantenía la calma y defendía su postura sin alterarse.

—Él se equivoca.

—¡Cómo te atreves a decir eso!

—¡Porque tengo la razón!

Los ojos verdes de Miguel empezaron a llenarse de indignación al escuchar las blasfemias de su hermano.

—¡No debes cuestionarlo!

—¿Y qué esperas que haga entonces?

—¡Que lo obedezcas!

Luzbel pensó que lo mejor sería bajar el tono de su voz, que en un descuido había elevado; no quería gritarle a su hermano.

—Lo siento, Miguel, pero no voy a quedarme de brazos cruzados mientras el futuro de la nueva especie está en peligro. Además, esta conversación la tuvimos antes de que se desencadenara todo esto y recuerda que no me dejaste terminar mis palabras. Simplemente, te fuiste sin escuchar. ¿O es que ya lo olvidaste?

Miguel no había olvidado nada, recordó el dolor que en aquel momento vio en su hermano y se arrepintió de no haberle dado importancia. Ahora ya era muy tarde, notó que la firmeza de sus palabras no surtía el efecto que deseaba en Luzbel, por lo que cambió de estrategia y se dirigió a él de forma amable.

—Hermano, por favor, recapacita. Él nos creó, estamos aquí justo ahora porque su divina voluntad así lo quiso. Estoy seguro que si te rindes, si vuelves al Cielo conmigo y pides perdón, Él, con su infinita misericordia te lo concederá y a tus rebeldes también. Por favor, entiende que si Él decidió esto para la nueva especie entonces es correcto, tiene que serlo, no debe caber en ti la menor duda.

Luzbel escuchó atentamente aquellas palabras, permaneció en silencio, miró a su hermano y de forma súbita sintió que algo dentro de él comenzaba a crecer. No era dolor, no era tristeza, se trataba de algo diferente; era una emoción que nunca había percibido, como si una fuerte energía recorriera el interior de su poderoso cuerpo, devorándolo a cada instante. Apretó los puños de modo que sus músculos empezaron a tensarse, hasta alcanzar un estado en el que se definieron todos y cada uno de ellos.

—¿Perdonarme? ¡Por qué habría de pedir perdón, si es Él quien se equivoca!

Miguel nunca había escuchado que su hermano le hablara así, por lo que la sorpresa fue mayúscula e intimidante.

—¡Cómo te atreves a decirme que nos dará su perdón! ¿Acaso no sabes lo que ocurrió a nuestros hermanos que regresaron en busca de la redención!

Fue en ese instante cuando Luzbel conoció el verdadero rostro del Padre.

—Hermano, por favor, entiende…

—¡Eres tú quien no entiende!

Un nuevo silencio nació entre ambos ángeles. Miguel observaba cómo la mirada de su hermano había cambiado y aquellos ojos azules que emanaban amor y felicidad desaparecían.

—Fueron a buscar su misericordia y Él… ¡Él los destruyó! —la sorpresa aún perduraba, el Segundo Ángel no entendía cómo era que su hermano mayor estaba al tanto de ese hecho— ¿Acaso vas a negarlo?… ¡Contesta!

Pero no había nada qué contestar, Miguel sabía que era verdad, por lo que entendía su reacción y ni siquiera trató de negarlo.

—¿Cómo lo supiste?

El Primer Ángel trató de contenerse para no descargar la impotencia que sentía sobre su hermano y, cuando lo logró, murmuró:

—Porque Él me lo dijo.

Al escuchar esto, Miguel no pudo evitar que sus párpados le cubrieran los ojos, giró y bajó el rostro hacia su lado derecho, como si buscara esconderse. Quería a toda costa evitar encontrarse con la mirada agresiva que ahora vivía en los ojos de su hermano y ya no tenía nada qué decir, estaba consciente que Luzbel no solo tenía razón, sino también todo el derecho de estar iracundo. Pero también sabía que tenía un deber qué cumplir, y lo haría a pesar de su propia existencia.

—Creo que no hay más qué decir.

—Así es, tú me pides algo que no puedo darte.

El viento pareció interponerse entre estos seres de luz, como si deseara que la confrontación no iniciara.

—Será como tú quieras.

—Yo nunca quise esto, fue Él quien lo provocó.

Ya no hubo más palabras, inclinaron levemente sus cabezas, se dieron mutuamente la espalda y se incorporaron a sus respectivos ejércitos. Sabían que era la última vez que se tratarían como hermanos, que a partir de ese momento serían enemigos irreconciliables y que, de encontrarse en la batalla, cada uno haría lo necesario por destruir al otro.

Cuando Miguel llegó con los suyos, Gabriel notó la infinita tristeza que le inundaba el semblante.

—¿Sucede algo, hermano?

No hubo respuesta. Fue entonces que Rafael se acercó a ellos, puso su mano derecha sobre el hombro izquierdo de su líder y le dijo:

—¿Cuáles son tus órdenes?

Tampoco hubo palabra que saliera de su boca, en sus pensamientos se repetía una frase más cercana a ruego:

—Hermano, por favor, recapacita. Arrepiéntete y ríndete.

Así permaneció por algunos instantes, hasta que Gabriel lo sacó de sus cavilaciones.

—Hermano, tus órdenes, necesitamos conocerlas.

Miguel reaccionó y levantó la mirada dejando al descubierto su hermoso rostro. Sin pronunciar palabra, se elevó por encima de sus hermanos para que todos pudieran verlo y dijo:

—¡Hermanos!, ¡estamos aquí para cumplir nuestra principal obligación y esta es obedecer! ¡Se nos ha ordenado restablecer el orden del universo!

El silencio prevaleció.

—¡Luzbel ha mentido! ¡Dice que el Padre se equivoca, pero no se da cuenta que la soberbia le ha nublado el juicio! ¡Es el vicio el que lo conduce a la arrogancia y al orgullo! ¡Cree que por ser el más hermoso y sabio de nosotros tiene derecho a juzgar al Padre![1] ¡Pretende ocupar su lugar!

---

1   *Cfr.* «Se enalteció tu corazón a causa de tu hermosura, corrompiste tu sabiduría a causa de tu esplendor; yo te arrojaré por tierra; delante de los reyes te pondré para que miren en ti». (Ezequiel 28, 17).

Esta afirmación era falsa, pero provocó el descontento general entre los guerreros que lo acompañaban.

—¡Ya no existe el Primer Ángel y los que lo siguen ya no son nuestros hermanos!, ¡son rebeldes! ¡Nuestro deber es vencerlos y destruirlos sin importar el costo!

Ahora era oficial, en aquel acto Miguel había decretado que Luzbel y sus aliados ya no eran considerados hermanos de quienes permanecían leales al Padre, estos últimos escucharon atentos y se percataron que en la voz de Miguel existía la duda. El dolor llenaba su esencia, pero fue mayor su sentido de lealtad. El ambiente que reinaba estaba lleno de un sentimiento de pena, pues todos ahí supieron que habían perdido a su hermano mayor, al más bello, piadoso y sabio de todos los ángeles y con él a millones de sus hermanos a los que amaban de igual forma. Era necesario separar las emociones de las obligaciones, tenían un deber qué cumplir, no podría haber contemplaciones, así que Miguel dijo a sus más cercanos hermanos:

—¡No debemos dudar!, ¡el Padre confía plenamente en nosotros!

Una vez concluido el discurso, se dirigió a sus oficiales.

—Gabriel, Rafael, Jofiel, Chamuel, Uriel y Zadquiel

—A tu servicio, Miguel.

—Tomen el mando de sus respectivos coros.

—Así se cumplirá.

Terminando de escuchar las órdenes se dispusieron a combatir. Del otro lado, las tropas de Luzbel, mucho menores en número, escucharon claramente cuando Miguel pronunció aquellas palabras con las que declaró la ruptura del vínculo de hermandad que los había unido, y que más que descontento causaron profunda tristeza. Sin embargo, en ellos no existía la duda y en su líder tampoco, pues al contrario de su hermano menor, Luzbel tenía la plena convicción de que lo que hacía era correcto y así se lo hizo sentir a su ejército.

—¡Hermanos!, ¡les hablo no como el Primer Ángel, no como su líder, sino como alguien que se ha levantado contra el crimen atroz que se pretende cometer contra la nueva especie! ¡Es cierto que nos han llamado rebeldes!, ¡pero también es real que nunca he mentido!, ¡la verdad está de nuestro lado! ¡Ahora tendremos que combatir hasta el final! ¡Ellos nos consideran enemigos!, ¡pero no debemos olvidar que son nuestros hermanos! ¡Así que, si pueden, no los destruyan![2]

Luzbel esperaba que su victoria fuera lograda con el menor número de bajas sobre sus oponentes, cosa que estaba muy lejos de ocurrir.

—¡Samael, Azazel, Dariel, Lancel, Tamliel y Khunel!, ¡tomen el mando de los ángeles a su cargo y estén listos!

—¡Así será, hermano! —respondieron y tomaron sus posiciones.

Con los ejércitos sobre la verde arena del cuarto planeta podía notarse dos enormes diferencias. La primera era el número de combatientes, pues ésta era abismal y muy lógico de esperar, debido a que en un primer momento una tercera parte de los seres de luz abandonó el Cielo siguiendo a Luzbel y posteriormente, durante el trayecto hacia la Tierra, poco más de la mitad de estos seres, ahora llamados rebeldes, decidió regresar en busca del perdón divino, encontrando solo su destrucción. De esta forma, menos de una sexta parte se enfrentaría a dos terceras del total de ángeles creados por el Padre. La desventaja era obvia y la posibilidad de triunfo para Luzbel y sus rebeldes era improbable, por lo menos así lo creyó Miguel.

La segunda diferencia, que pasó desapercibida y carente de importancia, debido a que pocos en el ejército de leales al Padre le prestaron atención, era el orden. El ejército de Luzbel, claramente menor, estaba debidamente compactado,

---

2 *Cfr.* «Hasta que se halló en ti maldad». (Ezequiel 28, 15).

dividido en seis cuerpos compuestos por igual número de integrantes, cada uno alineado a la perfección en miles de filas y con su líder a la derecha; a diferencia del rival que estaba completamente disperso, sin posiciones definidas ni formas de desplazamiento establecidas, parecía más una gigantesca mancha luminosa en medio de aquel planeta que un ejército a punto de entrar en combate.

Lo único claro en el angelical desorden era quién estaba al frente del ejército y ese era Miguel, quien con la autoridad con que fue investido se dirigió a sus enemigos:

—¡Por última vez, Luzbel!, ¡en nombre del Padre, te ordeno que te rindas!

No hubo respuesta, el pequeño ejército insurgente permaneció callado y sereno mientras el de Miguel acompañó sus palabras con gritos de júbilo en todos los coros que lo integraban. A la distancia se podía notar que, en sus manos, los rebeldes portaban objetos nunca antes vistos, pero tampoco hubo quien diera importancia al hecho.

—¡A mi orden, nos defenderemos! —dijo Luzbel a sus seis jefes.

—¡Como ordenes, hermano! —fue la respuesta que recibió por parte de sus guerreros.

—¡Tres líneas!, ¡ahora!

Al momento en que el Primer Ángel pronunció estas palabras, de manera sistemática, casi como una máquina, la inmensidad de su milicia se colocó en la posición que había ordenado, formando tres líneas de soldados, uno detrás del otro. Esta acción provocó que los gritos en el ejército enemigo empezaran a disminuir, pues con mucha sorpresa observaron la disciplina de sus oponentes. Concluida la maniobra, el Primer Ángel dio algunos pasos al frente de los insurrectos, levantó su mano derecha en dirección a sus enemigos y habló con firmeza.

—¡Miguel, escúchame! ¡Retira tu ejército y prometo que no los destruiremos!

Miguel sonrió con ironía, desde luego que no aceptaría la petición de su hermano mayor; las instrucciones que recibió fueron muy claras: «Trae a Luzbel y sus rebeldes para que paguen por sus pecados». Estaba decidido a cumplir sin importar el costo, sabía que tenía que hacerlo, así que ordenó:

—¡Ataquen![3]

En un instante, los siete coros con todos los ángeles se abalanzaron desordenadamente sobre los insurrectos, muchos de ellos corriendo, pero la mayoría surcando los aires. No había ni pies ni cabeza en aquella ofensiva, solo el deseo insensato de obtener una victoria rápida que regocijara al Padre, muy diferente al orden que guardaban las tres líneas en que se fundieron los seis cuerpos del ejército de Luzbel, quien se encontraba al frente de todos.

Cuando el Primer Ángel vio que sus enemigos se aproximaban, desenvainó su espada con la mano derecha y ordenó, sin titubear, a los jefes de los seis cuerpos para que el mandato se repitiera en todos los guerreros.

—¡Tercera línea!

Al escuchar la voz preventiva, la enorme cantidad de ángeles que la componían dio un paso hacia atrás de sus hermanos que estaban frente a ellos, al tiempo que empuñaron sus lanzas por encima de sus hombros. Así permanecieron mientras los enemigos que volaban se aproximaban a toda velocidad.

—¡No se muevan! —ordenó Luzbel mientras la carga de seres de luz se acercaba.

—¡No se muevan!

Estaban a punto de ser alcanzados por los leales cuando llegó la orden que todos los rebeldes esperaban.

---

3 «Después hubo una gran batalla en el cielo: Miguel y sus ángeles luchaban contra el dragón». (Apocalipsis 12, 7).

—¡Lanzas, ahora![4] —gritó Luzbel mientras señalaba con su espada a la desordenada tropa que tenía enfrente. Los leales al Padre no entendían qué pasaba, solo empezaron a ver cómo un sinfín de objetos alargados emergieron de la tierra con dirección a las estrellas.

Ante esta sorpresa los más próximos disminuyeron repentinamente su velocidad, causando desconcierto entre los que venían detrás. En un abrir y cerrar de ojos el sol fue opacado por un mar de lanzas, las cuales cayeron sobre los ángeles fieles y pusieron fin a su existencia, siendo los principales blancos aquellos que se encontraban suspendidos por los aires. Si una lanza alcanzaba a algún ángel en el aire y lo destruía, había cumplido el objetivo para el que fue creada; sin embargo, aún cabía la posibilidad de que, al caer, impactara sobre algún otro de los que venía por tierra, por lo que el daño podía ser el doble de lo que en un principio se planteó, favoreciendo, desde luego, la causa de Luzbel.

Si el panorama en el enfrentamiento de la explanada principal había sido espantoso, éste lo era mucho más. Ya no se trataba de golpes y forcejeos entre unos y otros, era diferente. Cada vez que la punta de una lanza atravesaba o lograba tocar el cuerpo de un ser de luz, éste se desintegraba dejando en su lugar solo una estela de energía roja; por lo que, en poco tiempo, una gigantesca nube escarlata comenzó a inundar el ambiente. Fueron muchos los guerreros que dejaron de existir en esta primera acometida.

Cuando el impacto era certero la víctima se desintegraba al instante, pero si daba en alguna de las extremidades la destrucción se producía segundos después. En cualquiera de los casos el daño era irremediable.

---

4 «…y luchaban el dragón y sus ángeles». (Apocalipsis 12, 7).

—¡Desciendan, desciendan! —gritó Miguel, y fue entonces que conoció la impotencia mezclada con la desesperación y sus soldados el miedo. Tampoco entendía lo que pasaba, su ignorancia era compartida por todos los guerreros que no supieron qué pasó y solo vieron un buen número de sus compañeros caer sin siquiera haber intentado asestar un golpe. En medio de tal confusión y ante la complacencia de los rebeldes, varios leales trataron de tomar las lanzas que cayeron para defenderse con ellas, pero al intentarlo no podían moverlas; era como si estuvieran adheridas al suelo, resultaba inútil. Toda la fuerza de un ser de luz era incapaz de levantar los objetos fabricados en el planeta azul.

—¡Funciona! —gritó Azazel con una euforia que en pocos instantes sus aliados compartieron.

Mientras la frustración invadía a los leales, Luzbel observaba cuanto sucedía. Parecía registrar en su mente todos los detalles, cada movimiento, cada acción.

Las tropas de Miguel estaban paralizadas, nadie tenía la más remota idea de qué hacer. Entonces ordenó:

—¡Rodéenlos!

De forma por demás accidentada, pero obediente, todo el ejército de leales se dividió en dos con la intención de formar un círculo alrededor de los rebeldes, lo cual aparentemente era una labor fácil, pues al cercarlos irían encerrándolos hasta apresarlos a todos.

—¡No avancen por los aires! —Miguel gritó desesperadamente.

—Tonto, no sabes que una mente enojada es una mente limitada —pensó Luzbel, al ver lo que pretendían hacer los fieles; los instantes corrían a la velocidad de la luz y él permanecía ahí. Al frente de la primera línea y sin intención buscar refugio tras los escudos de sus hermanos, ordenó:

—¡Ensamble circular!, ¡ahora!

Escuchado el mandato, de forma uniforme, veloz y eficaz toda la tropa empezó a moverse de tal suerte que los extremos más alejados cerraron filas, poniendo los escudos al frente, uniéndose uno con otro de forma horizontal y vertical, creando una gigantesca armadura en la que no existía ningún punto por donde pudiera romperse. Luzbel aún permanecía fuera del perímetro de seguridad que los escudos de sus hermanos podían brindarle y una vez integrada la nueva formación se dirigió a su hermano menor:

—¡Por última vez, Miguel, detente o este será tu fin y el de nuestros hermanos!

Pero Miguel estaba cegado por el ego y aún más por la soberbia. No entendía cómo un ejército tan pequeño había causado tantas bajas con un solo ataque a su armada y en cambio los leales no infringían el menor de los daños, por lo que lejos de escuchar a su hermano y rendirse ordenó una nueva oleada sobre los rebeldes.

—¡Ataquen!

Atendiendo a la reciente experiencia, su ejército avanzó nuevamente, otra vez de forma desordenada, pero solo por tierra y Luzbel sería el primero en entrar en combate.

—¡Mantengan la línea!

Fue la orden que dio antes de enfrentar a sus hermanos. Con la espada desenvainada, él solo salió a su encuentro. Estaba cumpliendo su palabra de recibir la cólera del Padre antes que ninguno; no pondría en peligro la existencia de sus rebeldes sin antes arriesgarse él mismo. Se defendió valientemente usando pies, manos, cabeza pero sobre todo la espada. Combatía a un sinfín de leales y este acto causó la admiración de sus guerreros, quienes lo vitorearon con júbilo.

—¡Luzbel!, ¡Luzbel!, ¡Luzbel!

De igual forma provocó el asombro entre los leales, incluido Miguel, quien nunca se habría imaginado que el Primer Ángel tuviera esa habilidad para pelear, ya que en pocos momentos había destruido a un buen número de ángeles. Mientras esto ocurría, la mayoría del ejército de Miguel se dirigió hacia sus enemigos, quienes permanecían inmóviles. Puesto que Luzbel no quería causar más daño del necesario, se abstuvo de ordenar que sus soldados repelieran la agresión empleando las lanzas nuevamente, y los dejó acercarse hasta el punto en que los leales estuvieron en posibilidad de patear y golpear los escudos; muchos de ellos lo hicieron con tanta fuerza que se causaron daño a sí mismos, situación que a la postre provocaba su propia destrucción.

Seguían sin entender qué ocurría. Era apabullante la cantidad de golpes que recibían los escudos pero la estructura era prácticamente impenetrable en todos los rincones. Ninguno de los rebeldes cedía, nadie daba un paso atrás, si algún leal intentaba atacar desde arriba, rápidamente era alcanzado por una lanza, convirtiéndolo en un nuevo destello de energía roja que perduraba en el aire.

Después de unos instantes de contener el embate quedó comprobado que sus hermanos no se rendirían, así que, para evitar que la muralla colapsara, Luzbel ordenó:

—¡Primera línea! ¡Empujen, ahora!

De manera precisa, los rebeldes ubicados en esa posición, en un movimiento sincronizado, con su brazo izquierdo cargaron hacia el frente usando su escudo, el cual se volvía un arma defensiva y ofensiva, pues al mismo tiempo que protegía también causaba una buena cantidad de daños. No era labor sencilla porque el número de leales era enorme y a esto debía añadirse el hecho de que todos estaban casi amontonados, uno sobre otro. Sin embargo, la fuerza conjunta de los rebeldes logró que en todas partes se hiciera retroceder a los enemigos, lo cual permitió el espacio oportuno y el momento pertinente para ejecutar la siguiente orden:

—¡Primera línea!, ¡espadas!

Los insurrectos sujetaron con la mano derecha la siguiente arma que utilizarían.

—¡Ahora!

Fue casi imperceptible lo que ocurrió. Valiéndose del espacio conseguido con los escudos, los rebeldes desenvainaron sus espadas y asestaron incontables golpes sobre sus contrarios, por lo que tras concluir la maniobra todos volvieron a la posición defensiva original. La precisión con la que se ejecutó este movimiento fue tan veloz que quienes lo presenciaron directamente no lograron existir para describirlo y los segundos buscaron alejarse para evitar correr la misma suerte que los primeros. Esta acción causó gran desconfianza entre los leales, quienes de forma lógica pensaron que era más seguro no acercarse tanto, así que midieron la distancia que había entre ellos y su posible destrucción.

Una nueva orden se escuchó:

—¡No dejen de atacar!

Por increíble que pareciera, Miguel no quitaba el dedo del renglón. Ya había perdido gran parte de sus guerreros y se empeñaba en continuar un ataque que no rendía los frutos suficientes como para pensar en la victoria.

Después de escuchar la orden de su hermano menor, Luzbel reaccionó oportunamente.

—¡Segunda línea! ¡Lanzas, ahora!

Esta vez fueron los escudos medios los que se cargaron hacia el lado izquierdo y al moverse surgieron las temibles lanzas, pero no fueron arrojadas contra el enemigo, simplemente se les imprimió la fuerza para que los blancos cercanos fueran alcanzados y, con ello, destruidos. Varios rebeldes en un solo movimiento de estas fantásticas armas, destruyeron hasta dos ángeles enemigos. Igual que en otras ocasiones, terminando la maniobra todos volvían a resguardarse detrás de los escudos. Los leales se dieron cuenta que, a pesar de estar en superioridad numérica, no tenían oportunidad contra un ejército organizado, disciplinado y entrenado.

Fue tan grande el número de bajas que el miedo volvió a hacer presencia entre los leales, así que retrocedieron hasta colocarse fuera del alcance de las devastadoras armas largas. Su segundo y descompuesto ataque había fracasado también. La estela de energía roja generada por la destrucción de seres de luz era tan grande y espesa que impedía una clara visión de lo que ocurría. Cuando ésta se disipó, los leales vieron que la gigantesca coraza, que con tanto ímpetu atacaran, seguía justo ahí, sin daño alguno. El desconcierto entre ellos era enorme, nadie se atrevía a moverse. En medio de todo aquello una vigorosa voz emergió.

—¡Rompan filas!, ¡ya!

Esta vez fue Luzbel quien ordenó la avalancha sobre sus enemigos y todos atendieron el mandato. El efecto fue parecido al de un girasol que pierde de manera espontánea todos sus pétalos al mismo tiempo, con lo que repelieron de forma eficaz la embestida de los leales, haciéndolos retroceder. Desde cualquier parte podía verse cómo, quien fuera el Primer Ángel, blandía su espada en todo lo alto; era la misma a la que puso dedicación infinita cuando la construyó, notablemente más larga que las de sus hermanos, pues su empuñadura era gruesa, metálica y recubierta en madera con un tope en la parte inferior; los brazos transversales que protegían sus manos eran amplios, finamente decorados por varias grecas que los recorrían hasta el último de sus rincones; había pasado mucho tiempo tallando delicadamente los contornos que le daban un aspecto poderoso.

Justo donde se unían la empuñadura y la hoja, había colocado dos figuras octagonales de cada lado y sobre ellas dos cuadros contrapuestos cuyos ángulos rebajó hacia el interior, hasta convertirlos en círculos, lo que les daba una apariencia de cruces anchas. En los centros de éstas, talló las caras en tres cuartos de un extraño animal de cuello largo, con el hocico de igual forma y abierto, en el que se dejaban ver sus colmillos en ambos costados. La hoja era reluciente, perfectamente pulida, lo que la hacía destellar con los rayos del sol; ancha y muy bien afilada, era como si el metal con que fue fabricada, durante el proceso hubiera adquirido el precioso don de la vida. Una auténtica obra de arte que lamentablemente se creó para la guerra y cumplía plenamente ese propósito; con ella empezó a destruir a todo aquel que se interpuso en su camino. Era envidiable el manejo que hacía, la empuñaba con la mano derecha, con la izquierda, con ambas, incluso podía lanzarla para destruir a quien se descuidaba.

Por su parte, los rebeldes siguieron la orden y persiguieron a los leales, pero no de manera desorganizada. Iban por tierra en pequeños grupos, en los cuales, por lo menos uno de ellos estaba obligado a portar su lanza y vigilar los cielos ante un ataque aéreo. De esta forma continuaron diezmando al poderoso ejército del Padre en ambos escenarios.

En medio del combate, Luzbel y Miguel se encontraron. Fue como si el universo entero siguiera su marcha natural y el tiempo se hubiera detenido solo para aquellos hermosos y deslumbrantes seres. El viento agitaba sus largas cabelleras. Miguel observaba con recelo cómo en la mirada de su hermano mayor no existía el furor de la batalla que estaban librando; al contrario, sus ojos azules transmitían un mar de tranquilidad. Tampoco pudo evitar bajar la mirada hacia su mano derecha, en la que empuñaba la vigorosa espada que tantas existencias aniquiló en tan poco tiempo.

—¿Pelearás, hermano? —preguntó Luzbel y su hermano menor dudó en emitir palabra alguna, pero finalmente lo hizo con otra pregunta:

—¿Lo harías tú, en igualdad de circunstancias?

Luzbel ni siquiera gesticuló, se limitó a lanzar su espada con tal fuerza que se clavó justo en medio de los pies de su hermano. Miguel supo que, a pesar de todo, él no quería destruirlo porque, si fuera el caso, habría proyectado el arma contra él.

—¡Tómala! —dijo Luzbel, con tono de autoridad—. ¡Hazlo!

Miguel dudaba, sabía que no podría levantarla.

—¡Inténtalo, no pierdes nada en hacerlo!

Cautelosamente puso las dos manos en la empuñadura, apretó los dedos alrededor de la misma y la levantó. Su sorpresa fue mayúscula, pues ninguno de sus guerreros pudo hacerse de las armas enemigas, y él sí logró conseguirlo.

—¿Cómo es que yo si pude…?

—¿Qué?, ¿levantarla? Simple, cuando la fabriqué no puse mi esencia en ella, por eso cualquiera que la espada considere honesto, le permitirá blandirla.

Miguel seguía sorprendiéndose. Mientras este diálogo se suscitaba, la batalla proseguía pero todos los ángeles de ambos bandos comprendieron de forma tácita que no debían interferir en lo que fuera a suscitarse entre los dos primeros ángeles.

—Hablas como si tu espada tuviera voluntad propia.

—¡La tiene! —respondió Luzbel.

—¿Me estás diciendo que soy honesto?

—En este momento lo eres, la espada lo ha confirmado.

Esto provocó una leve y fugaz sonrisa en el Segundo Ángel, misma que se desvaneció cuando escuchó que Luzbel dijo:

—Solo que defiendes la causa equivocada.

En ese instante la cara de Miguel se desencajó y de forma automática volvió a sentir que la ira lo consumía, así que se lanzó sobre su hermano al grito de:

—¡Cállate!

—¡No lo haré! —dijo Luzbel mientras salía a su encuentro.

El primer golpe que le descargó fue horizontal con el fin de partirlo por la mitad, pero la inercia del movimiento hizo que el Primer Ángel se hincara arqueando la espalda hacia atrás, pasando por debajo de su espada, derrapando sobre sus rodillas. Después de fallar, Miguel giró en sus talones y trató de destruir a su hermano con un segundo intento que tampoco tuvo efecto. La velocidad de Luzbel era tal que esquivaba los ataques de Miguel con gran facilidad, de izquierda a derecha, de arriba a abajo. Los embates no cesaban pero Luzbel no contraatacaba, simplemente no se dejaba alcanzar por las agresiones de su iracundo hermano, mientras tenía un rostro de serenidad.

—Eres demasiado lento —le decía para intensificar su furia, lo cual logró al instante provocando que Miguel se precipitara e intentara arremeter una estocada baja para perforar su abdomen. Empeñado en conseguir su objetivo puso todas las fuerzas que le restaban; sin embargo, Luzbel la evitó de un salto y tuvo el tiempo suficiente para elevarse y caer de pie justo encima de la hoja con que había intentado destruirlo. Este movimiento fue tan veloz que Miguel no tuvo ni siquiera la oportunidad de mover un músculo, pues inmediatamente después que vio a su hermano parado justo ahí, sobre la espada, sintió un golpe en la cara proveniente del pie izquierdo de Luzbel, el cual lo hizo girar y soltarla al mismo tiempo.

—¿Qué pasa, hermano?, ¿te estás dando por vencido?

Pero Miguel no se rendía y continuaba peleando, ahora usando sus puños y pies, aunque ninguno alcanzó a rozar a Luzbel. Después de bloquear varios impactos, con el brazo derecho bloqueó la pierna izquierda de su hermano, la cual tenía como destino su rostro y con el puño izquierdo lo golpeó directamente en el mentón, derribándolo al instante. Con Miguel en el suelo, Luzbel tomó su espada, puso el pie derecho sobre el pecho del sometido y le dirigió la punta al cuello, al tiempo que decía:

—Si vuelvo a encontrarte, te aseguro que te destruiré.

Luzbel nunca tuvo la intención de acabar con su existencia, así que se marchó sin mirar atrás, dejando en el suelo a su hermano menor completamente derrotado. Mientras tanto, por tierra y aire, ángeles dejaban de existir. El panorama comenzaba a complicarse. Gabriel y Rafael, preocupados por el posible desenlace de la batalla, se acercaron a Miguel, lo ayudaron a incorporarse y le dijeron:

—¡Hermano, tienes que ordenar retirada y debes hacerlo pronto!

Por todas partes se esparcía la destrucción de seres de luz. El escenario era un desastre para Miguel, quien por segunda ocasión estaba siendo derrotado por su hermano mayor y, aunque la soberbia lo consumía, se vio obligado a ordenar:

—¡Retirada!, ¡retirada!

Los ángeles de su ejército se elevaron en busca del hogar; fueron derrotados de forma humillante. Lancel aprovechó para preguntar a su hermano:

—¿Los perseguimos?

—No —respondió Luzbel con rapidez y serenidad.

—¡Pero podríamos acabarlos justo ahora!

—No es necesario.

—¡Podríamos acabar con la guerra en este momento!

—Recuerda que a quienes acabamos de vencer fueron nuestros hermanos. Es suficiente por este día.

Lancel se limitó a guardar silencio y a no insistir más, pues igual que otras veces el Primer Ángel tenía razón.

—¡El segundo encuentro también es nuestro! —gritó Samael con emoción y todos celebraron levantando espadas y escudos. El júbilo era inmenso, casi podían respirarlo.

Desde abajo, los rebeldes vieron cómo se alejaba lo que quedaba del ejército que acababan de vencer, el cual había sido notablemente reducido a solo una tercera parte del total de ángeles que en su momento existieron. Seguían siendo inferiores en número, pero la diferencia ya no era tan grande como al principio de la batalla.[5] Por su parte, Miguel, mientras se retiraba con sus leales guerreros, no pudo evitar mirar atrás y contemplar desde las alturas que un extraño fenómeno había ocurrido en el lugar donde lo vencieron. La sorpresa lo estremeció al notar que algo había cambiado, aquel planeta que atestiguó la victoria rebelde ya no era el mismo que cuando llegó; su color ya no era verde. Dedujo que durante la contienda fue tan alto el número ángeles destruidos, que su energía residual se propagó por todos los rincones, iniciando un proceso de oxidación de los elementos, por lo que el planeta verde se había tornado rojo.

Empezó a sentir pena por sus hermanos aniquilados y vergüenza de sí mismo, al no cumplir su misión. Había fallado nuevamente, le había fallado al Padre.

---

5   *Cfr.* «…pero no prevalecieron, ni se halló ya lugar para ellos en el cielo». (Apocalipsis 12, 8).

CAPÍTULO XXII
QUIEN BUSCA, ENCUENTRA

Cuernavaca, México. Año 2021

«Nada sucede por casualidad, en el fondo
las cosas tienen un plan secreto aunque
nosotros no lo entendamos».
Carlos Ruiz Zafón.

AL DÍA SIGUIENTE, ANTES DEL AMANECER, Sebastian ya se encontraba sobre su motocicleta con destino al Tepozteco. Recorrería los veinticinco kilómetros que separan la capital morelense del pueblo mágico, primero por la avenida Plan de Ayala, después sobre un tramo de la autopista Cuernavaca-Ciudad de México y más adelante por la carretera Tepoztlán-Cuautla, donde tomaría la desviación al pueblo de Tepoztlán, su casa.

Tardó poco más de veinticinco minutos en realizar el trayecto. Llevaba todo lo necesario para una larga aventura, estaba decidido a encontrar a don Lucho y no se iría hasta dar con él. Cuando llegó, el ambiente aún estaba en penumbras. Fue que se estacionó y comenzó a recorrer a pie las calles que nunca dejaban de sorprenderlo por su belleza, pues parecían extraídas de un cuento o leyenda.

—¡Voy a encontrarte, viejo! ¡Aunque tenga que buscarte por debajo de las piedras, te juro que te encontraré!

Alrededor de las seis de la mañana empezó la travesía, sin rumbo fijo. Era muy extraño darse cuenta que, durante los años que convivió con don Lucho, nunca se enteró dónde vivía; siempre lo encontraba con facilidad al entrar al pueblo, era como si tuviera un GPS de él en la cabeza y viceversa. Tampoco se había percatado de lo importante que le resultaba en su vida; era su mejor amigo, pero lo supo hasta que se lo dijo a Daniela, cuando se la quiso presentar; por lo que su ausencia se había convertido en una piedra en su zapato. Deseaba verlo nuevamente, saludarlo, que conociera a su novia, así que haría todo lo que estuviera a su alcance para acabar con la angustia de no saber nada de él. Sin embargo, se dio cuenta de algo muy extraño; en todas las ocasiones que Daniela lo acompañó, al preguntar por él, nadie lo conocía.

—¿Don Lucho?

—Sí, don Lucho, un señor que cuida los automóviles que aquí se estacionan.

—No muchacho, no conozco a nadie con las señas que me das.

—¿De verdad, no lo conoce?

—No, de verdad que no. ¿Estás seguro que lo viste aquí?

—Muy seguro.

Este diálogo se repitió varias veces y en todos los casos nadie pudo darle noticias de su amigo y mentor, mucho menos indicarle dónde vivía o en qué lugar podría encontrarlo. Era como si nunca lo hubiera visto alguien y le intrigaba más, pues por sus características físicas era fácil de ubicar, pero no fue así. Entonces creyó conveniente echar un vistazo en los alrededores.

Caminó por un buen rato. Había poca luz, pero no sentía miedo de perderse. Se fue adentrando cada vez más entre el bosque, cruzó el Portal del Infinito, el Mirador de Tlamanco, continuó y pasó por el basamento de lo que fue una pirámide, luego Centeopan, donde nació Quetzalcóatl. Pasó también por el primer mirador en la barranca, conocido popularmente como el primer descanso. Bajo sus pies sentía las piedras sueltas que con cualquier movimiento repentino podrían soltarse y provocarle una caída de la cual seguramente no sobreviviría. Llevaba casi una hora de andar el sendero sinuoso, con bajadas y subidas. A su alrededor había numerosos árboles de copal, los cuales lagrimeaban la resina que los caracteriza.

Llegó al segundo mirador, segundo descanso hacia la Poza de la Nahuala. La vista lucía impresionante, pero también era un lugar extremadamente peligroso. Empezó a descender por la pendiente, cuidando no dar un paso en falso. En ocasiones se sujetaba de algunas ramas para tener mayor seguridad y mientras más bajaba podía ver que, aun en la oscuridad, se podía distinguir el color naranja de las rocas, lo que se traducía en la riqueza mineral del lugar.

El sol comenzaba a salir cuando ya había llegado al tercer descanso y siguió descendiendo. Al pisar el cuarto descanso, aprovechó para rellenar su botella con el agua que brotaba del manantial, tan cristalina y fresca que hizo sudar el recipiente de PET.

El escenario natural estaba cubierto por una gran cantidad de rocas redondeadas y a lo lejos pudo escuchar el golpe del agua al caer, lo que le dio ánimos. Finalmente llegó a su destino, la Poza de la Nahuala, zona sagrada, llena de misticismo. Son innumerables las leyendas que sobre el sitio se han transmitido por generaciones entre los habitantes de Tepoztlán. El ambiente que se respiraba era de paz y tranquilidad, rodeado de ahuehuetes; y el eco que se generaba aportaba un aire todavía más solemne.

A unos cuantos metros de la poza escuchó un sonido extraño, poco común, que no correspondía al ruido normal del correr del agua. Parecía como si algo hubiera caído, como si alguien se bañara en la poza, cosa que lo sorprendió mucho debido a que está terminantemente prohibido nadar ahí. Se fue acercando de forma sigilosa para tratar de averiguar lo que ocurría y, cuando estuvo lo suficientemente próximo, se paró sobre una roca para ver con mayor claridad y detrás de un árbol para ocultarse. Desde ahí pudo observar que alguien estaba en las aguas.

Apenas comenzaba a llegar la tenue luz del día, ello propiciaba que no hubiera la suficiente visibilidad para distinguir de quién se trataba. A Sebastian le intrigaba saber quién se había atrevido a meter en las aguas del lugar sagrado, quién era el ser cuya talla visiblemente mayor a la suya y que tenía gran habilidad para recorrer la poza. Las amplias brazadas y largas piernas de aquella persona le permitían desplazarse de extremo a extremo con facilidad. Pero algo más llamaba la atención, era su espalda amplia y corpulenta, en la que se apreciaban dos enormes cicatrices, como si le hubieran amputado algo.

Sorprendido, miraba aquellas zambullidas cuando de repente un movimiento en falso hizo que las rocas bajo sus pies se movieran, provocando que resbalara. Trató de sujetarse de una rama, pero ésta se rompió y lo indujo a caer al mismo tiempo que lanzaba un grito de forma instintiva. Cuando tuvo contacto con el suelo, su cabeza chocó contra una piedra y él gritó. Esto produjo que quien nadaba se pusiera en alerta y empezara a dirigirse a la orilla más cercana, con la intención de salir del agua y averiguar qué sucedía.

Sebastian estaba aturdido, notaba cómo la sangre manaba de su frente, específicamente donde le empezaba el cuero cabelludo. Trató inútilmente de detener el fluido rojo con sus manos, pero no tenía control sobre ellas; no podía ponerse de pie y tampoco articular palabra alguna. Entró en desesperación ya que no lograba moverse y estaba a punto de desmayarse, pero no podía hacer nada para evitarlo. Deseaba levantarse y averiguar quién estaba ahí, en la poza, pero le era imposible. Sintió que con cada segundo que pasaba le era más difícil mantener los párpados abiertos; le pesaban como toneladas. Lo último que vio en ese momento fue que una enorme silueta borrosa, de color blanco, se acercó a él y le preguntó:

—¿Te encuentras bien?

CAPÍTULO XXIII
UN MENSAJE
Antes de la creación de la humanidad

> «Mientras que estés proclamando la paz
> con tus labios, ten cuidado de albergarla
> también en tu corazón».
> **San Francisco de Asís.**

Tras la batalla, Luzbel decidió regresar al planeta azul, su nuevo hogar, aunque ya no al mismo sitio. Esta vez eligió un lugar diferente, muy pequeño comparado con aquel donde había estado; más próximo al polo norte, rodeado por agua y con una red hidráulica interior que favorecía el progreso de la vegetación y la fauna, pues eran muy abundantes y variadas.

En ese sitio acontecían fenómenos naturales recurrentes. El más común era que la mayor parte del tiempo las nubes impedían a la luz del sol acariciar el paisaje en su totalidad, después se producían estruendos en las alturas y en ocasiones ramificaciones de energía iluminaban el firmamento. Lo que más sorprendía a los rebeldes era ver cómo lloraba el cielo con pequeñas lágrimas que descendían para estrellarse contra todo, sin causar daño alguno; incluso parecía que, al chocar contra el suelo, de alguna forma lo enriquecían.

Cuando todos estos elementos se conjugaban, los ángeles se quedaban de pie justo ahí, girando la cabeza hacia arriba con los ojos cerrados, dejando que el agua fresca empapara sus cuerpos completamente desnudos. Era como si alcanzaran la purificación por los pecados que acababan de cometer, produciéndoles una sensación de felicidad, especialmente al primero de ellos.

Luzbel encontraba especial consuelo en contemplar los amaneceres, cuando la estrella de la mañana emergía y hacía huir la oscuridad; se quedaba paralizado observando el eterno oriente, donde siempre nacía el astro rey, regente de la galaxia.

—¡Pudo haber sido diferente! —pensaba mientras examinaba con detenimiento todos los fenómenos a su alrededor. Quizá buscaba distraerse con ellos, olvidar las reflexiones que lo agobiaban. No se arrepentía de la lucha que había iniciado, pero sí de los hermanos que ya no estaban, especialmente de los que destruyó con el filo de su espada. Ciertamente, la victoria fue aplastante, aunque, salvo el júbilo del momento, no había mucho qué celebrar; la inmensa familia jamás se podría recuperar.

Los crepúsculos y ocasos fueron pasando y llegó la inevitable necesidad de plantear lo evidente, dar el siguiente paso; aunque nadie sabía cuál sería. Luzbel no mencionaba nada sobre la batalla y tampoco de sus planes a futuro. Le dolió infinitamente la destrucción de sus hermanos, a tal grado que permanecía aislado, con la única compañía de sus pensamientos, su tristeza y su espada. Desarrolló el gusto por recorrer aquella pequeña y verde porción de tierra por todas partes, también el de mirar el mar desde la cima de un risco, pasaba mucho tiempo contemplando lo que parecía un enorme espejo azul. En uno de aquellos momentos de soledad, mientras se adentraba en la espesura de los bosques, miró su espada con especial atención, tratando de calcular el número de ángeles que destruyó con ella y no podía establecer la cifra precisa. Solo él conocía el dolor tan intenso que sentía.

Mientras la revisaba se dio cuenta que no había sufrido daño alguno, ni siquiera una leve magulladura que estropeara su belleza. Cuando terminó de observarla, en un arranque de tristeza la sujetó con la fuerza de la desesperante melancolía, se puso de pie y caminó unos pasos mirando a su alrededor. Se detuvo, levantó la poderosa arma con ambas manos, dirigiendo la punta hacia abajo y la clavó justo en el centro de una roca de buen tamaño. Bastó un solo y preciso golpe para dejarla hundida hasta la mitad de su hoja y, al hacerlo, provocó un explosión en los cielos.

—¡Ahí te quedarás, hasta que alguien que merezca tu poder aparezca y pueda darte un mejor uso que yo!

Dicho esto se retiró dejándola en el abandono, con la plena convicción de jamás volver a emplear un arma. Luego desplegó sus alas, se elevó y empezó a avanzar a velocidad moderada. Iba tan ensimismado que no escuchó que alguien se acercaba.

—¿Por qué te deshiciste de la espada?

Dio media vuelta para encontrar el origen de la pregunta y descubrió que uno de sus hermanos leales al Padre estaba justo ahí, frente a él. Se trataba de aquel de ojos grises y cabello castaño oscuro.

—¡Gabriel! ¿Qué te trae por este lugar, donde el Padre aún no ha terminado su creación? —dijo Luzbel mientras se acercaba a su hermano para saludarlo; sin embargo Gabriel, al verlo aproximarse, instintivamente retrocedió. Luzbel se detuvo para no crear una atmósfera de amenaza.

—¿Aún lo consideras tu Padre?

—Claro que sí, y todavía lo amo.

—Entonces, ¿por qué nos atacas?

La pregunta caló hondo, pero Luzbel respondió con seguridad.

—Yo no inicié esto, hermano y tampoco fui quien atacó primero. Simplemente me… nos defendimos.

Gabriel sabía que era cierto, la orden de ataque había salido de los labios de Miguel.

—¿Te parece si descendemos? —propuso Luzbel, quien sin esperar respuesta bajó hasta sentir la hierba húmeda bajo las plantas de sus pies.

—Como sea, hermano, vengo a…

—¡No, no como sea!, ¡ustedes nos atacaron primero! —Luzbel lo interrumpió con aire de indignación, al ver que trataba de evadir sus argumentos.

—Está bien, hermano. Es cierto, nosotros los atacamos primero, pero no vine a discutir eso contigo.

—¿Entonces?

—Vengo a traerte un mensaje de Él.[1]

—Te escucho.

—El Padre quiere terminar con esta guerra.

El asombro del Primer Ángel fue tal que no pudo evitar expresar un gesto de sorpresa y extrañamiento para su hermano Gabriel.

—Si Él quisiera terminarla, ya lo habría hecho. Tiene dos caminos, permitir que la nueva especie alcance todo su potencial o destruirnos a todos con su infinito poder. Puede tomar cualquiera de esas decisiones y, para serte honesto, no sé por qué no lo ha hecho.

El silencio de Gabriel dejó en claro que su hermano tenía razón.

—Quiere que te rindas.

Luzbel sonrió de lado y respondió:

---

1   «Respondiendo el ángel, le dijo: yo soy Gabriel, que estoy delante de Dios; y he sido enviado a hablarte, y darte estas buenas nuevas». (Lucas 1, 19).

—Inicié esta guerra buscando algo y si ya lo hubiera conseguido yo mismo habría vuelto al Cielo para rendirme.

El silencio apareció marcando los polos opuestos en una controversia que no tendría solución favorable para nadie.

—Agradezco tu visita, pero sabes a la perfección que no me voy a rendir.

—¿Ni siquiera lo considerarías?

—Ya dije que no.

—¿Es tu última palabra?

—La última.

Gabriel guardó silencio.

—Muy bien. Solo hazme un favor, ¿quieres?

—Claro.

—Nunca olvides que a pesar de todo eres mi hermano mayor, que te amo y a tus rebeldes también.

Luzbel sabía que las palabras de su hermano eran ciertas, pudo verlo en sus ojos que se llenaron de nostalgia.

—Adiós, Luzbel.

—Adiós, Gabriel, y espero no volverte a ver, porque si así fuera probablemente tendría que destruirte.

Luzbel dio media vuelta y empezó a alejarse, pero Gabriel lo alcanzó. Puso la mano derecha sobre uno de sus hombros y con un movimiento lo obligó a mirarlo de nuevo.

—No contestaste lo que te pregunté... ¿Por qué te deshiciste de tu espada?

Él notó cómo la había clavado en la roca.

—¿No lo adivinas?

—No.

La insistencia de Gabriel motivó que su hermano respondiera.

—Porque no quiero que nadie más la use para destruir... especialmente yo.

Gabriel lo soltó, retrocedió, asintió con la cabeza en gesto de acuerdo y desapareció a gran velocidad, no sin antes constatar que a pesar de todo la mirada de Luzbel continuaba siendo la máxima expresión de bondad, misericordia, compasión y generosidad, pero sobre todo de amor entre todos los seres de luz.

Momentos después de que Gabriel partiera, Lancel llegó apresurado hasta donde Luzbel se encontraba y con gran consternación le preguntó:

—¡Hermano!, ¿sucedió algo?

—Nada, ¿por qué lo preguntas?

—Vimos cómo un rayo de luz llegó hasta aquí, así que decidimos salir a buscarte.

—Gracias por preocuparse, pero estoy bien.

Aclarada la situación, le solicitó:

—Reúne a los demás jefes en el risco, tengo algo qué decirles.

—Enseguida.

Momentos después, los seis ángeles más cercanos se dirigieron al lugar establecido, donde Luzbel ya aguardaba. Cuando llegaron, los miró a todos con el infinito amor que les tenía. En medio de aquel escenario solo el ruido del viento y el mar se apreciaban y nadie pronunció palabra hasta que Samael rompió el silencio:

—Hermano, ¿qué sigue? —preguntó, al tiempo que Luzbel les daba la espalda para contemplar la línea donde el océano y el cielo se unían generando el efecto de que el firmamento se sumergía en el mar o era el mar quien invadía las alturas.

—Necesitamos conocer tus órdenes.

Permaneció en silencio, seguía mirando las olas allá abajo. Sus ojos se llenaban con la belleza de la espuma y sus oídos con el sonido que el océano hacía mientras chocaba con las rocas, produciendo un ruido impactante pero relajador.

—¿Luzbel?

Después de algunos instantes, de forma pausada, giró para mirar de frente a aquellos que fielmente lo habían seguido en esta guerra y les dijo:

—¡Hermanos, quiero decirles que pelear a su lado ha sido el mayor honor de mi existencia! ¡No hay riqueza suficiente en el universo con la que pudiera retribuir su lealtad! ¡Quiero entregarles mi eterna gratitud!

Sus palabras provocaron que el ruido de las olas y el viento callaran, todo lo que podía escucharse era el sonido de su voz.

—¡Llegó la hora de regresar al que una vez fue nuestro hogar!

Algunos sonrieron, pero muchos otros se llenaron de nostalgia.

—¡No esperen ser recibidos con alegría!

A todos los rebeldes les pesó escuchar esa frase, pero dolería aún más la que estaba a punto de pronunciar.

—¡Esta será la última batalla!

—¡Tomen sus armas! ¡Iremos al Cielo!

La orden se pronunció muy clara y fue acatada. No había grandes preparativos qué hacer, simplemente tenían que recorrer una gran distancia para llegar al que había sido su hogar, el Cielo, capital del universo, donde todo comenzó.

Antes de iniciar el viaje, Samael dijo a Luzbel:

—Hermano, seguro este será el último encuentro. En caso que consigamos la victoria, ¿planeas ocupar el trono del Padre?

La pregunta lo tomó por sorpresa, estaba seguro que todos tenían claros los motivos que iniciaron el conflicto.

—Pretendo ganar esta guerra, pero no para satisfacer mis deseos de poder o gloria. Quiero justicia para la nueva especie, quiero que se le brinde la oportunidad de desarrollar todo su potencial.

—¿Solamente eso?

—Sí.

—Entonces, ¿qué harás cuando ganemos?

—Ya te lo dije, quiero justicia para la nueva especie. Es todo.

Antes de que Samael se retirara, Luzbel cuestionó:

—¿En razón a qué viene tu pregunta?

—Comenzaba a creer que ambicionabas el trono del universo.

Luzbel sonrió con indiferencia, pero creyó prudente aclarar sus intenciones y lo hizo de la mejor manera que pudo; habló con la verdad.

—En mí no existen la envidia ni la soberbia, jamás podría aspirar a ser tan sabio o poderoso como el Padre, o a pensar que podría ocupar su lugar. Quiero justicia para la humanidad.

—¿Únicamente eso?

—Así es.

Samael quedó satisfecho.

—¿Qué te hizo pensar que tenía tales vicios?, ¿acaso me equivoqué en algo?

—Claro que no, tu conducta es irreprochable, es solo que estamos en un punto en el que probablemente podrías corromperte y eso me... nos dolería mucho.

El que fuera el Primer Ángel sonrió con amabilidad.

—Gracias por preocuparte, pero ya no lo hagas más. Tengo muy claro cuáles son mis intenciones en este momento y ninguna consiste en erigirme como nuevo soberano del universo.

Fue así que los seres de luz, que en algún momento se refugiaron en el planeta azul, partieron con rumbo al Cielo.

CAPÍTULO XXIV
LA REVELACIÓN
Cerro del Tepozteco, México. Año 2021

«Si quieres la verdad debes buscarla tú
mismo».
Julian Assange.

Poco a poco Sebastian empezó a recobrar la conciencia, recostado sobre la hierba, en posición decúbito lateral derecho. Lentamente abrió los ojos y vio una pequeña fogata junto a él. Hizo un esfuerzo por levantarse, pero apenas pudo mover el brazo izquierdo para apoyarse. Después de algunos segundos de esfuerzo, logró sentarse. La cabeza le punzaba provocándole una horrible jaqueca. Todo le daba vueltas, no se explicaba cómo había llegado hasta ahí. Paulatinamente recordó el camino que recorrió hasta llegar a la poza y la imagen de aquel ser que se bañaba en sus aguas pasó frente a sus ojos. Trató de incorporarse, pero una mano arrugada cayó sobre su hombro, impidiéndole hacerlo.

—¡No te levantes, muchacho!

Aunque confundido por el golpe, la voz le sonó muy familiar.

—Te abriste la cabeza.

Finalmente la reconoció, era de don Lucho, su amigo entrañable, a quien llevaba meses buscando por todas partes de Tepoztlán.

—Recuéstate, muchacho.

—¿Dónde está?

Don Lucho no entendió la pregunta.

—¿Cómo dices?

—¿Dónde está? —Sebastian seguía insistiendo.

—¿Dónde está, quién? —preguntó don Lucho, intrigado.

Sebastian sentía que su cabeza le iba a explotar, creía que todo a su alrededor se movía, pero en su desvarío persistió.

—¿No lo viste?

—¿A quién, muchacho? Aquí solo hemos estado tú y yo.

El anciano empezaba a preocuparse, vio cómo su amigo apenas pudo levantarse y siguió al pendiente, sujetándolo por el brazo. Sebastian notó que tenía en la cabeza una venda que seguramente, de manera improvisada, don Lucho le había atado para contener la hemorragia. Un balbuceo salió de la boca del joven.

—El que estaba en…

—¿Dónde, muchacho?

—Ahí, bañándose en la poza.

Don lucho seguía sin entender.

—¿De qué hablas, muchacho? ¿Sí sabes lo que te pasó?

Sebastian estaba desorientado, volteaba a todos lados como si buscara algo o a alguien. Don Lucho lo dedujo por su mirada perdida y preguntó:

—¿Sabes dónde te encuentras?

Con algo de dificultad, respondió:

—En la Poza de la Nahuala.

—Cerca, pero no, muchacho.

Efectivamente, se encontraba por lo menos a cien metros del lugar donde cayó y no entendía por qué.

—¿Qué viniste a hacer aquí, tan temprano?

—Vine a buscarte, hacía tiempo que no te veía y me preocupé. Varias veces pregunté por ti en el pueblo pero nadie supo decirme tu paradero.

Don Lucho sonrió con alegría, pero Sebastian no entendía cómo llegó hasta ese lugar.

—Gracias, muchacho. Hacía mucho que nadie se preocupaba por mí, pero no tenías que molestarte en venir.

Sebastian, recuperándose de su inconsciencia, escuchaba que la voz del anciano, como un eco lejano se acercaba y se alejaba. No obstante percibía algo extraño en su comportamiento y sus palabras.

—No fue una molestia.

Suspiró y formuló nuevamente su pregunta.

—¿Lo viste?

—¿A quién, muchacho?

Se talló los ojos con ambas manos para tratar de aclarar su visión. Entonces los recuerdos pasaron frente a él, no tuvo una alucinación, estaba seguro de lo vio.

—Alguien más alto que yo nadando en la Poza, lo vi antes de caerme.

Don Lucho optó por callar cuando escuchó esas palabras. Fingía no saber de qué le hablaba, pero la expresión en sus ojos lo delataban.

—¿Puedes decirme cómo era?

—Se notaba que era más alto que yo y probablemente extranjero.

—¿Más alto que tú?

—Sí.

–Eso está raro, los de por aquí somos chaparros —contestó con su clásico buen humor mientras Sebastian se tocaba la frente y trataba de ponerse de pie, sin conseguirlo.

—¿Extranjero también?

—Sí, tal vez.

—Eso está más raro. ¿Por qué dices que era extranjero?

Sebastian continuaba aturdido, pero ya contestaba con mayor velocidad y lucidez que al principio.

—Era blanco, viejo.

—También hay mexicanos así —dijo don Lucho, tratando de darle gracia a una conversación en la que no estaba cómodo.

—¿Y qué andaría haciendo un rubio por aquí?

Sebastian no contestó, se limitó a mirarlo y a guardar silencio por unos segundos, para luego preguntar con firmeza:

—¿Estás seguro que no lo viste?

—Segurísimo.

La repuesta provocó en Sebastian un silencio sepulcral mientras clavaba la mirada en su viejo amigo, lo cual nunca había sucedido. Don Lucho se dio cuenta y entonces preguntó:

—¿Qué pasa, muchacho?, ¿por qué me miras así?

Sebastian estaba casi repuesto, lo único que aún le representaba problemas era el intenso dolor de cabeza que sentía. Como pudo, caminó hacia la Poza, mirando hacia el suelo, como si buscara algo.

—Tómalo con calma, apenas acabas de despertar —le dijo don Lucho, pero él parecía no escucharlo.

Con un poco de dificultades recorrió la distancia que lo separaba del sitio al que esperaba llegar. Se recargó en el árbol donde antes trató de ocultarse para observar quién nadaba en la poza; vio la rama rota, de la que se había sujetado para evitar la caída; observó el suelo donde se estrelló. El recuerdo completo estaba en su mente.

—¿Qué pasa, muchacho? —volvió a interrogar don Lucho.

—Pasa que me acabas de mentir —aunque todavía algo mareado, supo bien lo que contestó.

El rostro amable de don Lucho cambió repentinamente, ahora existía una mueca de extrañamiento mezclada con algo de preocupación.

—¿Por qué lo dices?

—Porque lo acabas de hacer... y sabes que detesto las mentiras.

Don Lucho no sabía qué decir.

—Además, tus ojos me lo confirman.

El anciano se resistía a continuar hablando, pero finalmente lo hizo.

—¿Cómo es que lo sabes?

—En primera, porque lo acabas de aceptar con esta pregunta y en segunda, porque sé perfectamente cuál es el lugar donde caí, y no fue aquí, donde dijiste haberme encontrado —Sebastian comenzaba a alterarse—. No sé por qué me llevaste tan lejos, pero tú no tienes modo de haberme cargado.

Don Lucho no tuvo argumentos qué expresar, cualquier cosa que dijera podría ser utilizada en su contra. Sebastian continuó:

—En el suelo no hay marcas de que me hayas arrastrado y mi ropa no está tan sucia como para creer que lo hubieras hecho. Alguien me cargó y me llevó hasta donde desperté y tuvo que ser fuerte para poder levantarme. Tú no tienes esa fuerza.

Don Lucho permanecía en silencio.

—No te atrevas a negarlo —sentía que la cabeza le dolía más con cada palabra que articulaba—. Además, yo nunca dije que fuera rubio, solo mencioné que era blanco. Si afirmas que era rubio, es porque seguramente viste su cabellera dorada, de la que yo no mencioné nada.

Don Lucho estaba acorralado, la perspicacia de Sebastian lo había llevado a un lugar en el que ya no podía escapar, sin embargo, intentó hacerlo.

—Fue una simple suposición, muchacho, creí que al ser blanco también sería güero. No sé por qué le das tanta impor...

—¿Y todo lo demás? ¡Ya no mientas, viejo! —lo interrumpió, imponiendo su voz— ¡Sabes muy bien que me fastidian las mentiras! ¡Si no vas a aceptar que también lo viste, por mí está bien! ¡Lo que quiero saber es por qué mientes!

La inteligencia de Sebastian fue subestimada, pero eso no era lo importante, lo que le molestaba era que trataran de engañarlo. La insoportable punzada en la cabeza agravaba la situación.

—¡Contesta! —le solicitó, dejando ver claramente que el enojo lo había poseído. Pero don Lucho no contestó, simplemente bajó la mirada y selló sus labios, lo que provocó aún más la molestia y decepción de Sebastian.

—¡Por muchos años he venido a visitarte!, ¡te consideré mi único amigo, te conté mis secretos, mis miedos, mis frustraciones!, ¡te hablé de mis sueños, confié en ti como en nadie!, ¡y ahora me mientes! ¡Quiero saber por qué!, ¡necesito saber la razón por la que solapas a alguien que se atrevió a nadar en la Poza de la Nahuala, cuando sabes bien que está prohibido!

Al terminar de decir esto, solo el ruido de las aves se escuchaba. Lágrimas de desesperación empezaron a asomarse en los ojos azules de Sebastian, estaba muy dolido por la mentira que acababa de descubrir.

—Te quiero, viejo.

Estaba decepcionado de su amigo y desesperado por no obtener las respuestas que necesitaba… otra vez.

—Pensé que me apreciabas por lo menos un poco, fuiste mi mejor amigo y ahora te desconozco.

Sebastian empezó a acomodar la mochila, señal de que estaba por terminar con la conversación.

—No digas eso, muchacho —respondió don Lucho tratando de retenerlo, pero fue en vano.

—Entonces no diré nada, pero es cierto, mentiste y te sorprendí. Por última vez, di la verdad, ¿qué es lo que ocultas?

La distancia entre ambos era pequeña pero la situación que vivían la convirtió en un gigantesco abismo. Al no obtener respuesta, Sebastian decidió marcharse.

—Cuídate… Gracias por todo.

—¡Sebastian!

—No volverás a verme.

—¡Espera!

—Adiós.

Después de esa amarga despedida, la primera entre ambos, Sebastian dio la espalda al anciano y avanzó. Sus pasos no eran firmes y tenía un largo camino por recorrer. El dolor en su cabeza era fortísimo, pero no tanto como la decepción de saber que su mejor amigo había querido engañarlo.

Después de algunos metros escuchó una voz grave y distinta, de alguien que lo llamaba con energía y vigor.

—¡Sebastian!

Cuando volteó vio que solo don Lucho estaba ahí, mirándolo fijamente. Buscó a su alrededor tratando de encontrar el origen de aquella voz, pero no había nadie más, estaban solos. Aún era temprano para que comenzaran a llegar visitantes.

—Fui yo, muchacho, yo te llamé.

La misma voz que lo detuvo salió de la boca de don Lucho, dejándolo sin poder pronunciar palabra alguna. Aún con la mano en la cabeza, Sebastian se fue aproximando a él, para corroborar que no alucinaba y que efectivamente su amigo, el anciano, era quien le hablaba. Cuando estuvo a unos dos metros de distancia, aquella voz volvió a sonar.

—¿Quieres la verdad?

No hubo respuesta, estaba petrificado por presenciar el repentino cambio en el volumen, la potencia y la autoridad con que le hablaba.

—¡Contesta! ¿Quieres la verdad?

Sebastian lentamente bajó la mano con la que se tocaba la cabeza. Permanecía mudo, se limitó a asentir con la cabeza.

—Muy bien, entonces aquí la tienes.

Don Lucho bajó la mirada, cerró los puños y los juntó a la altura del vientre. Su pequeño y moreno cuerpo empezó a temblar de manera semejante a los pacientes con mal del Parkinson. Después emitió un leve resplandor, como si fuera un halo de divinidad que se fue haciendo más y más intenso, llegando al punto de obligar a Sebastian a retroceder un paso y cubrirse los ojos con su antebrazo para evitar que la luz lastimara su vista. Luego de varios segundos el resplandor cesó y el «pequeño irlandés» aún tenía las manos sobre los ojos, quizá por miedo a quedar ciego o tal vez por temor a descubrir algo desconocido; era como un niño que temía continuar viendo una película de terror.

—Ya puedes abrir los ojos —escuchó decir a aquella inquietante voz, pero él aún permanecía ahí, sin poder hacerlo; era incapaz de mover cualquier músculo, estaba petrificado. Simplemente no podía mirar lo que tenía enfrente.

—No tengas miedo, solo abre los ojos, muchacho.

La voz era diferente pero el tono amistoso era el mismo que había conocido por años. De forma repentina un aroma llenó el lugar deleitándole el olfato. Al percibir la fragancia le produjo una sensación de tranquilidad y serenidad, por lo que adquirió un poco de confianza; sin embargo, tuvo que emplear toda su voluntad para retirar las manos de su cara y descubrir quién estaba ahí.

Al abrir los ojos, efectivamente vio que el dueño de la voz era un hombre de tez blanca como el mármol, de magnífica belleza, más alto que él, de larga y ensortijada cabellera rubia y con los ojos azules; el hermoso rostro apacible, de frente amplia, reflejaba inteligencia sin límites. La bondad que emanaba de su mirada le dio a Sebastian la seguridad suficiente para ir acercándose, hasta que la distancia entre ambos disminuyó.

Estaba ahí, de pie, desnudo, con los brazos separados de su musculoso cuerpo, extendidos con las palmas hacia afuera y las manos ligeramente abiertas.

—¿Querías la verdad? Pues bien, aquí la tienes.

Sebastian tenía los ojos tan abiertos por la impresión que acababa de recibir, que casi se le salen de la órbitas.

—Este es quien verdaderamente soy.

CAPÍTULO XXV

SIN NINGUNA OPCIÓN
Antes de la creación de la humanidad

> «Hacer lo correcto suele ser lo más difícil».
> **Mathews Dickens.**

CUANDO PASARON CERCA DEL QUE HABÍA SIDO EL PLANETA VERDE, Luzbel y sus seguidores todavía recordaban su victoria en el desolado lugar. Notaron que permanecía de color rojo, aún perduraba la energía de los ángeles que se extinguieron en la superficie. Lo rebasaron y continuaron su trayecto, la euforia corría en sus esencias, todos sentían una extraña ansiedad por llegar a su destino final, el Cielo.

A medida que se aproximaban, más se sorprendían. Los rebeldes estaban seguros que iniciaría el último asalto mucho antes que llegaran al que alguna vez llamaron su hogar. Por esta razón ya estaban debidamente alineados en los seis cuerpos, todos armados, a excepción del líder, quien no portaba su emblemática espada.

La ausencia de vigilancia creaba una sensación de extrañamiento, muchos estaban optimistas por la nula resistencia que estaban encontrando.

—¡Ya ganamos! —era el grito que se repetía en muchos puntos del ejército y todos parecían contagiarse de una extraña alegría, excepto Luzbel, quien no se dejaba engañar por las apariencias; sabía que para conquistar la victoria tendrían que hacer enorme esfuerzo y desconfiaba de lo fácil que resultaba invadir los dominios del Padre.

Por fin tuvieron a la vista el Palacio del Infinito, donde todo había iniciado y donde todo habría de terminar. Cuando se acercaron a la parte frontal vieron que, a velocidad moderada, un lejano punto de luz se aproximaba. Era un hermano menor, leal al Padre, quien salió al encuentro; aquel de piel cobriza y cabellos plateados que le daban aire de elegancia y que con cada movimiento resaltaba su bello rostro.

—¡Saludos, hermano! —dijo Rafael a Luzbel, pero no obtuvo más que una mirada inquisidora, llena de desconfianza—. Veo que trajiste tu ejército.

Esta ocasión sí obtendría respuesta.

—No los traje, están aquí por elección propia.

Rafael veía que el rostro de Luzbel conservaba la magnífica belleza de siempre, aunque ahora matizada por el dolor profundo que le quedó tras destruir a muchos de ellos.

—El Padre me encargó que los reciba. Por favor, acompáñenme.

—Te advierto que estamos preparados para todo —respondió Luzbel en tono amenazador.

—Descuida, créeme que no habrá más batallas.

—¿Qué garantías hay de eso?

—Mi palabra, hermano, esa es la garantía.

Sus leales no alcanzaron a escuchar, pero gracias a los ademanes y gestos que observaron interpretaron que hasta ese momento todo estaba en buenos términos. La victoria estaba cercana.

—Vamos —pidió Rafael con amabilidad y Luzbel estuvo de acuerdo en acompañarlo.

El ejército rebelde avanzó y fue conducido para que tomaran su lugar en la explanada principal, justo donde quien fuera el Primer Ángel marcara su posición frente a la decisión del Padre; en el sitio preciso que se originó la rebelión.

En el lado izquierdo de la explanada estaban todos los ángeles que sobrevivieron. Ya no lucían rebosantes como en otros tiempos, visiblemente la población de estos seres de luz era mucho menor, aunque continuaban superando en número a los rebeldes.

Desde las alturas, Luzbel verificó que no se tratara de una trampa y, efectivamente, no lo era. Pudo ver que los leales estaban ahí, de pie e inmóviles, por lo que descartó un ataque sorpresa. Antes de descender, ordenó a los rebeldes que se mantuvieran listos y que en ningún momento se dispersaran; era necesario conservar la formación y la disciplina que tan buenos resultados les había traído.

Cuando descendieron, los insurgentes se acomodaron en el costado derecho de la plaza y mantuvieron su posición con firmeza. En sus rostros se expresaba la decisión con la que llegaron y miraban fijamente a los ángeles vencidos, quienes los ignoraban mirando hacia el escenario. Los bandos estaban bien definidos, la distancia entre ambos era muy reducida, nadie imaginaba que el final de la cruzada estaba por llegar.

Una vez que todos se ubicaron en el mismo nivel, Luzbel vio que en el gigantesco escenario blanco había siete asientos forrados de terciopelo rojo, con vivos dorados en los bordes. Uno de ellos estuvo vacío hasta que Rafael se sentó en él. Los demás permanecían ocupados por Gabriel, Jofiel, Chamuel, Uriel, Zadquiel y al centro estaba Miguel, quien lo llamó.

—¡Acércate, hermano!

Luzbel se aproximó, desconfiado.

—Descuida, me queda muy claro que jamás podré vencerte. No pretendo, ni pretendemos, atacarte nunca más. ¿Cierto, hermanos? —preguntó Miguel a los seis que se encontraban a su izquierda y derecha, y todos asintieron en señal de estar de acuerdo—. Pero debes entender que te equivocas, tu causa no tiene sentido, la voluntad del Padre es absoluta.

—¡Pero no le asiste la razón! —interrumpió Luzbel en tono de hartazgo; sabía perfectamente a dónde pretendía llegar su interlocutor.

—No te alteres, Luzbel, te aseguro que no hay motivos para ello.

No hubo respuesta.

—Has peleado valientemente, pero es momento que te rindas, aceptes que te equivocaste y te sometas a la voluntad del Padre.

—¡Jamás! —gritó con todas las fuerzas de su ser, provocando la euforia en sus soldados, que escucharon la reafirmación de su posición y levantaron sus armas como signo de aprobación y solidaridad; mientras los leales escuchaban atentos, de pie, sin hacer ningún tipo de movimiento.

Miguel no tuvo más remedio que esperar a que los elogios y gritos cesaran para continuar con su intervención. Cuando esto ocurrió, dijo desde su silla:

—Tu soberbia produjo la destrucción de millones de nosotros, es momento que esto acabe de la mejor manera.

Al término de esta frase, Luzbel respondió:

—¡No fue mi soberbia, fue su intransigencia la que nos trajo a este punto!

—No blasfemes.

—¡No lo hago, solo digo la verdad y aunque tú no lo quieras aceptar sabes que me asiste la razón!

Una nueva cascada de elogios y gritos cayó sobre la explanada, el apoyo a Luzbel era evidente. La incomodidad de Miguel era muy grande pero trató de no hacerla evidente, así que se limitó a apretar los puños, en su asiento.

—Por órdenes del Padre, te pido renuncies a tu cruzada, que te entregues a su voluntad y jures obediencia ciega a sus designios como en algún momento lo hiciste. A cambio, tú y los tuyos podrán volver aquí, al lugar dónde pertenecen.

Luzbel sintió que eso era una provocación y ya no pudo callar más.

—¡Cómo te atreves a mentir de esa manera, cuando sabes que Él destruyó a quienes se arrepintieron antes!

Prudentemente, Miguel, al igual que sus seis jefes, contuvo su sorpresa. Esperaba que su hermano se abstuviera de mencionar aquel hecho; sin embargo, todos los presentes se enteraron. No podía negar lo que ahora todos sabían. Se hizo un silencio ensordecedor, los gritos de aprobación fueron sustituidos por gestos de sorpresa e indignación. Los leales al Padre no entendían cómo fue que Luzbel se enteró de tan lamentable hecho. Alguien tuvo que decírselo, nadie imaginaba que el Padre mismo fuera el informante. Entonces que Azazel reflexionó:

—A esto te referías, hermano, cuando dijiste que ya no querías más ángeles destruidos. Pero, ¿cómo te enteraste?

La indignación creció por todas partes, los murmullos lentamente se convirtieron en reclamos y la ira recorrió el rostro de los rebeldes. El semblante de Luzbel lucía descompuesto, no habría nada que lo detuviera si volvían a provocarlo. Fue que Miguel lo llamó a la cordura.

—Por favor, cálmate, hermano. Las condiciones cambiaron, si el Padre quisiera destruirlos ya lo habría hecho hace tiempo, tenlo por seguro.

—¿Y por qué no lo hace?, ¿será que acaso no puede?

Miguel empleó toda la templanza que le quedaba para decir en el tono más tranquilo que pudo:

—No deberías retar su poder, sabes bien que es infinito.

—Lo sé, y también que se equivoca. Gracias por la oferta, pero no hay ninguna posibilidad de que la acepte.

—¿Estás seguro de lo que dices?

—Lo estoy.

—Si no te rindes ahora ya no habrá otra oportunidad, ¡piénsalo!

—¡No tengo nada qué pensar!

Después de una pausa prolongada, Luzbel gritó:

—¡Si seré destruido, que sea peleando entonces! ¿Quién está conmigo?

La respuesta no se hizo esperar, sus rebeldes comenzaron a hacer toda clase de ruidos, siendo los más sonoros el resultado de chocar lanzas contra escudos.

La batalla final estaba por iniciar pero algo no concordaba, algo que Luzbel no imaginaba que pasaría. Estuvo tan concentrado en escuchar el discurso de su hermano que olvidó que todo aquello fue muy fácil. Entrar al Cielo, situarse en la explanada principal, justo en el Palacio del Infinito; todo fue sencillo, así que tuvo un mal presentimiento. Miguel le dijo en tono amenazador:

—¡Veremos si en verdad no te rindes!

Luzbel, desafortunadamente no calculó ese riesgo, ni siquiera lo vio venir; era inimaginable lo que estaba por suceder, pero ordenó:

—¡Hermanos!, ¡en formación!

Era la indicación que los rebeldes esperaban. En un instante todos empuñaban las lanzas con que apuntaban a sus hermanos, los cuales tenían enfrente y estaban listos para embestirlos; nada podría detenerlos, únicamente requerían que Luzbel diera la orden, y la dio.

—¡Listos!

—¡Espera! —gritó Miguel, interrumpiendo la orden—. ¡Si atacas a mis hermanos te arrepentirás! ¡Te ordeno que te rindas!

—¿Y cómo planeas obligarme? —retó Luzbel, esperando provocar a su hermano, pero lo único que logró fue arrancarle una sonrisa maliciosa. Miguel se puso de pie y dijo:

—¡Con esto!

Con sus manos mostró a todos la esfera que contenía todo sobre la nueva especie, misma que depositara en manos de Gabriel.

—Si mueves un solo músculo la destruiré y todo el trabajo que dedicaste al diseño de la humanidad, e incluso esta guerra que iniciaste, habrán sido en vano. ¡Ríndete!

Un alarido general se esparció por todos lados, tanto Luzbel como sus rebeldes se asombraron con lo que acaban de escuchar. Era una treta muy sucia la que Miguel hacía, indigna de su investidura, pero era la única forma en que podía detenerlo. La impotencia invadió la esencia de Luzbel, que se sintió acorralado entre la espada y la pared. No podía hacer nada, sabía que cualquier orden suya provocaría la destrucción de la especie que tanto había defendido. Sus guerreros permanecieron inmóviles, esperando iniciar la contienda, pero no escuchaban la voz ejecutiva que les indicara avanzar sobre los enemigos, a quienes tenían al alcance de sus manos. Al no obtener la rendición de Luzbel, Miguel hizo algo aún más increíble.

—¡Veo que dudas!, ¿no te das cuenta que tu lucha terminó? ¡Te daré más razones para rendirte! ¡Hermanos, ahora!

Al escuchar a Miguel, los leales mostraron que también tenían en sus manos esferas de información pertenecientes a diversas especies del cosmos.

—¡Me llevaste al límite, Luzbel! ¡Estas son las consecuencias!, ¡las esferas que tenemos pertenecen a todas las especies diseñadas por tus seguidores! ¡Si no te rindes ahora las destruiremos y todas las criaturas del universo morirán instantáneamente!

Ya no solo se trataba de su especie, también animales y vegetales grandes y pequeños, todos los seres vivos dejarían de existir en el momento que Miguel lo ordenara.

Al escuchar esta amenaza los guerreros de Luzbel voltearon a mirarlo; habían perdido la voluntad de luchar. Nadie dijo nada, pero todos le imploraban con la mirada que se rindiera. Se trataba de los diseños de todos sus hermanos, sus especies, sus hijos. Esta labor les había tomado eones, imprimieron todo su amor en ella y no querían su destrucción. Luzbel tuvo razón al iniciar su lucha, pero ya no había oportunidad de ganarla.

—¡Ríndete!

Después de algunos momentos, el que había sido el Primer Ángel dijo:

—¡Tú ganas, Miguel! ¡Aquí y ahora, me rindo!

Miguel no pudo ocultar su complacencia cuando escuchó que su hermano renunciaba a pelear, había ansiado ese momento.

—¡Ordena a tus rebeldes que tiren las armas!

Luzbel obedeció y los seis jefes de Miguel se pusieron de pie para dar indicaciones con las manos. Sin pronunciar palabra, sabían lo que se ordenaba. Una parte de los leales sostenía las preciadas esferas de información con el fin cumplir la amenaza en caso de cualquier contingencia, mientras que otra mayor se dedicaba a inmovilizar las manos de los rebeldes. Fueron llevados en filas lejos de la mirada de su líder. Azazel lo miró, sabía que Luzbel había hecho lo correcto, pero le dolía ser vencido sin pelear. Entre jaloneos, Samael rompió la formación para acercarse a su hermano mayor, quien tenía la mirada de la derrota clavada en el blanco mármol de la explanada.

—Hiciste lo correcto, hermano. No debes arrepentirte, ¡tu decisión salvó millones de especies en todo el universo! ¡No lo olvides! —le gritó antes de que también se lo llevaran.

Con esta rendición Miguel y Gabriel se acercaron a Luzbel. También lo encadenaron, pero a él de pies y manos, y fue conducido al interior del Palacio del Infinito. El Padre quería tenerlo de frente por última vez.

—¿Qué les pasará? —preguntó Luzbel angustiado por el destino de sus hermanos.

—No preguntes algo cuya respuesta conoces, sabes bien cuál será el castigo.

—¿Y ellos lo saben?

—Muy probablemente sí.

Luzbel veía cómo encadenaban y se llevaban al que fuera su poderoso ejército, que conoció la derrota solo cuando emplearon el amor en su contra. El amor que tenían a las especies que diseñaron fue la única arma que podría derrotarlos y así sucedió; cuando vieron peligrar la inmensa cantidad de seres inocentes optaron por no pelear y aceptaron su propia destrucción, antes que la de alguien más.

—¿Qué amor puede ser más puro y honesto que el del sacrificio total por el bienestar ajeno? —pensó Luzbel mientras veía a sus guerreros caminar como ovejas mansas conducidas al matadero. Pero esto no era lo peor que podía suceder al más hermoso de todos los ángeles.

Miguel le sujetó el brazo derecho, Gabriel el izquierdo. Las cadenas que llevaba en los tobillos, además de pesadas eran cortas y le impedían caminar de manera normal. Las de las muñecas estaban hechas de modo que mantuviera los manos juntas y de ahí una tercera ramificación de eslabones llegaba a su cuello. Ésta no era lo suficiente larga para permitirle la posición de erguido, por lo que su magnífica figura se veía encorvada, dando un aspecto miserable de derrota. Justamente era esa la idea, que su maravillosa imagen desapareciera y en su lugar quedara solo el recuerdo de exhibirlo en una postura que expresara la humillación más profunda.

Lo acompañaron a la sala donde el Padre esperaba. Abrieron las enormes puertas detrás de las cuales aguardaba el Creador y entraron, pero ahí no había nadie. Caminaron un poco y dejaron a Luzbel de pie, justo en medio de la majestuosa pieza.

—Espera aquí, Él no tardará mucho.

—Lo sé, Miguel. Conozco el protocolo, no olvides que alguna vez fui el Primer Ángel.

—Aún lo eres.

—No, tú dijiste claramente que ya no lo era, ¿o acaso lo olvidas?

Miguel ya no respondió, invitó a Gabriel a abandonar el recinto y ambos dejaron a Luzbel ahí, parado para recibir la justicia del Padre.[1]

Al cerrar la puerta, los dos ángeles se limitaron a permanecer de pie justo afuera, mirándose, sin pronunciar palabra alguna. No ignoraban cuál sería el castigo de Luzbel y no pasó mucho tiempo cuando, desde el interior, se escuchó un grito desgarrador.

—¡Aaaaaaaaah!

Ambos sabían que provenía de la boca de Luzbel. Cuando entraron, descubrieron a su hermano mayor tendido boca abajo, sobre el inmaculado mármol blanco. Era la primera vez que lo veían tirado, cual despojo. Se acercaron, vieron que estaba inconsciente y, en el lugar en que debía tener sus alas, no había más que dos horrendas y humeantes cicatrices; el Padre se las arrancó.

Siguiendo las órdenes, tomaron a Luzbel por ambos brazos y lo condujeron a uno de los gigantescos jardines del Palacio del Infinito, donde yacían encadenados los rebeldes que lucharon a su lado. Miguel y Gabriel se situaron en lo alto de un templete, donde podía verse claramente las condiciones tan deplorables en que se encontraba Luzbel, pues lo colocaron de rodillas frente a todos.

---

1 «...por cuanto el príncipe de este mundo es juzgado». (Juan 16, 11).

—¡Este es el Ángel que desobedeció al Padre! —gritó Miguel, señalando al cautivo que yacía con los ojos cerrados y el rostro descompuesto.

—¡Y este fue su castigo! —agregó mientras lo volteaba, con la intención de que todos vieran que el Padre le había arrancado las alas. Esta acción fue por demás innecesaria, pues era visible que le faltaban las extremidades que en su momento le habían permitido volar por todo el universo.

La reacción no se hizo esperar, con mucha furia los rebeldes encadenados manifestaron su descontento por el horrible castigo impuesto a Luzbel.

—¿Era esto necesario?

—¡Por qué cometieron esta atrocidad!

—¡Espero nunca te arrepientas!

—¡Fue monstruoso!

—¡Terrible!

—¿Dónde está la misericordia del Padre?

—¿Dónde está tu piedad, Miguel?

—¡No debió pasar, Gabriel!

Gritaron Samael, Azazel, Khunel, Dariel, Lancel y Tamliel acompañados por los alaridos de sus subordinados, que no ocultaban la indignación. Gabriel no pronunció palabra, pero coincidió con la desaprobación que expresaron los encadenados.

El escándalo fue tanto que Luzbel empezó a volver de su inconsciencia, solo para ver que sus correligionarios intentaban defenderlo inútilmente. Miguel, al percatarse que volvía en sí, se aproximó y le dijo al oído con tono de satisfacción:

—Ahora, tu siguiente castigo, hermano.

Miguel giró su bello rostro y, de los aposentos del Padre, vio salir un resplandor de energía en dirección a la multitud de ángeles encadenados. Luzbel sabía lo que esa luz significaba; la vio antes, durante su retiro en el árido paisaje del planeta azul.

—¡No! —fue el estruendoso grito que emergió por su boca, pero no lograría hacer nada para evitar lo que estaba a punto de suceder. Observó cómo los millones de ángeles que lo siguieron fueron aniquilados en medio de ruegos de misericordia y plegarias de piedad;[2] se humillaron ante el Padre, pero no los escuchó. Samael, antes de extinguirse alcanzó a gritarle:

—¡Hiciste lo correcto, hermano! ¡Bendito seas!

Un océano de energía roja emergió para remplazar a los ángeles extintos. Ante la escena desgarradora, Luzbel bajó la mirada, como buscando refugio en el suelo, ocultando el rostro detrás de sus manos. La impotencia era tal que no paraba de gritar.

—¡Por qué a ellos y no a mí! ¡Por qué a ellos y no a mí!

Al escucharlo Miguel, dijo:

—El Padre pensó que este sería un buen escarmiento para ti, no destruirte, dejarte existir para que vivas eternamente con el dolor de la destrucción que provocaste. Admito que comparto su opinión.

Gabriel no daba crédito a cuanto presenció. El tono de aquellas palabras entrañaba una perversa fascinación, la mirada de Miguel estaba saturada de venganza. Sin embargo, Luzbel parecía no haber escuchado y los ojos se le inundaron de lágrimas. Ya no estaba de rodillas, su cuerpo yacía completamente sobre el suelo retorciéndose de dolor y desesperación. Después de un tiempo se puso de pie, lo cual indicaba que se recuperaba levemente. Con dificultad y arrastrando las cadenas que lo sometían, se dejó caer del templete. Nuevamente se levantó y dio unos pasos hacia donde la energía residual de los que habían sido sus hermanos permanecía. Trató de tocarla, pero ésta se desvaneció al menor

---

2 *Cfr.* «...y sus ángeles fueron arrojados con él». (Apocalipsis 12, 9).

intento de contacto. No quedaba nada de quienes pelearon a su lado. Lentamente volteó hacia Miguel, y dijo:

—¡Yo soy quien debió sufrir este castigo!, ¡no ellos!

Miguel sonrió con ironía, pero guardó silencio, dando pauta para que Luzbel continuara.

—Te valiste de las especies que diseñamos para obligarnos a la rendición, usaste el amor que sentíamos por ellas como una ventaja a tu favor. ¿Cómo pudiste acudir a una treta tan baja?

—En la guerra todo se vale, tú mismo utilizaste los recursos del planeta azul para derrotarnos —Luzbel no respondió, pues se dio cuenta de la burla que era objeto—. Por cierto, excelentes armas, las conservaremos para nosotros. Tus rebeldes ya no las necesitarán más. Yo, particularmente, me quedaré con tu espada.

—No podrán utilizarlas, todas tienen impresa la esencia de quien las fabricó.

—Descuida, es un pequeño detalle que estoy seguro el Padre corregirá.

Como Luzbel esperaba esta respuesta, dijo:

—Quizá tengas razón, puede que tú y mis hermanos leales sean capaces de usar a las armas que fabricamos, pero ninguno de ustedes podrá jamás emplear mi espada.

—¿Por qué?, ¿acaso porque no está aquí ahora? Es un inconveniente menor, sé perfectamente dónde encontrarla.

Pero Luzbel, que previó todo, aún tenía un as bajo la manga y sonrió.

—Desde que te vi manipular mi espada en el planeta verde supe lo mucho que te encantó, así que cuando me dejaron en la sala del Padre, antes de recibir su justicia, le pedí un último deseo y aceptó.

—¿De qué hablas? —respondió Miguel ansioso, intrigado.

—Le pedí que mi espada fuera utilizada únicamente por alguien adecuado, honesto y tú ya no lo eres, querido hermano.

Ahora Luzbel se burlaba, pero aquella respuesta irritó tanto a Miguel que inmediatamente empezó a abofetearlo una y otra vez, con el fin de humillarlo, hasta que Gabriel le impidió continuar.

—¡Suficiente, hermano! Ya está vencido, además no puede defenderse.

Después de sufrir los impactos provenientes de la palma de aquella mano, Luzbel dijo:

—Gracias por defenderme, Gabriel… Porque yo no puedo hacerlo, es que me maltrata; si estuviera libre, las cosas serían muy diferentes. ¿Cierto?

Miguel no pudo responder, pero sentía que la ira lo invadía.

—¡No eres más que un cobarde! —gritó Luzbel e hizo que todos los ángeles reunidos escucharan, provocando que se intensificara aún más la furia de su hermano menor, quien siguió abofeteándolo, hasta que el cúmulo de murmullos se hizo tan fuerte que obligó a Miguel a detenerse.

La ira persistía en la mirada de Miguel y en un arranque abrió sus alas, tomó la cadena que sujetaba el cuello del cautivo y se elevó por los aires, con él colgando como si fuera un muñeco de trapo. Al presenciar esta acción, Gabriel se elevó también, siguiéndolo, y preguntó:

—¿Qué haces, Miguel?

—Cumplo con mi deber, obedeceré la última voluntad del Padre finiquitando este asunto de una vez por todas.

Miguel continuó subiendo cada vez más, con Luzbel inmovilizado. Lo acompañaba Gabriel, que aún no entendía lo que pasaba. Llegó a un punto en el que se detuvo únicamente para sujetar a su hermano por el cuello, de tal forma que ambos quedaron frente a frente. Cuando se miraron directamente a los ojos, Miguel, con desprecio, le dijo:

—Tú, que desafiaste al Padre y te atreviste cuestionar su voluntad. Tú, que desataste una guerra en el universo por defender a la nueva especie, que tanto amas…

Luzbel lo interrumpió.

—Sí, fui yo. Yo lo hice y lo volvería a hacer. ¿Sabes por qué?

—¡Porque eres un sacrílego!

Luzbel esbozó una pequeña sonrisa burlona y replicó:

—No, no te confundas, hermano. Lo hice porque es lo correcto, porque Él se equivoca y porque busca perpetrar una injusticia hacia la nueva especie.

Una nueva bofetada salió de la mano izquierda de Miguel para impactarse contra el lado derecho de la cara de su hermano.

—¡Cállate!, ¡blasfemo!

El rostro de Luzbel fue objeto de maltrato una vez más y, tras recuperarse del golpe, dijo:

—Mientras tenga boca hablaré asistido por la razón.

—¡En ese caso, te la sellaré a golpes!

Miguel levantó la mano rápidamente para propinar una nueva bofetada, pero a punto de descargarla intervino Gabriel y evitó que lo hiciera; le sujetó la muñeca con su mano diestra.

—¡He dicho que es suficiente, Miguel! ¡Te has excedido!, ¡ya recibió su castigo! ¡Es nuestro hermano, y no permitiré que lo sigas maltratando!

Miguel no vio venir lo que acababa de escuchar, estaba tan sorprendido que no pudo pronunciar palabra alguna, era la primera vez que Gabriel lo enfrentaba y lo hacía por defender a Luzbel. Ese gesto provocó que quien fuera el Primer Ángel le sonriera a su hermano menor, que acababa de defenderlo. Este incidente provocó que en las alturas, donde los tres estaban, se hiciera un silencio por demás incómodo. Miguel hizo un movimiento para zafarse de la mano que lo sujetaba mientras no apartaba la mirada de Gabriel, quien lo había retado.

—Podrás negarlo, pero eso no cambia el hecho de que yo tengo la razón y Él se equivoca —dijo Luzbel para llamar la atención de Miguel y evitar que en un arrebato atentara contra Gabriel, en represalia por haberlo defendido. Aquella treta funcionó, puesto que recibió respuesta:

—Aún persistes en tus ideas. Muy bien, es justo entonces que a partir de este momento mores ahí, donde tu nueva especie recibirá el don de la vida. Ya no podrás volver con nosotros, así que por órdenes del Padre te destierro para que desde ahora y hasta el final de los tiempos vagues por el planeta azul y observes cómo la humanidad causará su propia destrucción.

El que había sido el Primer Ángel permanecía en silencio mientras escuchaba la sentencia.

—Serás inmune al fuego y al hierro; no habrá arma creada por el hombre capaz de dañarte o destruirte; conservarás la habilidad de ajustar tu vibración de tal forma que puedas cambiar tu apariencia a placer, con el fin de que camines errante entre todos los humanos. Entonces entenderás que la humanidad, aun con todos los dones que le prodigaste, estará condenada a su perdición, ya que no sabrá usar el poder divino que habita dentro de cada uno. ¡Ese será tu peor castigo![3]

El fulgor de la ira irradiaba en los verdes ojos de Miguel. Luzbel, por su parte, tenía en su mirada la dignidad de saber que en todo momento hizo lo correcto.

---

3 «Con la multitud de tus maldades y con la iniquidad de tus contrataciones profanaste tu santuario; yo, pues, saqué fuego de en medio de ti, el cual te consumió, y te puse en ceniza sobre la tierra a los ojos de todos los que te miran». (Ezequiel 28, 15).

—¡Hasta nunca, Luzbel![4]

—¡Que nunca te arrepientas, Miguel!

Estas fueron las últimas palabras que se dijeron y con las cuales quedaba destruía su hermandad.

Luzbel fue lanzado desde las alturas, expulsado del Cielo y cayó en la Tierra para cristalizar el símbolo del mal.[5] Aquel hecho fue más que una simple derrota en la primera guerra del universo, pues al final se impidió que la humanidad pudiera desarrollarse de formas inimaginables. Tristemente resultó contradictorio que el Primer Ángel, el más hermoso e inteligente, el que hizo todo para que la humanidad prosperara e intentó a toda costa evitar la confrontación; quien organizó un ejército para combatir la injusticia y puso en peligro su propia existencia, a fin de otorgar a la raza del hombre la oportunidad de alcanzar el potencial divino que podría convertirla en superior, sea quien figure como la personificación de todo lo perverso que puede existir en este mundo.

No hubo justicia para él ni para quienes combatieron a su lado. Al final, los hechos fueron tergiversados de tal suerte que dieron un protagonismo heroico a quien no lo merecía y responsabilidad malévola al que defendió una causa justa. Lamentablemente, la historia la escriben los vencedores.

---

4 «Y fue lanzado fuera el gran dragón, la serpiente antigua, que se llama diablo y Satanás, el cual engaña al mundo entero; fue arrojado a la tierra». (Apocalipsis 12, 9).

5 «Y el diablo que los engañaba, fue lanzado en el lago de fuego y azufre, donde está la bestia y el falso profeta; y serán atormentados día y noche para siempre». (Apocalipsis 20, 10).

CAPÍTULO XXVI

DESCUBRIENDO LA VERDAD

Cerro del Tepozteco, México. Año 2021

"Todo aquello que el hombre ignora, no existe para él; por eso el universo de cada uno se resume a su saber."

Albert Einstein.

—¿Quién diablos eres? —fue la primera pregunta que Sebastian formuló al contemplar aquel magnífico ser, y no fue del todo bien recibida por aquel ente superdotado que lo miró condescendiente y trató de inspirarle confianza.

—Descuida, no voy a hacerte daño, ten la seguridad de que jamás te lastimaré.

La duda reinaba en la mente del «pequeño irlandés».

—Acércate, no debes temer.

Sebastian se negó a hacerlo.

—Anda, hazlo.

Comenzó a aproximarse con miedo auténtico y profundo, no por el ser que tenía enfrente, quien le resultaba extrañamente familiar, sino ante lo desconocido. Entonces, titubeando preguntó:

—¿Cómo pasó esto?, ¿cómo llevaste a cabo esta extraordinaria transformación?

El ser que estaba de pie, justo ahí, era completamente distinto. Incluso el picante olor a sudor que lo caracterizaba había desaparecido y dejó en su lugar un fresco aroma a rosas que llenaba el ambiente; era la fragancia de la santidad.

—¿Acaso eres un extraterrestre, o algo así?

Su mente racional lo obligaba a pensar con cordura, alejándolo de las dogmáticas creencias.

—Te lo explicaré con gusto, si me lo permites.

Sin dejar de sentir miedo, Sebastian se animó a preguntar:

—¿Tienes nombre?

—Claro que sí, y te lo diré si prometes escuchar con atención y tomas en serio mis palabras.

Sebastian asintió con la cabeza.

—¿De verdad, lo prometes?

—Sí, lo prometo.

—¿Estás listo para abrir tu mente?

—Creo que sí.

Sebastian, asombrado, olvidó por completo la jaqueca tan terrible que sufría a consecuencia del golpe que se llevó al caer.

—Me conformaré con tu respuesta ambigua... Así que quieres saber quién diablos soy, ¿cierto?

—Sí —balbuceó Sebastian, que aún no daba crédito a lo que sus ojos, oídos y olfato percibían.

—Bien... Empezaré por el principio, soy un ser de luz, soy un ángel.

El «pequeño irlandés» sintió cómo le temblaban las piernas, no daba crédito a lo que escuchaba.

—¿Aún quieres saber mi nombre?

—Sí... creo.

Al escuchar esa respuesta, continuó:

—Bien. ¿Sabes algo?, soy muy popular en todo el mundo, a lo largo de la historia he tenido muchos nombres, estoy seguro que conoces algunos.

Sebastian intentaba asimilar cuanto ocurría, pero las ideas se le hacían nudo en el cerebro, impidiéndole pensar con claridad.

—Me han llamado Estrella de la Mañana, Lucero, Bestia, Belial, Inicuo, Behemoth, Belzebub, Baal, Legión, Príncipe de este Mundo, Serpiente, Dragón, Satán, Satanás, Caído, Diablo, Demonio, Lucifer. Muchos tienen algo de cierto, otros no tanto; sin embargo, lo que en verdad importa es que mi nombre es Luzbel.

A Sebastian las piernas se le terminaron por doblar y cayó sentado sobre el suelo, ensuciándose de tierra otra vez. Luego sintió que todo le daba vueltas y tuvo la sensación de que desfallecería nuevamente, y sucedió. Luzbel se apresuró a sostenerlo para evitar que se volviera a golpear, se hizo de su mochila y entre las bolsas empezó a buscar algo, cualquier cosa que lo reanimara. Encontró la botella con agua y le dio a beber un poco. Después de volver en sí, Sebastian abrió los ojos y vio que aún estaba en presencia de aquel superdotado ser, cuya estatura alcanzaba quizá los dos metros; de rostro extraordinariamente hermoso e inmaculado; de expresión amable; con los ojos azules como el mar, llenos de bondad y misericordia; y cabellos dorados cual si fuesen destellos del sol.

—¿Estoy soñando?

—No.

Sebastian desvariaba, le costaba trabajo articular palabras.

—Estoy asustado.

—No tienes por qué.

—¡Tengo mucho miedo!

—No tienes nada qué temer, no te lastimaré.[1]

---

1 *Cfr.* «Sean cuidadosos, y velen; porque su adversario el diablo, cual león rugiente, anda alrededor buscando a quien devorar».

—¿Viniste a matarme?

—¡Claro que no! Si quisiera matarte, lo habría hecho desde hace tiempo, ¿no te parece?

—Entonces… ¿quieres mi alma?

—¿Y para qué querría yo tu alma?

—No lo sé.

—Pues te aclaro que tu alma no me sirve de nada, no puedo obtener nada con ella —contestó Luzbel, con desagrado, algo malhumorado.

—Tiene que ser una alucinación, aunque no recuerdo haber bebido ayer.

—¡Ja, ja, ja, ja, ja! Tampoco, muchacho. No soy espejismo, soy real.

—¿En serio?

—Sí.

—¿De carne y hueso?

—Bueno… no exactamente.

No era prudente mantenerse de pie, así que Sebastian optó por permanecer sentado; pensó que, en caso que se desmayara de nueva cuenta, la distancia entre su craneo y el suelo sería más corta, por lo que el golpe dolería menos.

—Entonces, ¿de qué estás hecho?

—Ya te dije, soy un ser de luz.

—La luz no puede tocarse.

—Buena apreciación, aprendes rápido, ¡te felicito! Empezaré por explicarte eso.

De muy buena gana, Luzbel le explicó la forma en la que ajustando su vibración podía tener contacto con el mundo material que lo rodeaba. Esta descripción animó a Sebastian a ponerse de pie, mientras afirmaba:

—¡Entonces estás hecho de energía! —Luzbel asintió ante la precisión— ¡Eso significa que no estás vivo!

(1a Carta de Pedro 5, 8).

—Así es.

Un nuevo sobresalto se produjo como consecuencia inmediata de aquellas palabras en las que se dejaba claro que estaba frente a un milagro.

—¿Por qué no te acercas tú mismo y lo compruebas?

Sebastian extendió su mano izquierda con timidez, intentando tocar aquel cuerpo que parecía estatua griega. Cuando estuvo lo suficientemente cerca, Luzbel lo tomó por la muñeca, provocando la sorpresa y la resistencia del muchacho.

—No debes temer —le dijo con la intención de tranquilizarlo, y la recargó en el lado izquierdo de su pecho, donde se suponía que habría un corazón. Pero no sentía nada, ni siquiera un leve latido.

—Puedes darte cuenta de que no hay vida en este cuerpo.

Ciertamente, fue lo que notó. Con lentitud, Sebastian comenzó a caminar en círculo alrededor de Luzbel, mirando atento el cuerpo que tenía enfrente. Cuando estuvo detrás, puso especial atención a las gigantescas y horribles cicatrices que tenía a la altura de los omóplatos, estas imperfecciones eran lo único que no coincidían con su magnífica belleza. Posteriormente, sintiéndose más en confianza, se animó a preguntar:

—Si no estás vivo, entonces tampoco puedes morir.

—Así es.

No acababa de salir del asombro y su curiosidad aún requería ser satisfecha, por lo que continuó con su interrogatorio:

—¿Y qué es lo que comes?

—Nada, no lo necesito.

—¿Nada?

—Así es.

—¿Tomas agua?

—No, tampoco. Si lo hiciera no tendría forma de expulsarla.

Esa respuesta provocó instintivamente que Sebastian diera un paso atrás y dio cauce a un mar de nuevas preguntas, mismas que debía formular, solo que no sabía por cual empezar. Al ver esta reacción, Luzbel adivinó lo que el joven pensaba, por lo que le facilitó el trabajo, diciéndole:

—Adelante, puedes mirar si gustas.

Y así lo hizo. Lentamente Sebastian bajó la mirada, encontrando primero que en aquel cuerpo, lleno de músculos bien definidos, no había el ombligo o cicatriz que resulta del cordón umbilical que todos los humanos tenemos de este conducto por donde nos alimentamos mientras estamos en el periodo de gestación. Al continuar la inspección descubrió que, en efecto, no existía forma de que tras beber algún líquido éste encontrara la manera natural de salir; en su vientre no había testículos ni pene, ni siquiera una marca reveladora capaz de evidenciar que se tratara de algún eunuco; simplemente, ahí, no había nada.

—¿Lo ves?

—Sí, ya veo. Dijiste que tampoco comes, ¿cierto?

—Cierto, la comida que a veces me traías yo la compartía con las personas que más la necesitaban. Espero no te moleste.

—No, claro que no.

Dándole la espalda, e inclinándose, Luzbel dijo:

—Si gustas puedes mirar mi trasero, para que corrobores que tampoco tengo...

—¡No hace falta!, ¡te creo!

Luzbel sonrió con la pícara respuesta de su joven amigo.

—Me queda claro que no tienes genitales.

—¡Que bueno que ya lo notaste! —dijo Luzbel, haciendo gala de su sarcasmo.

—Entonces tampoco hay forma de que tú, o alguien igual a ti, pudiera engendrar un hijo. ¿Cierto?

—Así es.

Nuevamente su imaginación se echó a andar.

—Entonces los relatos alrededor del mundo, donde se menciona que hubo ángeles que vinieron a la tierra y se reprodujeron con mujeres, ¿son falsos o producto de la imaginación?[2]

Dudó en responder, pero lo hizo pasado un breve lapso.

—Mas que falsos o producto de la imaginación, son fruto de una mala interpretación.

—¿A qué te refieres?

—Hablo de que, por mucho tiempo, este planeta ha recibido visitas de múltiples razas de seres. Algunas dejaron su semilla aquí, pero no eran ángeles.

—¿Te refieres a seres de otros planetas?

—Así es.

—Eso explicaría la creencia sobre la existencia de entes sobrenaturales en todas las culturas antiguas.[3]

—Correcto.

El asombro era visiblemente latente en el «pequeño irlandés», quien navegaba sobre un mar de preguntas sin saber por cual empezar. No obstante, su mente lógica, racional, limitaba lo que escuchaba y ponía las palabras de su interlocutor en duda.

—Necesito una pausa…

—Entiendo.

---

2 «…al ver los hijos de Dios que las hijas de los hombres eran hermosas tomaron para sí mujeres, escogiendo entre todas». (Génesis 6, 2).

3 «Había gigantes en la tierra en aquellos días, y también despúes que se llegaron los hijos de Dios a las hijas de los hombres y les engendraron hijos. Éstos fueron los hombres valientes que desde la antigüedad alcanzaron renombre». (Génesis 6, 4).

Luego de beber más agua comenzó a tratar de asimilar que, de hecho, estaba sosteniendo una conversación con Luzbel.

—¡Empecemos por el principio!

—Como gustes.

—Suponiendo que te crea...

—¿Suponiendo? Es que, ¿aún no me crees? Pensé que ya lo hacías.

Sebastian tardó en responder, pero finalmente dijo:

—No es que no te crea.

—¿Entonces?

—Sucede que es demasiada información y me cuesta trabajo comprender... —no supo cómo continuar y guardó silencio.

—¿Comprender qué?

No hubo respuesta, Sebastian retomó su andar en círculos pequeños, sin parar de beber agua, la cual ya se le estaba agotando. Entonces Luzbel notó que un repentino temblor invadía sus manos mientras hacía lo posible por sostener la botella.

—¿Comprender qué? —insistió Luzbel.

—¡No me presiones!

—Está bien, solo dime qué es lo que no comprendes.

—¡Todo! ¿Acaso no entiendes lo difícil que esto es para mí?

—Francamente, no. Sé más explícito, por favor.

Sebastian comenzaba a sufrir un ataque de ansiedad, por lo que contestó de una manera ruda y poco educada.

—Para empezar, ¡tu imagen!

El ser de luz sonrió irónicamente, pues sabía a lo que se refería, pero lo dejó continuar.

—Estás muy bien hecho, para ser quien dices que eres.

—¿Y cómo esperabas que fuera?, ¿de color rojo?, ¿feo?, ¿con olor a azufre?, ¿barbado?, ¿con patas de cabra y una cola?, ¿usando solo un taparrabo?, ¿portando una armadura romana? ¡Ah!, ¡sí, claro!, olvidaba mi característica favorita, ¡con un tridente en las manos!

Aquellos comentarios provocaron la sonrisa de Sebastian, al ver que tenía una imagen estereotipada de Lucifer, basada en la creencia popular.

—Tienes razón, es cierto lo que dices, pero comprenderás que eso es justamente lo que se dice de ti.

—Lo sé.

—Aunque, pensándolo bien, la armadura romana la usarían únicamente los ángeles.

—¿Por qué lo dices?

—Pues… —Sebastian dudó en contestar— ¿Por qué ellos son buenos?

—¿Me respondes o me preguntas?

—Ambas… creo.

—Es decir que… ¿yo soy malo?… ¡ja, ja, ja, ja! —respondió Luzbel, condescendiente—. Contéstame algo, si me transformo en alguna imagen con la que estés familiarizado sobre mí, ¿creerás quién soy? Quiero decir, ¿quien digo ser?

—¡No, no lo hagas!

—Pues es la única forma que se me ocurre para convencerte.

—Solo no lo hagas.

—Bien, no lo haré, pero debes saber que nosotros no usamos ropas.

Mientras el diálogo ocurría, Sebastian no paraba de negar con las manos y la cabeza. Cuando dejó de hacerlo puso en claro lo que estaba sintiendo y así lo expuso:

—Déjame ver si entendí.

—Adelante, te escucho.

—Aquí, frente a mí, en la Poza de la Nahuala, en el pueblo de Tepoztlán, en Cuernavaca, México, donde nací, de pronto me dices que eres el Primer Ángel creado por Dios; el más hermoso, más inteligente y quien se creyó mejor que Él, al grado de rebelarse en su contra; el que fue vencido y exiliado del Cielo por San Miguel Arcángel; el que a lo largo de la historia ha aparecido en miles de relatos, incluida la Biblia; quien es responsable de que la humanidad fuera expulsada del paraíso; quien durante veinte años ha sido mi mejor y único amigo, haciéndose pasar por un anciano chaparro, prieto y chimuelo; a quien hoy sorprendí en una mentira y para reparar el daño me confiesa la verdad y esa verdad es: ¡que tú eres Luzbel! Y, además, ¿quieres que te crea, lo entienda y lo asimile así, nada más?, ¿sin preguntar?, ¿sin dudar?... ¡No me fastidies!

Sebastian ya no tenía miedo. Al contrario, experimentaba desesperación y ansiedad por estar ahí, parado frente al Primer Ángel, sin saber qué pensar. De hecho, ni siquiera podía hacerlo; su cerebro se bloqueó por no alcanzar a comprender que estaba ante un ser celestial. Le resultaba inexplicable e imposible lo que estaba viviendo, pero también lo intrigaba. Miles de ideas pasaban por su cabeza a la velocidad de la luz y era incapaz de aterrizar una que le pareciera científica. Ya no se trataba de razonar, sino de creer, tener fe.

—Creo que tengo derecho a estar incrédulo, ¿no te parece? Si no es que antes vuelvo a desmayarme.

Luzbel estaba complacido con la suspicacia de su joven amigo, pues confirmaba que no se había equivocado cuando lo eligió. Sin embargo, quiso continuar su reflexión agregando un poco de humor.

—Si te parece mejor, puedo convertirme de nuevo en don Lucho, para que te sientas más identificado.

Sin esperar respuesta llevó a cabo la transformación y don Lucho, el simpático viejecito, entró en escena. Este acto no pudo ser más oportuno, pues la madrugada, desde hacía rato, había llegado a su fin, dando paso a un nuevo día y con los visitantes arribando sería incómodo tratar de explicar la presencia de un ser desnudo y con tamañas características en la Poza de la Nahuala. Sebastian no tuvo tiempo de pronunciar palabra, aunque ciertamente se sintió más cómodo al hablar con quien aparentaba ser un anciano.

—Está bien, viejo, te creo… por lo menos, trato de hacerlo.

—Gracias.

—¿Por qué elegiste una imagen tan diferente a tu forma original?

—Ya sabes lo que dicen: «el Diablo siempre se esconde donde menos lo imaginas».

—¡Así que por eso asumiste la forma de un anciano!, ¡aludiste al «más sabe el Diablo por viejo, que por Diablo»!

—¡Ja, ja, ja, ja, ja!, pues no lo había pensado, pero, ahora que lo mencionas, creo que también se apega a lo que pretendía.

Ambos rieron a estruendosas carcajadas. Cuando terminaron, Sebastian se animó a formular la pregunta obligada que Luzbel esperaba.

—¿Por qué me moviste del lugar donde caí, hasta allá, donde desperté?

—Porque pensé que de esa forma olvidarías que me habías visto y pensarías que todo fue una alucinación, a la que no le darías importancia. De ese modo todo seguiría igual.

—¿No querías que te descubriera?

—Así es.

—¿Por qué?

—Creí que aún no estabas listo.

—¿Y lo estoy ahora?

—Espero que sí, porque ya no hay vuelta atrás.

Luego de unos segundos, Sebastian dijo:

—Ahora lo que quiero saber, es: ¿no se supone que deberías estar en el infierno? ¿Qué haces aquí?

—Dos preguntas en una. Muy bien, te contestaré la primera, que es más fácil y corta de explicar. El paraíso y el infierno no existen como tales, las creencias populares tergiversaron su significado. Ambos están justo aquí, y ahora, son tus acciones diarias las que hacen de este maravilloso planeta lo que tú decidas.

Sebastian coincidió con esa afirmación, le pareció muy sabio y coherente lo acababa de escuchar.

—Y, respecto a qué hago aquí...

—Sí, me gustaría saberlo.

—Te lo diré.

Luzbel contó la historia de cómo pasó del ángel más bello al exiliado que perdió la gracia de Dios.

—Fascinante, viejo, tu historia es digna de difundirse, especialmente porque siempre te hacen ver como el villano de la película.

—Lo sé —respondió don Lucho con un gesto de tristeza, al tiempo que se ausentaba en sus pensamientos. Sebastian lo notó e hizo que la conversación diera un giro.

—¿Por qué decidiste llamarte don Lucho?

—¿No adivinas?

—La verdad, no.

—Lucho es un apelativo característico de este país, un diminutivo que expresa familiaridad y cariño en referencia al nombre de Lucio, el cual es más parecido al que en verdad poseo, Luzbel. Este es el motivo por el que decidí llamarme así.

A Sebastian le sorprendía la forma tan clara con que se expresaba.

—Durante meses te busqué por todas partes y nadie supo decirme nada sobre ti, fue como si nunca hubieras existido.

—Lo sé, te vi recorrer el lugar varias ocaciones tratando de encontrarme. Ibas y venías en compañía de una muchacha, muy linda, por cierto. En ese aspecto debo decirte que yo elijo quién puede verme y quién no. Eso da mayor tranquilidad a mi existencia.

—Entonces, cuando te vi en la Poza, ¿tú decidiste que pudiera verte?

—No, ese fue un afortunado descuido del cual no me arrepiento.

—Es decir, ¿no pensabas revelarme tu secreto?

—Sí, pero no ahora.

—Entonces, ¿cuándo?

A medida que el diálogo avanzaba las preguntas se volvían cada vez más precisas e inquisidoras; sin embargo, don Lucho se sentía muy cómodo a la hora de responderlas.

—Nunca se sabe, muchacho, nunca se sabe.

—¿Por qué te escondías de mí?

—No lo hacía, simplemente no distraje tus emociones para que las enfocaras en ella. Te hacía falta conocer alguien así de especial, es una buena muchacha y te aseguro que te hará muy feliz. Además, hacen bonita pareja.

Sebastian no pudo evitar sonrojarse.

—Así que ya lo sabes.

—Sí, lo sé.

—¿Tan obvio soy?

—No es que seas obvio, eres transparente. Inmediatamente das a conocer al mundo lo que sientes. Además, ¿qué hay de malo en estar enamorado y ser correspondido? —Don Lucho sonrió y continuó— ¡Oh!, ¡sí muchacho!, ¡ella te ama, no lo dudes!

Sebastian suspiró con una inmensa alegría provocada por el amor que vivía.

—Discúlpame por ser tan curioso, pero...

—¿Disculparte? ¿En serio? Quizá tu mayor virtud sea la curiosidad —interrumpió don Lucho, en señal de aprobación.

—¿Por eso me elegiste?, ¿por ser curioso?

—Entre otras razones, pero sí, básicamente por eso.

—Antes de mí, ¿elegiste a otros?

—Sí.

—¿A cuántos?

—Muchos, aunque no tantos como quisiera.

—¿Por qué no tantos?

—Porque la mayoría de los humanos se conforma con lo que se les impone. Lo creen y lo aceptan sin preguntarse nada, se limitan a pasar la vida entera sin intentar siquiera despertar.

Sebastian pensaba en esas palabras que le parecían muy razonables.

—¿Cuáles son las otras razones por las que me elegiste?

Luzbel tardó en contestar.

—Tu inteligencia, la pureza de tu alma y la bondad de tu corazón.

Ante la demora en esa respuesta, Sebastian preguntó otra obviedad:

—¿Por qué tardaste en responder?

—Porque no quiero alimentar tu ego.

—¿A qué te refieres?

—A que eres un privilegiado, tienes muchas virtudes y no me gustaría que al hacerte consciente de ellas te volvieras soberbio y arrogante.

Sebastian suspiró y dijo:

—Muchas gracias por tus palabras, de verdad las aprecio.

—De nada, muchacho.

—Volviendo a tu historia, la explicación que me diste fue muy interesante y por demás abundante, pero a lo que me refería cuando te pregunté qué haces aquí, no hablaba de los motivos o causas por las que habías llegado a este planeta. Mi pregunta era más dirigida a saber por qué estabas aquí, en Tepoztlán.

Luzbel se percató que había malinterpretado la pregunta, así que corrigió al instante.

—Bien, lamento no haber contestado correctamente.

—No lo lamentes, de verdad que ha sido muy grato escucharte.

—Gracias.

—Verás, te conté que mis hermanos y yo llegamos a este planeta en busca de refugio, ¿cierto?

—Sí.

—Pues bien, el lugar preciso en que descendimos fue justo aquí, en este sitio al que llamas Tepoztlán.

Sebastian levantó las cejas en señal de sorpresa.

—¿En serio?

—Sí, pero no es todo.

—¡Ah!, ¿no?

—No, te cuento que posteriormente, cuando San Miguel Arcángel, como tú lo llamas, me lanzó del Cielo, por alguna extraña coincidencia caí justo aquí, en este lugar.

Una nueva sorpresa y un nuevo gesto invadieron el agraciado rostro de Sebastian.

—¿Aún recuerdas dónde?

—Claro, parece como si hubiera sido ayer cuando caí en esta fabulosa tierra.

—¿Me lo mostrarías?

—Con todo gusto, aunque ya estuviste ahí, yo mismo te llevé.

No había forma de que don Lucho terminara de asombrar a Sebastian, quien lejos de parar de preguntar continuaba el interrogatorio.

—¿Dónde, con exactitud?

Don Lucho llenó de aire sus supuestos pulmones y empezó a relatar.

—Cuando te conocí eras un niño, llegaste aquí en compañía de tu familia, ¿recuerdas?

—Sí, claro.

—¿Recuerdas Centeopan?

Dudó en contestar, pero al final lo hizo.

—El lugar donde nació Quetzalcóatl.

—Justamente ahí se suscitó mi caída.

Sebastian se llevó las manos a las sienes, pues no daba crédito a lo que escuchaba. Sabía a la perfección la respuesta para su próxima pregunta, pero aun así decidió formularla.

—¿Tiene algo que ver el mito de tu caída con el mito de Quetzalcóatl?

Don Lucho sonrió con alegría.

—Empleas tu intuición, muchacho, y muy bien. Me encanta que así lo hagas; tiene todo qué ver.

Sebastian puso especial atención, le interesaba lo que iba a decir.

—Desde mi llegada, he vagado por el mundo entero pero siempre vuelvo a este lugar por el que tengo una particular preferencia. En uno de mis regresos, los pueblos originarios de lo que hoy es esta nación me confundieron con una divinidad y me llamaron Quetzalcóatl, incluso en el sureste me nombraron Kukulkán.

—¿Cómo es que te otorgaron el nivel de Dios?, ¿qué hiciste?

—Piensa con lógica. Verás, hace siglos no era común que alguien con mi verdadera apariencia estuviera en esta parte del mundo, lo cual causó admiración entre los indígenas, pero debo admitir que jamás me propuse ser objeto de culto o adoración.[4] Sumado a ello, les enseñé algunas cosas.

—¿Cuáles?

—Conmigo aprendieron a construir, a tallar las rocas y darles forma, a registrar los sucesos cotidianos. No creé el maíz, ciertamente, pero sí les enseñé a sembrarlo y de ahí derivó que cultivaran otras plantas. Por ello se me relaciona

---

4   *Cfr.* «Y le dijo: Todo esto te daré, si postrado me adorares». (Mateo 4, 9).

con la inteligencia, la creación y se me consideró héroe cultural.

Sebastian se sorprendía con cada palabra que escuchaba.

—En mi honor construyeron templos sorprendentes y crearon mitos. Aquí, en México, el más famoso es que me enfrenté a otros dioses para crear a la humanidad y éste pasó de generación en generación, hasta ahora. Pero un día decidí partir, juré que volvería y lo hice. Recordarás que con la llegada de los españoles, algunos de ellos tenían características físicas similares a las mías, lo cual, de alguna forma, facilitó su labor de conquista.

—Bastante lógico... creo.

Hubo un pequeña pausa y luego don Lucho continuó.

—Y no solo en esta parte del mundo sucedió ese fenómeno.

—¿A qué te refieres con eso?

—A que en todos los sitios que he visitado, mi presencia ha causado el mismo efecto.

—¿De verdad?

—Sí.

—¿Quieres decir que otros pueblos antiguos también te han confundido con un dios?

—Así es.

—¿Cuáles?

Don Lucho, sonriendo, levantó las cejas ligeramente.

—Analiza la historia de la humanidad un poco y te darás cuenta. Piensa, por ejemplo, en las características físicas de Osiris, dios egipcio de la resurrección, y descubrirás que soy yo a quien describen; aunque con el paso del tiempo la imagen de mí la han ido variando un poco, supongo que es un proceso normal de confusión.

Sebastian tenía bastos conocimientos de egiptología e hizo una comparación con el ser que había tenido a su lado. Efectivamente, las descripciones entre uno y otro coincidían.

—Entonces, ¿pasó lo mismo en otras civilizaciones?

—Sí.

—Visitaste los pueblos antiguos y ellos dieron por hecho que tú eras una divinidad.

—Correcto.

La conversación continuaba y las preguntas no se detenían.

—Respóndeme algo.

—Dime.

—Entre todas las cosas que le enseñaste a los pueblos antiguos, ¿estuvo incluida la guerra?

Aquella pregunta caló muy hondo. No obstante, dado que Sebastian sabía sobre la lucha que inició en el Cielo, el anciano cumplió con el compromiso moral de responder.

—No, muchacho, eso tu especie lo aprendió por su cuenta. Basta con que alguien desee aprovecharse de otro para desencadenar un conflicto.

Después unos segundos Sebastian volvió a preguntar:

—¿Cuál fue el motivo por el que decidiste marcharte de aquí?

—El mismo que te impulsa a seguir con esta conversación, curiosidad simple y pura. Creí que era prudente observar este mundo nuevamente, así que me fui.

—Entonces, ¿no te embriagaste con pulque?

—¡Ja, ja, ja!, claro que no, muchacho, eso es parte del mito que se originó con mi partida. Además, ese tema ya quedó explicado.

Cada vez más en confianza, Sebastian preguntaba.

—¿De aquí extrajeron los metales con los que fabricaron sus armas?

—No, los extrajimos de varias partes del planeta. Mis hermanos llevaron a cabo una gran labor de recolección por todos lados.

La curiosidad de Sebastian parecía no tener fin.

—¿Dónde está el volcán en que consagraron el metal?

—No lejos de aquí, en dirección al oriente. De hecho son dos, uno permanece activo y el otro está visiblemente rebajado por todas las rocas que empleamos para fundir y tallar los metales.

Sebastian supo inmediatamente a cuáles volcanes se refería, hablaba del Popocatépetl e Iztaccíhuatl, los cuales son protagonistas de diversas leyendas en la cultura mexicana.

—Pero dijiste que cuando lanzaste el fruto aquel volcán dejó de estar activo, tan es así que pudieron sustraer el metal consagrado.

—Así es.

—¿Entonces?

—No lo sé, no he vuelto ahí desde entonces, supongo que la misma energía que en su momento nos facilitó el trabajo es tan grande que no puede contenerse del todo. En algún momento tenía que emerger nuevamente.

Era tan creíble el comentario que se dejó así, sin más argumentos.

—Sobre el árbol de la ciencia del bien y del mal…

—Dime.

—¿Dónde está?

Don Lucho sonrió con un poco de burla, y respondió:

—No considero prudente decirte la ubicación.

—¿Por qué no?

—Porque, conociéndote, sé que irías inmediatamente en su búsqueda.

—¿Y qué tendría eso de malo?

—Que aún no estás listo.

—¡Lo estoy!

—Tu respuesta es certera prueba de que no lo estás.

Efectivamente saldría a buscarlo, don Lucho lo sabía y ahora a Sebastian también le quedaba claro.

—¿Algún día lo estaré?

—Nunca se sabe, muchacho, nunca se sabe.

Tuvo que conformarse con ese argumento, pero insistió mediante un giro retórico.

—¿Por qué lo puso aquí Dios?

—Para prohibir que ustedes comieran de sus frutos y, con ello, otorgarles el encanto de lo prohibido; de esta forma los tentaría.

—¿Solo por eso?

—Así es. Recuerda que Él es omnisapiente, siempre supo que sucumbirían ante esa tentación y se divertiría cuando cayeran en desgracia.

Durante toda la conversación era la primera vez que Sebastian se sentía un poco molesto; las palabras de don Lucho eran demoledoras.

—¿Por qué Él te permite contar tu historia?

—No lo sé. En verdad, lo ignoro.

—Si es omnisapiente, como tú lo llamas, en este momento sabe del mensaje que estás difundiendo y no creo que le convenga.

—Como te dije, no lo sé. Quizá se divierte con nosotros.

Sebastian notaba que había verdad en lo que escuchó; sin embargo, encontró pronto una nueva pregunta por plantear.

—Tu espada.

—¿Qué hay con ella?

—Dijiste que la clavaste en una roca.

—Sí, lo dije.

—Y que nadie podría utilizarla.

—No dije eso. Pedí que solo fuera empleada por alguien adecuado y honesto; creo que mi solicitud se cumplió.

Con sus preguntas, Sebastian perseguía un fin que estaba seguro de alcanzar. Algunos visitantes empezaron a llegar, por lo que don Lucho propuso:

—Ya llevamos mucho tiempo aquí. ¿Te parece si caminamos un poco, muchacho?

—Estaba por sugerírtelo, viejo.

Se perdieron entre los árboles en busca de un sitio apacible para continuar la conversación. Después de algunos minutos de caminata se detuvieron y tomaron asiento sobre un tronco hueco, cuya apariencia revelaba largo tiempo de estar ahí. El clima era cálido, confortable. Antes de retomar el hilo de la charla se cercioraron que no hubiera nadie alrededor y, para cuando tuvieron tal certeza, Sebastian, fiel a su costumbre de no quitar el dedo del renglón, insistió:

—Debe ser una espada muy bella.

Don Lucho supo a dónde quería llegar su joven amigo, pero se limitó a sonreír y contestarle de la mejor forma.

—Sí, efectivamente.

—¿Qué tan poderosa es?

—Muchísimo, tanto que con ella me vi forzado a destruir a muchos de mis hermanos.

Sebastian descubrió la pesadez en sus ojos al momento que su amigo pronunció tan infortunadas palabras.

—¿San Miguel Arcángel, intentó sacarla?

—No lo sé, pero si acaso lo intentó, fracasó.

—¿Cómo lo sabes?

—Si la hubiera sacado de la roca, se la habría llevado. Con el paso de los siglos me enteré que ya hubo algunos humanos que fueron capaces de blandirla y usarla. Eso me llevó a pensar que mi espada permaneció en este planeta. Con el tiempo lo verifiqué y al día de hoy tengo la certeza de que está aquí, pero no en las mejores manos.

El silencio se hizo y, para romperlo, Sebastian dijo en tono dudoso, pero inquisitivo:

—Por las características que mencionas, me parece que hablamos de cierta espada que...

—Esa, precisamente.

—Una que estaba clavada en una roca, cerca de…

—Así es.

—Por casualidad, la espada es la misma en que se basan las leyendas del rey Art…

—Esa misma.

—Te refieres a Ex…

—¡Exactamente!

Don Lucho no permitió que Sebastian concluyera y éste, por primera vez, sintió que algo le molestaba a su amigo. Era notorio que le incomodaba sobremanera el tema, tal vez por los recuerdos que le traía, así que respetó su postura cambiando completamente.

—A lo largo de tu estancia en este planeta, ¿qué has hecho?

—¡Uf!, ¡imagínate! Quizá sería más fácil describir lo que me falta por hacer, pero te responderé.

—Por favor, hazlo.

—He recorrido la tierra innumerables ocasiones, vi nacer y caer imperios por todo el mundo, atestigüé la maravillosa forma en que los humanos aprendieron a comunicarse, primero con señas y luego a través de sonidos guturales, hasta el grado de crear todas las familias y ramas lingüísticas que devinieron en los modernos idiomas.

—Cuántas lenguas hablas?

—Todas… supongo.

—¿En serio?

—Sí, dispongo de bastante tiempo libre. No tengo preocupaciones, así que me dedico a aprender cosas y de vez en cuando a instruir personas a las que considero diferentes.

—¿Como yo?

—Así es —la sencillez con que se expresaba era impresionante.

—Veo que eres observador y disfrutas de aprender.

—Muchísimo, pongo atención a la evolución de tu especie. He visto sus descubrimientos y avances tecnológicos. Observé sus primeros y raquíticos esfuerzos por inventar máquinas de toda clase, desde la palanca y la rueda, hasta los más avanzados ingenios análogos y digitales; aquellas que les facilitan la vida y con las que se transportan por tierra, mar y bajo el océano. Por cierto, lo que más les apasionó es que pudieron volar; sus primeros intentos me divirtieron sobremanera.

—¿Por qué?

—Era muy cómico verlos construir artefactos tan feos, sobre todo porque no pensaban con lógica. ¿Cómo se les ocurría que semejantes cosas iban a volar? Sin embargo, ahora surcan los cielos con aviones que rompen la barrera del sonido, sin mayor dificultad. Si no hubiera existido el oscurantismo, en este momento viajarían a las estrellas.

—¿Tú crees?

—Sin lugar a duda… También leo sus libros.

—¡Lees!

—Con mucha regularidad.

Esta afirmación generó alegría a Sebastian, que también practicaba el hermoso hábito de la lectura.

—Presencié cómo aprendieron a fijar momentos, al imprimirlos en papeles que llamaron fotografías. Luego pasaron a fijar secuencias de movimiento completas que denominaron filmaciones y finalmente películas.

—¡También te gusta la cinematografía!

—Claro, me atrevería a decir que es mi pasatiempo favorito. Pero volvamos a las dudas que expresaste al principio, ¿te parece?

Sebastian ya ni recordaba sus palabras iniciales, mucho menos sus dudas.

—Espero que a estas alturas ya confíes en que mis palabras son ciertas.

—Sí.

—¿Aún crees que te mataré?

—No, ya no. Discúlpame por pensarlo, comprenderás que no gozas de buena reputación.

—¡Reputación!, ¡ja, ja, ja, ja! —don Lucho no pudo evitar reírse a carcajadas—.

—A ver, dime, ¿sabes de dónde obtuve esa reputación?

Incapaz de responder, Sebastian encogió los hombros en señal de ignorancia.

—Te lo pongo de esta forma: de acuerdo con la Sagrada Biblia, ¿a cuántos humanos he matado?

Nuevamente fue incapaz de responder.

—Responde, ¿a cuántos?

—No, no lo sé.

—Muy bien, en ese caso yo te responderé: ¡a ninguno!

No hubo nada qué argumentar ante una afirmación tan sólida y congruente.

—Ahora, quiero que me digas, ¿a cuántos ha matado Dios?

—Tampoco lo sé.

—¡Pues yo menos!, ¡ja, ja, ja, ja, ja! La cifra es incalculablemente desconocida —dijo don Lucho, riéndose de nuevo y provocando la misma reacción en su joven amigo—. Lo cierto es que en la Biblia se mencionan genocidios enteros, consumados por la mano de Dios. Si no me crees, empieza por analizar el pasaje del Arca de Noé[5] o el final que tuvieron las ciudades de Sodoma y Gomorra.[6] ¿Qué me dices de matar

---

5   «Así fue destruido todo ser que vivía sobre la faz de la tierra, desde el hombre hasta la bestia, los reptiles, y las aves del cielo; y fueron raídos de la tierra, y quedó solamente Noé, y los que con él estaban en el arca». (Génesis 7, 23).

6   «Entonces el Señor hizo llover sobre Sodoma y sobre Gomorra azufre y fuego de parte del Señor desde los cielos; y destruyó las ciudades, y toda aquella llanura, con todos los moradores de aquellas ciudades, y el fruto de la tierra." (Génesis 19, 24-25).

a los primogénitos con una peste?[7] Incluso la destrucción de mis hermanos era innecesaria y, todavía peor, fue llevarla a cabo frente a mí. ¿No te perece?

—¿Por qué lo hizo?

Don Lucho dudó un poco, pero al final respondió.

—Para confirmar su poder y dejarme muy claro que Él es quien manda… creo.

La ausencia de réplica propició que don Lucho continuara.

—¿Y yo soy el malo?, ¿en serio?

Tampoco hubo respuesta, lo que decía era verdad.

—Así que no, yo no me hice de tal reputación, fueron humanos como tú los autores de mi mala fama —mencionó con cierta molestia—. Ten la certeza de que, en este momento, no sé qué tendría que suceder para que yo, nuevamente, me atreviera a destruir. Por otro lado, si apelas a la creencia popular que dice «Dios es amor», y lo que ese libro narra, también; entonces no tendría por qué existir ningún versículo donde se pusiera en duda la bondad del ser supremo.

Con cierto aire de indignación, porque, a pesar de no practicar alguna religión, creía firmemente en la existencia de Dios, Sebastian se atrevió a preguntar:

—¿Estás diciendo que Dios es cruel y caprichoso?

Don Lucho enmudeció y Sebastian insistió:

—¡Contesta!

Dudó por un momento, pero después lo hizo, convencido de lo que diría:

—La inocencia de tus preguntas refleja que necesitas desesperadamente justificar las acciones de Dios, y con ello

---

7 «Así que Moisés dijo: Así ha dicho el Señor: ‹A la medianoche pasaré a través de todo Egipto, y todos los primogénitos egipcios morirán, desde el primogénito del faraón, que se sienta en su trono, hasta el primogénito de la sierva que trabaja en el molino, y también todas las primeras crías de los animales›». (Éxodo 11, 4-5).

disculparlo; no solo buscas que exista, también deseas que sea bueno. Pero eso debes decidirlo tú, no yo. ¿Sabes por qué?

—No, ¿por qué?

—Porque tienes esa libertad.

—¿Cuál libertad?

—La de decisión.

Había sinceridad en estas palabras, sobre todo congruencia.

—Entonces… ¿es un error creer?, ¿es malo tener fe?

—No, no lo es, pero nunca permitas que el fanatismo implantado por creencias históricamente impuestas nuble tu pensamiento.

Sebastian estuvo de acuerdo.

—Ahora, volviendo a tus dudas, ¿qué tiene de extraordinario que me guste este lugar? Tepoztlán es maravilloso y tu país también.

—No, nada, es solo que…

—¿Que las historias como ésta solo ocurren en ciudades de Primer Mundo?, ¿en Londres, París, Roma, Berlín, Tokio o Nueva York? No, muchacho, quizá fue un accidente que mis hermanos y yo llegáramos antes aquí, y que posteriormente cayera en el mismo sitio. Pero no es circunstancial que me fascine esta tierra, por eso siempre regreso. ¿Está claro?

—¡Cristalino!

—Muy bien, entonces hazte un favor y saca a Hollywood de nuestra conversación.

Sebastian no pudo evitar sentirse orgulloso de que a un ser de luz, como él se hacía llamar, le gustara pasear en el estado donde nació.

—Pero es cierto, fui el Primer Ángel creado por Dios, su primer hijo, el más hermoso y más inteligente, aunque también es real que jamás hubo soberbia en mí.

—¿Cómo saber que dices la verdad?

—En primer lugar, porque nunca busqué, ni buscaré, hacerme de una posición de poder y menos someter las almas de los humanos, como te han hecho creer. En segundo, porque no tengo nada qué perder.

—¿Te molesta mi escepticismo?

Luzbel sonrió levemente.

—No, de hecho es válido que tengas dudas, pero recuerda que a algunos la verdad se les niega y a otros les resulta imposible aceptarla. Tú decides qué hacer con la información que te comparto.

—¿Libre albedrío?

—Así es.

Había algo en aquellas palabras que invitaban a Sebastian a experimentar la necesidad de creerlas, lo que animaba al Primer Ángel a continuar.

—También es cierto que me rebelé, pero ya conoces el verdadero motivo. Miguel me enfrentó dos veces y no me venció, fui yo quien lo subyugó; y en el tercer enfrentamiento no hubo pelea, simplemente me rendí. De igual forma, es cierto que, desde que estoy aquí, tu especie, la misma que diseñé y defendí hasta el final, me culpa de todas las catástrofes, muertes, malformaciones congénitas, enfermedades, huracanes, terremotos, incendios y hasta inundaciones, dicen, ocurren por causa mía. El catolicismo medieval del siglo VII me asoció con la maldad; me llamaron Lucifer, que significa llevar «llevar la luz», pero jamás decidí portarla, solo opté por hacer lo correcto y el precio que pagué fue muy alto. He llegado a escuchar que planeé la tortura y asesinato de Jesús en la Cruz, para ascender a su trono, cuando fueron ustedes, los humanos, quienes decidieron su muerte.

Lo que decía don Lucho era cierto, y Sebastian lo sabía.

—Está en su naturaleza nunca asumir responsabilidades y culpar a alguien más de sus errores, especialmente a mí, pero son ustedes quienes deciden cometerlos. Espero que un día se den cuenta que están acabando con este precioso mundo, eso los lleva a su destrucción.

Una duda implacable hizo que Sebastian preguntara:

—¿Crees que logremos evitarlo?

Don Lucho hizo una mueca de pesimismo.

—Tienen todo en contra, es como si aniquilarse mutuamente fuera una característica de tu prolífica especie. En todo el universo, solo hay algo que actúa exactamente como ustedes. ¿Sabes qué es?

—No, dime qué es.

—El cáncer.

Una profunda reflexión se generó en la mente de Sebastian, dejándolo sin palabras. Otra vez no tuvo manera de debatir.

—Así actúan ustedes, todo lo devoran, lo consumen y cuando ya no queda nada buscan un nuevo espacio qué invadir y destruir. Si tan solo se enfocaran en engrandecer sus virtudes, y no en conseguir posesiones; si se fijaran más en lo que tienen, que en sus carencias, te aseguro que el efecto sería una gran diferencia. Obsérvate a ti mismo, tantos dones y virtudes que tienes y en lugar de aprovecharlas para vivir intensamente, elegías deprimirte.[8]

Esta afirmación tuvo el tono de un regañarlo, y con justa razón, pues hubo un tiempo en que Sebastian no valoró su vida, al sumirse en la depresión y el abuso del alcohol, para intentar mitigar su soledad.

—Entiende que mi situación no era fácil, mi madre siempre me despreció y...

—¿Y qué? Sí, es cierto, tu madre siempre sintió envidia de ti. ¿Y eso qué? ¡No eres el primero ni serás el último con una vida difícil!

---

8 «¡Te haré inquebrantable como el diamante, inconmovible como la roca! No tengas miedo ni te asustes...» (Ezequiel 3, 9).

—Pero dejé de hacerlo.

—¿Y eso qué? ¿Piensas que mereces un premio por dejar de autocompadecerte?

—No.

—Nada más faltaba eso, que consideraras merecer un galardón por haber entendido lo afortunado que eres. ¡Ya deja de lloriquear y compórtate como un hombre!… ¡En fin, así es tu especie y así eres tú!

Don Lucho nunca se había dirigido a él de esta manera y causó mella en su persona; desde que lo conoció, Sebastian le tuvo cariño, un aprecio muy especial. Pero lo siguiente provocó gran dolor en el joven:

—De saber el tamaño de las estupideces que iban a cometer, te aseguro que jamás habría iniciado la guerra que me costó el exilio.

Sebastian no pudo más que bajar la mirada; sintió vergüenza de su propia humanidad, al comprobar lo que siempre creyó: la única especie que sobra en el planeta, es la raza humana. Con tristeza en los ojos, preguntó:

—¿Te arrepientes, viejo?

Don Lucho, por la forma en que le habló su amigo, supo que se había excedido y entonces recapacitó.

—No, muchacho, claro que no. Por favor, discúlpame, es solo que los humanos a veces me desesperan con sus idioteces. Jamás me arrepentiré de haber hecho lo correcto al defenderlos.

—¿A qué idioteces te refieres?

—A todo aquello que no les permite desarrollar su nivel espiritual; he pasado mi estancia entera tratando de ayudarlos a elevarse, sin conseguirlo.

—¿Qué te gustaría conseguir?

Era una pregunta importante. Después de algunos segundos, don Lucho suspiró y respondió:

—Me gustaría que se dieran cuenta que el poder y la divinidad moran en el interior de cada uno de ustedes. Quisiera que supieran que la sabiduría se encuentra en el corazón y mente de cada ser vivo, y que solo esta debe ser explotada. Desearía que dejaran de ser esclavos de falsas deidades, que únicamente son el reflejo del aprovechamiento y abuso de la ignorancia y ambición de unos sobre otros. Pero, sobre todo, desearía que dejaran de tratar de destruirse a sí mismos, lo cual parece que les produce placer.

Aquel argumento causó dolor en Sebastian.

—Veo que nos has observado con detenimiento; se nota que nos conoces muy bien. Lamento profundamente que no hayamos cumplido tus expectativas.

Don Lucho replicó:

—No, muchacho, no digas eso.

—Siento que te hemos decepcionado.

—Muchos de ustedes sí, pero no todos. Eres prueba palpable de que la humanidad siempre merece otra oportunidad; eres diferente.

—¿Por qué lo dices?

—Si no fuera así, no te habría elegido.

Sebastian sintió como si su amigo le leyera la mente.

—Justamente, eso estaba por preguntarte.

—¿Qué?

—¿Por qué me elegiste?

—Te lo expresé apeas hace un rato, eres diferente.

—Eso no me dice mucho —respondió con su clásica impaciencia y curiosidad.

—Si me dejas terminar de exponer el punto, lo entenderás.

—Está bien, lo siento.

—Empezaré por decirte lo que ya sabes. Eres una persona curiosa, lo cual significa que constantemente buscas explicaciones racionales para todo lo que te ocurre; por eso te costó trabajo asimilar mi presencia. ¿Cierto?

Sebastian asintió.

—Partiendo de este aspecto, puedo decir que no te quedas con lo que el mundo te dice, especialmente en el tema religioso; te conoces a ti mismo, tienes una razón de ser, metas claras; no sigues a los demás, dejaste de ser parte del rebaño de ovejas que únicamente secundan al guía, sin cuestionar nada, porque para ti es imperante buscar tus propias respuestas.

—Sí, así soy —estuvo de acuerdo con las afirmaciones y dejó entrever su vanidad.

—Eres diferente, pero no te sientas único. Antes de ti han existido muchos objetores de pensamiento, no te vuelvas a arrogante —Sebastian se sintió nuevamente regañado—. Tenemos, por ejemplo, a Galileo Galilei, quien afirmó: «No me siento obligado a creer que un Dios que nos dotó de inteligencia, sentido común y raciocinio, tuviera como objetivo privarnos de su uso». También, alguien llamado Carl Sagan, dijo: «la primera gran virtud del hombre fue la duda, el primer gran defecto fue la fe». Ellos y muchos otros contribuyeron a la difusión de la libertad de pensamiento, sin limitaciones dogmáticas.

Sebastian había escuchado esas frases, pero ahora adquirían un sentido diferente, más auténtico y profundo.

—Personas como tú entendieron que los humanos no nacieron para el servilismo y pertenecer al rebaño; son líderes, por eso te elegí.

En medio de sus pensamientos, Sebastian se sintió complacido por las razones que don Lucho le dio y entonces le confesó:

—¿Sabes algo? Durante muchos años sentí que no encajaba en este mundo, que iba contra la corriente. Eso me ocasionaba conflictos, me sentía mal por ser diferente.

—Lo sé.

—Pero ahora entiendo que no tengo nada qué probar, que ser diferente está bien —Sebastian suspiró, sonrió y miró al anciano a los ojos—. Gracias viejo, de verdad aprecio tus palabras, me hacía falta escucharlas.

—No tienes nada qué agradecer, solo te dije la verdad.

Lo único que se escuchaba en aquel sitio era el viento que, al sonar entre los árboles, integraba un entorno purificador de paz y armonía entre los amigos, quienes continuaban sentados en el tronco. Sebastian rompió esa quietud con un nuevo cuestionamiento.

—Hay algo, dos cosas que aún no entiendo.

—¿Cuáles?

—¿Qué límite nos impuso Dios para impedirnos alcanzar todo el potencial divino del que hablas?

—¡Vaya!, pensé que nunca lo preguntarías —dijo don Lucho, con mucha satisfacción—. Empecemos por ubicar que tu especie es la más joven del universo, pero también la que más se acerca a la perfección. Todos ustedes son hermosos, ¿sabes por qué?

—No.

—Porque son únicos, no hay forma de que uno de ustedes pueda repetirse y disponen de dones que ni siquiera los ángeles tenemos. ¿Quieres saber cuáles son?

—Sí, dime.

—El padre, cuando les dio el regalo de la vida, los dotó de un alma que es su parte inmaterial; cuentan con el libre albedrío, que les permite reflexionar y decidir de manera consciente sobre cualquier cosa; tienen un cuerpo físico y una red de terminaciones nerviosas que, mediante el tacto, transmite al cerebro información recabada por todo el cuerpo; un par de ojos con los que perciben la belleza de los objetos del mundo; boca, con la que se alimentan y distinguen sabores; oídos que les permiten disfrutar los sonidos naturales y los creados por ustedes mismos; un olfato, el cual es diez mil veces más sensible que cualquier otro de los sentidos, y que les permite identificar aromas. Para finalizar, te diré que tienen una mente cuya capacidad es infinita; es como si el universo entero viviera dentro de cada uno de ustedes, y es ahí donde el Padre decidió limitarlos.

—¿En el cerebro?

—Sí.

—¿Nada más en el cerebro?

—¿Te parece poco?

Sebastian no entendía qué tan importante era que los humanos no emplearan toda su capacidad neuronal.

—Te explico. Cuando Dios me encargó diseñar tu especie, me pidió que fuera lo más parecida a Él,[9] que tuviera todas las virtudes y cumplí con el cometido,[10] pero al ver el resultado consideró que fue una exageración otorgarles tantos dones. Al principio no le di importancia, pero después descubrí algo inverosímil. Él, al ver lo maravillosa que sería la humanidad, presintió que en algún momento se desarrollaría a un nivel tan elevado que acabaría por olvidar quién fue su creador y entonces ya no lo adorarían.[11] Fue que impuso un límite al uso y aprovechamiento de su cerebro, del cual te aseguro que nadie ha rebasado la décima parte de su capacidad.

---

9 «Y dijo Dios: Hagamos al hombre a nuestra imagen, conforme a nuestra semejanza; y ejerza dominio sobre los peces del mar, sobre las aves del cielo, sobre los ganados, sobre toda la tierra, y sobre todo reptil que se arrastra sobre la tierra». (Génesis 1, 26).

10 «Creó, pues, Dios al hombre a imagen suya, a imagen de Dios lo creó; varón y hembra los creó. Y los bendijo Dios y les dijo: Sed fecundos y multiplicaos, y llenad la tierra y sojuzgadla; ejerced dominio sobre los peces del mar, sobre las aves del cielo y sobre todo ser viviente que se mueve sobre la tierra». (Génesis 1, 27-28).

11 «… porque yo, el Señor tu Dios, soy Dios celoso, que castigo la iniquidad de los padres sobre los hijos hasta la tercera y cuarta de los que me aborrecen». (Éxodo 20, 5).

Hacía rato que el cúmulo de información que Sebastian recibía, lo obligaba a permanecer callado y con la mirada hacia abajo. Después de algunos momentos, pregunto:

—¿Estás diciendo que Dios experimentó celos de tu diseño?

—Más que de mi diseño, tuvo celos de lo que sería su entonces futura creación.[12]

De no ser porque Sebastian permanecía sentado sobre el tronco, se le habrían vencido las piernas de nueva cuenta; estaba impactado, pero atento.

—Si es cierto, entonces, ¿por qué te permitió culminar tu labor y no te detuvo antes?

—Se volvió tan egocéntrico que me dejó concluir solo para que su mejor especie lo adorara y alabara.[13]

Esta vez Sebastian ya no pudo más y se dejó caer hacia atrás, sobre la hierba. Miraba hacia el cielo azul rogando por la serenidad que necesitaba; había llegado a la cima de su entendimiento. Don Lucho asumió que ya era suficiente, pero quiso preguntarle:

—¿Quieres que continúe?

—Por favor, hazlo.

—Era lo que esperaba escuchar.

—Al limitar su potencial, provocó que la idea de superioridad les pareciera inalcanzable. De esa manera, nunca le resultarían una amenaza.[14] Pasaron de ser la mejor especie, a mero entretenimiento.

Transcurrieron algunos segundos y don Lucho preguntó:

---

12 «Porque el Señor tu Dios es fuego consumidor, Dios celoso». (Deuteronomio 4, 24).

13 «Porque no te has de inclinar ante ningún otro dios, pues el Señor Dios es celoso». (Éxodo 34, 14).

14 «…porque el Señor tu Dios, que en está en medio de ti, es celoso; no sea que se encienda la ira del Señor tu Dios contra ti, y él te borre de la faz de la tierra». (Deuteronomio 6, 15).

—¿Cuál es la segunda?

—¿La segunda qué?

—La segunda cosa que dijiste no entender.

—¡Ah!, ¡sí!

—¿Por qué aniquiló Dios a los ángeles que regresaron arrepentidos?

Don Lucho suspiró.

—Para sembrar temor en el resto y evitar más rebeldes entre sus hijos.

Cuando terminó su exposición, tomó una rama que estaba tirada y empezó a hacer surcos en la tierra. Quiso darle un respiro a su joven amigo; sabía que, por inteligente que fuera, la información que le acababa de compartir no era la mejor noticia del día. Varios minutos después Sebastian se puso de pie, se sacudió la ropa más que cubierta de polvo y se acercó al anciano. En cuclillas, frente a él, y mirándolo directamente a los ojos, preguntó:

—¿Cómo sabes todo esto?

Don Lucho se encogió de hombros y contestó.

—Porque Él mismo me lo dijo cuando me aislé en el desierto y estuve en oración.

Sebastian inmediatamente se levantó y caminó alejándose, volviendo al silencio; la impresión fue durísima. Le dio la espalda, necesitaba evitar todo contacto visual con su amigo.

—Lo que me acabas de compartir lo hace ver como un niño y a la humanidad como su granja de hormigas.

—Muy precisa tu comparación.

—No sé si podré creer esto.

—Es tu decisión, muchacho. Como te dije antes, ya no tengo nada que perder.

Después de instantes de mutismo, Sebastian respondió:

—Como bien dices, nos dio el libre albedrío.

—Pero no les proporcionó toda la información.

—¿A qué te refieres?

—A que fueron manipulados.

—No entiendo.

—El libre albedrío no puede existir si no hay conocimiento pleno de las cosas, si no hay total conciencia de los acontecimientos. En este caso, nunca se les enseñó la verdad completa entre el bien y el mal; es decir que, si no sabes exactamente lo que ocurrió, no puedes tomar la decisión correcta.

Sebastian permanecía en completo silencio.

—Al ocultarles la verdadera razón de la lucha que inicié e inventar una historia completamente distinta de mí, en la que se me ha hecho ver como un envidioso, soberbio y ególatra, se les impidió acceder a toda la información de ese hecho. La deducción sobre mí, a la que llegaron, estuvo dirigida para que acataran ciertos intereses y, por consiguiente, su criterio fue encaminado hacia un concepto erróneo de mis actos. Como ya lo hablamos, me culparon de todo.

Sebastian seguía de pie, tratando de aceptar la amarga verdad.

—¿Qué quieres de mí? —le preguntó al tiempo que volteaba para quedar frente a él y descubrir que el anciano había desaparecido, cediéndole paso a Luzbel y su radiante belleza. La impresión de Sebastian fue idéntica a la primera, solo que esta vez asimiló la realidad de una forma más breve.

—Que continúes siendo el de siempre y no permitas que aquel niño indomable y curioso muera dentro de ti; que cuestiones, pienses, sientas, ames, pero sobre todo que vivas.

—¿A qué te refieres?

—Específicamente que aprendas a perdonar, especialmente a tu madre. Te garantizo que, cuando lo hagas, el bien te lo harás a ti mismo. No es bueno que seas rencoroso, muchacho.

Sabía que las palabras de Luzbel no eran mal intencionadas, que decía la verdad y lo dejó continuar.

—Después de todo, ella te dio la vida, no lo olvides.

Esta frase provocó que el semblante del joven cambiara y Luzbel pudo ver cómo una pequeña sonrisa parecía nacer en aquel abrumado rostro.

—Creí que me pedirías iniciar la segunda rebelión contra Dios.

—¡Ja, ja, ja, ja, ja!, ¡qué pensamiento tan humano! ¡Ja, ja, ja, ja!

Luzbel no paraba de carcajearse, pero una vez que terminó, dijo en tono solemne:

—No tienes los medios para hacerlo —y aclarado el punto, el ser de luz prosiguió—. Piensa en esto, un día, hasta la estrella más luminosa del universo va a extinguirse, si compararas el tiempo de tu vida con el de un astro, el tuyo terminaría en menos de un abrir y cerrar de ojos. No desperdicies tu paso por el mundo guardando rencores, peleando o discutiendo. Mejor gózalo, disfruta el viaje y espero que lo hagas en compañía de Daniela.

—¿Cómo sabes su nombre? —cuestionó Sebastian, sorprendido y Luzbel sonrió pícaramente.

—Hay cosas a las que deberías poner más atención.

Esta vez fue Sebastian quien sonrió y, bajando la mirada, empezó a decir:

—Daniela se ha convertido en alguien muy importante para mí, es mi primer pensamiento por la mañana y el último cuando me voy a dormir. Me gusta todo de ella; adoro su voz, su forma de ser, su olor, la forma en que respira. Cuando me toca, una descarga de electricidad recorre mi cuerpo y saca chispas de piel. Siento que envejezco un año por cada día que no la veo. Desde que llegó a mi vida, todo cambió. Creo que hasta las estrellas brillan de una forma más intensa.

Sebastian dedicó varios minutos a hablar de la mujer que amaba, durante los cuales expuso con claridad que era el amor de su vida. Fue casi como una confesión que necesitaba expresar, durante la cual Luzbel no dejaba de sonreír porque Sebastian reconocía el amor que le tenía a Daniela, la española berrinchuda que había volteado su mundo de cabeza y se volvió el núcleo de la conversación entre un humano y un ser de luz. Así pasaron las horas, hasta que la posición del sol indicó que ya estaba muy entrada la tarde, lo cual brindaba el marco perfecto para concluir el diálogo, siendo Luzbel el de la iniciativa.

—Pues bien, creo que es todo.

—Tienes razón, será mejor que me vaya, continuaremos otro día —respondió Sebastian mientras se preparaba para regresar a su casa.

—Creo que no entendiste, muchacho… es todo.

Efectivamente, Sebastian no había entendido.

—¿A qué te refieres?

—Me voy, es tiempo de dar una vuelta más al mundo.

Con incredulidad y angustia, el joven amigo balbuceó.

—Pero…

—¿Pero qué?

—¿Por qué?

—Ya te dije la razón.

—No entiendo.

—No hay nada qué entender.

—¿Por qué te vas?

—Ya es tiempo.

—Pero, pero… eres mi mejor amigo… ¿Qué voy a hacer sin ti?

—¡Vivir, muchacho! Eso vas a hacer, ¡vivir!

—Aún no te presento a Daniela.

—No hace falta, la conozco lo suficiente, hablaste de ella por horas.

—Pero… pero… ¿y yo?

—Tú ya no me necesitas, mi labor contigo terminó.

Súbitamente, Sebastian empezó a llorar como un niño, como el pequeño irlandés que muy en el fondo nunca había dejado de ser. De forma instintiva se acercó a Luzbel, lo abrazó y le suplicó:

—¡No te vayas!, ¡eres mi mejor amigo!, ¡el único!

Luzbel correspondió el abrazo y así permanecieron lo suficiente para que Sebastian dejara de llorar. Cuando se soltaron, el Primer Ángel secó las lágrimas de su joven amigo, y dijo:

—Tú también lo eres, pero debo irme.

Sebastian apretó la mandíbula tratando de contener un nuevo llanto. Cuando los sollozos se lo permitieron, preguntó:

—¿De verdad tienes que irte?

Luzbel vio la tristeza en los ojos de su amigo, pero se mantuvo firme.

—Sí, lo siento.

Sebastian sabía que era el final, ya no habría momentos qué compartir ni poder sobre la tierra que impidiera su partida. Se limitó a guardar silencio por algunos segundos y después, con la voz entrecortada por el dolor de la despedida, preguntó:

—¿Volveré a verte algún día?

—Nunca se sabe, nunca se sabe.

Lleno de resignación, aquel joven asintió con la cabeza; estaba perdiendo a quien fuera su confidente, cómplice, mentor, pero sobre todo su amigo. En un arranque impulsado por los sentimientos, Sebastian se lanzó a Luzbel abrazándolo nuevamente con todas sus fuerzas y éste le correspondió de la misma forma, provocando un llanto desconsolado en el joven. Permanecieron así por varios segundos en que el viento y los sollozos de Sebastian eran lo único que podía escucharse. Cuando se separaron, Luzbel puso sus manos sobre los hombros de su amigo, y dijo:

—Será mejor que te vayas, el camino es largo y tendrás que regresar solo —Sebastian asintió con la cabeza—. Cuídate mucho, amigo; vive intensamente, ama a esa muchacha y permítele que te ame también.

—Lo haré, y jamás te olvidaré —respondió, provocando un melancólica sonrisa en el maravilloso rostro de Luzbel.

—Gracias por todo.

—No, muchacho, gracias a ti.

Sebastian dio dos pasos hacia atrás. Fieles a la costumbre, ninguno pronunció palabra y simplemente se miraron uno al otro, uno en el otro con regocijo por la amistad perdurable; Sebastian con tristeza y nostalgia y Luzbel con ternura y amor. En el tercero giró en sus talones y dio la espalda al Primer Ángel para iniciar su marcha; no quería irse, pero tenía que hacerlo. Luzbel vio que su amigo se alejaba y pensó:

—¡Hasta siempre, Sebastian!

En ningún momento el humano quiso voltear hacia atrás, tenía temor de llorar nuevamente. Ya nada volvería a ser igual para él, aquella conversación cambiaría el rumbo de sus días y mientras avanzaba, pensó:

—Hay cosas que no pueden pagarse con dinero, lo que me enseñaste es una de ellas.

Lo que aquel ser de luz aportó a su existencia resultó invaluable. No había riqueza suficiente en el mundo entero para retribuir lo que Luzbel hizo por él, pero sí una forma para agradecerle, y era viviendo. Durante el trayecto de vuelta, de vez en cuando limpiaba sus ojos humedecidos, llenos de melancolía.

Cada piedra que pisaba, cada árbol que dejaba atrás, parecían estarlo despidiendo también, pues él mismo ignoraba cuándo volvería a recorrer aquellos senderos y veredas. Pero lo que sí sabía era que siempre llevaría en su corazón los momentos que compartió con el Primer Ángel.

CAPÍTULO XXVII

UN NUEVO COMIENZO

Roma, Italia. Algunos años después

«¡A vivir!».

Odín Dupeyrón.

—¿Y las llaves?

—No sé, ¿no las traías tú?

—Creo haberte dicho que las tomaras.

—Eso no es cierto.

—¡De prisa, mujer!, ¡se nos hace tarde!

—¡Ya voy, querido!, ¡ya voy! ¡No me apresures, por favor!

—A este paso no llegaremos a tiempo.

La pareja salió de su casa, abordó el Fiat que estaba estacionado justo afuera y partió a toda velocidad. Después de unos minutos circulando, él rompió el silencio.

—Te voy a pedir que, por favor, no empieces con tus groserías. Evita tus comentarios mordaces, quiero estar en paz.

—Me lo has dicho no sé cuántas veces, ¡ya entendí! —respondió ella, molesta.

—Una más no te hará daño.

Realizaron el recorrido por varias calles, hasta encontrar la Via dell' Aeroporto di Fiumicino, por la que circularon algunos minutos. Cuando entraron al estacionamiento del aeropuerto, se apresuraron a buscar el lugar para dejar el auto, pero tardaron en ubicar un cajón disponible.

—¡Debimos salir antes!

—¡Ya!, ¡no te quejes!

Después de apagar el motor, bajaron y empezaron a caminar tan rápido como podían.

—¡Te dije que te apresuraras!

—Hice lo que pude, ¿de acuerdo?

Caminaron por los pasillos, hasta que encontraron un módulo de información.

—Señorita, buenas tardes.

—Buenas tardes, ¿en qué le puedo servir?

—Necesito saber si ya llegó el vuelo de las 15:00 horas, procedente de la Ciudad de México.

—Sí, señor, llegó hace unos minutos. Justo ahora los pasajeros están descendiendo, si camina por aquel pasillo podrá...

—¡Gracias, señorita!

La ansiedad era tan grande que ni siquiera permitieron que les terminaran de dar las indicaciones precisas. Caminaron por donde les señalaron, pero sin rumbo fijo; miraban desesperadamente por todas partes, como si hubieran perdido algo que deseaban encontrar. A lo lejos alcanzaron a ver una pareja que venía arrastrando sus pesadas maletas, aunque ellos no se dieron cuenta. La emoción los invadió a tal grado que corrieron a su encuentro y, mientras lo hacían, fueron evitando chocar con las personas a su paso. Cuando estuvieron cerca, él gritó:

—¡Sebastian!, ¡Sebastian!

Sebastian descubrió que era su padre quien lo llamaba agitando su mano derecha, mientras que, con la izquierda, sujetaba la de su madre. Cuando se encontraron, el júbilo inundó su corazón; sintió una alegría tan grande que pensó que el pecho iba a explotarle.

—¡Hola, papá!

—¡Hola, hijo!

Se abrazaron con fuerza mientras cerraban los ojos. Después se separaron y Sebastian vio que su padre pintaba solo unas pocas canas.

—¡Hola, hijo! —saludó Elizabeth.

—Hola, mamá —contestó, con un poco de timidez y recelo. Después de unos segundos de incertidumbre, finalmente se dio el ánimo suficiente para abrazarla. Su madre tenía un rostro más arrugado que el de su padre, y era obvio que se teñía el cabello.

—¡Los años no pasan en balde! —pensó al abrazarla.

—Les presento a Daniela, mi esposa.

—¡Mucho gusto! —respondieron ambos, casi al mismo tiempo.

—El gusto es mío, señores Cobretti.

—Por favor, no me digas señor, llámame Giacomo.

Una vez presentados, Sebastian dijo:

—Y esta es María, nuestra hija, su nieta.

La pequeña, que aún no cumplía su primer año y dormía, no sintió cuando abandonó los amorosos brazos de su madre para que sus abuelos la cargaran, quienes cuidadosamente la sostuvieron.

—Es bellísima, Daniela, se parece a ti.

—Gracias, señora, pero en realidad se parece a mi madre —contestó Daniela, con nostalgia.

—Tampoco me digas señora. Llámame Elizabeth, por favor.

—Así lo haré —respondió con gusto Daniela—, pero heredó los ojazos azules de su papá.

—¡Que maravilla, hijo! ¡Entonces tiene mis ojos! —dijo Elizabeth, ególatramente.

—No te adelantes, mujer. Tiene tu color de ojos pero la forma y la mirada son mías —respondió Giacomo con alegría y fue en ese instante que Daniela puso especial atención en los padres de Sebastian. Efectivamente, el azul de los ojos de Elizabeth era el mismo que el de él, pero la expresión bondadosa era de Giacomo.

El «pequeño irlandés» había heredado esas cualidades que ahora vivían en el infantil rostro de la pequeña mexicana y eso llenó de orgullo a los abuelos. Fue así que entre júbilo y alegría todos abandonaron el aeropuerto en dirección al hogar de los Cobretti; había muchas cosas que necesitaban ser dichas y quizá este era el momento propicio, o quizá les haría falta tiempo para poder expresarlas. «Nunca se sabe, nunca se sabe».

Elizabeth, quien ya daba por destruido el vínculo con su hijo, encontró en esta visita una nueva oportunidad para corregir sus errores y convertirse en la madre que Sebastian siempre había necesitado y, sobre todo, merecía tener. El día finalizó entre risas, jugueteos e historias interminables que con los años se fueron acumulando, a la espera del momento correcto para contarse.

Al día siguiente, después de instalarse en la casa de sus padres, Sebastian y toda su familia caminaban por las calles de la capital italiana. Para ser su primera vez en Europa, Sebastian se sentía plenamente familiarizado con el viejo mundo; con cada paso que daba, percibía como si estuviera recargándose de energía, como si ya hubiera estado ahí antes, en otro tiempo, en otra época. Quizá era cierto.

—¡Qué ciudad tan maravillosa! —dijo Sebastian y su padre le respondió:

—Desde luego que sí. Además, es la ciudad de tus ancestros; recuerda que también tienes raíces italianas.

Esa respuesta provocó una sonrisa en el rostro de su hijo, que se limitó a asentir con la cabeza en silencio, dando a entender que estaba de acuerdo.

Daniela y María también disfrutaban de las bellezas arquitectónicas que las rodeaban, y aunque ella no hablaba italiano, éste es fonéticamente muy parecido al español, lo que disminuía las barreras de la comunicación y hacía aún más placentera la estancia.

Visitaron el Coliseo Romano, el Monumento Nazionale a Vittorio Emanuele II y diversos sitios turísticos de interés. Los abuelos no soltaban para nada a su nieta, a quien no dejaban de cargar; estaban fascinados con la pequeña mexicana de ojos azules y mirada bondadosa. En ella se cristalizaban las culturas mexicana, española italiana e irlandesa, dando como resultado la prueba viviente de que cualquier barrera impuesta por el ser humano puede superarse cuando existe el verdadero amor.

Al caer la tarde, todos estaban rendidos por el ajetreado día; sin embargo, aún tenían energía para degustar una copa y disfrutar la cena. El lugar elegido fue el restaurante Al Tritone, en el que podrían saborear los platillos típicos de la cocina romana. Cuando entraron, el anfitrión les dio la bienvenida.

—Buonasera.

—Buonasera —respondió la familia casi de forma sincronizada.

—¡Benvenuti, benvenuti a tutti!

—Grazie.

De forma educada y cordial, el anfitrión les ofreció una mesa para los cinco y aceptaron, sin dudar. Posteriormente les mostró el camino y los condujo hasta allá. Parecía como si todo el lugar estuviera reservado exclusivamente para ellos. Una vez que estuvieron debidamente acomodados, el anfitrión llamó a una de las meseras.

—¡Fiorella!

Era una muchacha joven, de unos dieciocho años, que recientemente había empezado a trabajar en el restaurante. La necesidad la obligó a poner en pausa sus estudios y buscar empleo. Vestía de forma sencilla una falda negra que le llegaba arriba de la rodilla, blusa blanca de manga corta, medias negras y zapatos bajos que le permitían permanecer de pie por el largo tiempo que implicaba desempeñar su labor. Era delgada, blanca, de cabello castaño largo atado con una cinta a fin de impedir su caída natural. Tenía los pómulos levantados, la nariz respingada y en sus ojos oscuros se notaba una profunda timidez. Daba la impresión de que pretendía permanecer escondida; sin embargo, al momento de ser llamada se acercó con prontitud a Giacomo, quien ya estaba en la cabecera de la mesa. Para ese momento Fiorella traía la botella de vino que eufóricamente le acababan de pedir.

Cuando ella se alejó, casi no se escuchó el ruido de sus pasos. Nadie se dio cuenta que éstos eran livianos; nadie, excepto Sebastian, quien pensó:

—Ella tiene un alma buena, joven y ligera, pero con demasiado miedo de vivir.

La siguió con la mirada hasta perderla de vista, al momento que Daniela lo veía con cierto celo, pensando que observaba su belleza física. Pero se equivocaba, él contemplaba el interior de su persona. No obstante, la advertencia fue bien entendida y evitó volver a mirar a la joven camarera, especialmente a los ojos.

Cuando Fiorella regresó, sirvió la bebida y se retiró dejando que los comensales disfrutaran la velada. En ese instante Elizabeth se puso de pie, tomó una cuchara y empezó a chocarla suavemente contra el cristal de su copa, invocando la atención de los demás para proponer un brindis.

—¡Por mi hijo, quien aprendió a olvidar! ¡Salud!

—¡Salud! —respondieron todos, al mismo tiempo.

Sebastian bebió un buen trago de vino y cuando terminó se levantó.

—Te equivocas, madre. No aprendí a olvidar, aprendí a vivir y por eso estamos aquí. ¡Salud!

Nadie lo había notado, pero en una mesa del fondo se encontraba un hombre que vestía un traje de lino color hueso y camisa blanca. Tenía el cabello rubio, largo, amarrado y oculto bajo un sombrero de ala ancha en el que también escondía su rostro. Usaba gafas de sol, lo que era muy extraño en un espacio interior y le daba cierto aspecto místico. Él había visto y escuchado todo cuanto ocurrió. Esbozó una amplia sonrisa cuando oyó las palabras de aquel mexicano, las cuales le parecieron un poema cuidadosamente escrito. A este personaje, de pronto se le acercó la misma mesera que había atendido a los Cobretti.

—Su cambio, signore.

—Gracias, puedes conservarlo.

Fiorella, al ver aquella propina tan generosa, se sorprendió muchísimo; más aún cuando provenía de alguien que no fue un cliente molesto, que se pasó todo el tiempo escribiendo y quien solo había pedido un café que ni siquiera probó y se enfrió con el paso de las horas. Ella inclinó su cabeza en señal de gratitud.

—Muchas gracias, signore.

—De nada.

—Será un placer atenderlo nuevamente, vuelva pronto don Luciano.

—Ten la seguridad de que así será, muchacha.

EPÍLOGO

AL SALIR DEL RESTAURANTE, lo último que aquel misterioso personaje escuchó fue el júbilo y las risas de una familia unida. Caminó por cinco minutos entre la gente, a la que observaba con detenimiento. Después de un rato se detuvo y se recargó en la base de un farol, ahí buscó las notas que había escrito y separó una de las hojas de papel, la cual decía lo siguiente:

Estimado lector:

Empezaré aclarando que soy yo, sí, yo. Efectivamente, no te equivocas, es el Primer Ángel quien te escribe. Sí, ese mismo, el rubio, alto y de ojos azules. Veo con agrado que llegaste a este punto, te felicito y te doy las gracias. Significa que disfrutaste leer esta historia como yo escribirla. Quizá fue la curiosidad lo que te trajo hasta aquí, o quizá eres uno de los que no se conforma con simplemente obedecer, sin cuestionar lo dictatorialmente impuesto.

Si es tu caso, te invito, al igual que hice con Sebastian, para que...

Mientras estas líneas eran leídas, el autor fue interrumpido de forma abrupta al sentir una palmada sobre su espalda. Cuando giró el cuello, se encontró con alguien que vestía un traje negro y camisa blanca; alto, de cabello largo castaño oscuro, que se movía con él ritmo del viento; su piel era blanca y tenía ojos grises; quien mientras sonreía, dijo:

—¡Basta, hermano! Es suficiente por hoy, tu mensaje ya se difundió. Es demasiada información por un día, ¿no crees?

Al escuchar esa voz tan familiar, Luzbel, lleno de sorpresa, volteó la cabeza aún más hacia el lado derecho para cerciorarse quién lo interrumpía. Tras descubrir de quién se trataba, instintivamente giró el resto del cuerpo; ahora, él era la víctima de un inesperado encuentro, uno que había ansiado por largo tiempo. No podía creer quién estaba justo ahí, frente a él, y lo único que atinó a decir fue:

—¡Gabriel!

ÍNDICE

El portador de la luz, de Oscar Benjamín Robles Armenta, se terminó de elaborar en Ecatepec de Morelos, Estado de México, en septiembre de 2021; es una obra independiente a cargo del autor y contó con el apoyo del Círculo de Escritores del Viento.

circulodelviento1@gmail.com
52 55 1832 5777
52 55 1869 8588

www.ingramcontent.com/pod-product-compliance
Lightning Source LLC
La Vergne TN
LVHW041451170726
843492LV00005B/1178